她科幻
SHE.SF

中国女性科幻作家优秀作品精选集

陈楸帆 主编　廖舒波 等 著

THOUGHTS OF
METALS

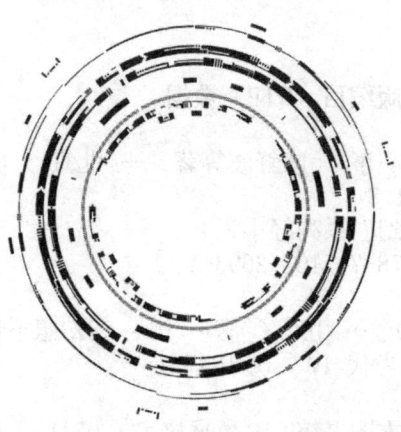

金属的心事

航空工业出版社

北京

内 容 提 要

"她科幻"系列轻小说全系共分为四册,是中国女性科幻作家优秀作品精选集。《金属的心事》包含 10 篇作品,以人工智能、虚拟游戏等为主题,探讨人工智能带给人们的改变及冲击,对感情与人性进行再度思考。以亦落岑的《我们无法恋爱的理由》为代表,文章讲述不婚克隆人为社会所用,人类与克隆人区分开而无法恋爱的故事。

图书在版编目(CIP)数据

金属的心事 / 廖舒波等著. — 北京:航空工业出版社,2021.8
("她科幻"系列轻小说)
ISBN 978-7-5165-2693-4

Ⅰ.①金… Ⅱ.①廖… Ⅲ.①幻想小说－小说集－中国－当代 Ⅳ.① I247.7

中国版本图书馆 CIP 数据核字(2021)第 145534 号

金属的心事
Jinshu de Xinshi

航空工业出版社出版发行
(北京市朝阳区京顺路 5 号曙光大厦 C 座四层 100028)
发行部电话:010-85672688 010-85672689

北京欣睿虹彩印刷有限公司印刷   全国各地新华书店经售
2021 年 8 月第 1 版   2021 年 8 月第 1 次印刷
开本:880×1230 1/32   字数:240 千字
印张:10   定价:48.00 元

序
未来属于她们

人们大概已经忘了,公认的第一篇现代科幻小说出自一位女性之手——玛丽·雪莱。那年,她才18岁。

近200年来,作家们一直有意识地使用科幻小说来戏剧化当代女性所面临的复杂问题。比如,早在一个世纪以前,美国作家夏洛蒂·吉尔曼的科幻小说《她乡》便通过塑造单性繁殖的女性乌托邦来深入探讨人类社会存在的各种议题:社会结构、经济、教育、宗教、生育,甚至环保。

然而长久以来,科幻都被视为"大男孩"的逃避主义文学,甚至许多读者会对科幻产生性别的刻板印象。20世纪的欧美科幻文坛长期因为"老"(老年)"白"(白人)"男"(男性)作者占据主导地位饱受诟病,科幻杂志及出版社甚至一度拒绝女性作者,女性作者需要化名男性才能得到发表作品的机会。直到近50年,女性主义运动与平权运动的不断兴起,这种情况才有所改变。

"二战"以后,越来越多的女性作者转向科幻小说创作,因为这种兼具"颠覆性"与"思想扩展性"的类型文学为她们提供了更多的社会参与和美学创新的机会。她们的主要关切之一是将女性纳入科幻小说的未来，创造出活跃的、真实可信的女性角色，而不是过去的科幻小说中经常出现的那些可有可无的女性角色。

正如厄休拉·勒古恩在《American SF and the Other》(1975年11月)中所指出的那样：

> "妇女运动使我们大多数人意识到，科幻要么完全无视女性，要么把她们当成是受到怪物强暴的尖叫娃娃……最好的情况，也不过是才华横溢的主人公身边忠诚的妻子或情妇"。

而这种女性思潮所带来的，是科幻领域中对于社会学想象力的解放。

"银河郊区"这个词是女性主义科幻小说家乔安娜·罗斯（Joanna Russ）创造的，许多科幻故事在想象狂野的未来新科技方面做得非常出色，但却完全无法展现新科技如何改变社会结构。因此，能在太空定居的未来世界，拥有各种新奇科技元素和上层建筑，但每个人仍然生活在异性恋家庭中，每家都有两三个孩子，看起来就像是1950年代的美国郊区，而且性别和性别关系一点也没变……这是不合理的。因为每当科学技术发生变化，社会必然会随之改变。

厄休拉·勒古恩、奥克塔维娅·E. 巴特勒、查理简·安德斯、N.K. 杰米辛……这一系列不同时代的杰出女性作家通过自己的想象性叙事，不断探索性别与权力的边界，以此反思现实世界中的女性权利与地位，从观念与行动上去推动社会性别平等与尊重的变革。

而这其中怎么能少得了中国女性科幻作者的声音?

新中国成立以来,妇女解放运动的伟大进步和成就举世瞩目,但到了21世纪的今天,无论在现实层面还是文本层面,仍然存在着诸多不尽如人意之处:制度性的性别歧视与不平等、大众文化中的男性凝视与刻板印象,甚至是物化符号化女性的媒介消费主义……都让我们觉得,这一切还都任重道远。

回顾过去的一百年中,科幻小说和女性主义科幻小说的作者采取了不同的方法来批评性别和性别社会,成为西方女性主义运动的重要力量。科幻小说为作者与读者提供了想象世界和未来的机会,在这些或然世界和未来中,女性不受现实中存在的标准、规则和角色的束缚。相反,这种体裁创造了一个空间,在该空间中性别二元论可能会受到质疑,读者得以探索完全不同的性认知、性别定义与性权力运作的方式,并得到鼓舞与力量。

中国科幻的这一波浪潮兴起也不过短短20年,我们需要听到更多女性的声音,需要看到更多关于性别议题的书写以及从想象性叙事映射到现实生活的文化影响。

因此,有了这样一套丛书,记住这24个名字(按首字母排列顺序):程婧波、迟卉、陈虹羽、陈茜、曹曙婷、段子期、顾适、郝景芳、凌晨、靓灵、廖舒波、孟櫹、念语、彭柳蓉、彭思萌、苏民、王侃瑜、王诺诺、吴霜、夏笳、修新羽、亦落芩、赵海虹、昼温等,以及她们所带来的48篇精彩杰作。

在我看来,她们的作品并不需要我这样一位男性以所谓的"主编"之名,去挑选和评判,她们的文字与想象自足完满,如一颗颗生机盎然的星球兀自旋转,折射出宇宙至真、至善、至美的光彩。

之所以勉力草就此文,只因为其中有许多与我相识超过10年以上的老朋友，当然也有素未谋面的新星，以此表达敬意。挂一漏万，她们肯定不是中国女性科幻作者群体的全部，但希望借由她们的声音，传递出一种信号：我们的未来需要更多女性的力量。无论是在想象中还是现实里，这样的力量能够互相激发，联结成更强大的整体，引领我们上升。

未来属于她们，她们也属于未来。

是以为序。

陈楸帆

2020-10-31 晨

北京首钢产业园·2020 中国科幻大会

目 录
Contents

- 001...您好，异星人陪聊...廖舒波
- 030...量产超人...陈 茜
- 083...亲爱的，不过是仪式...廖舒波
- 092...浮生四记...廖舒波
- 128...待我迟暮之年...凌 晨
- 152...嵌合体...顾 适
- 210...莉莉安无处不在...念 语
- 246...万物生...修新羽
- 258...我们无法恋爱的理由...亦落芩
- 288...后意识时代...苏 民

您好，异星人陪聊

SHE·廖舒波

可对他来说，看见她，触摸她，甚至听见她，都是不可能。

可又有什么办法呢？心之所爱者，总有求之不能得的，对异星人来说，也是一样。

生

这是一个夏日的午后，对面大楼的玻璃墙反射着炫目的光芒。坐在窗口边上的孕妇拽住窗帘，皱了好几下眉头后，艰难地起身，拨通了一个电话号码。

"您好，异星人陪聊。"

"好。"孕妇突然失控了，"好——好——好——，好什么好啊！我都快被累死了，竟然肚子里还有个孩子，真不知道当时我是怎么想的……"

话筒那边静静地等她喊叫完，才缓慢地说道："看来，你似乎不打算留下这个孩子。"

"我不知道！我真的……不知道。到底该不该把她生下来呢？"孕妇开始泣不成声，"要知道……她，这个孩子，不是别人……正是我！"

"是你？我有些不明白。"

"一个……副本，一个快速克隆体。"孕妇压低声音。

"价钱应该不便宜吧。"异星人似乎明白了，毫不惊讶，"胚胎培养，后期的激素注射还有记忆蛋白质和神经元移植，应该是一笔不小的花费。"

"还好。"孕妇说，"我曾经是个部门经理，有些积蓄，而且……我选的是五年型。"

"五年型，就是婴儿出生后五年就长到二十二岁水平的技术吧。"

"不，是三十岁。"孕妇说，"我在黑市里买来的技术，可以……稍微做些修改。"

在孕妇说完这句话后，电话那边久久地没有了声音。很久之后，她才听见异星人一声轻微的叹息："已经很久没有遇见过这么信任我的人了。"

"那是自然。"孕妇不知不觉恢复了经理的强势，"用人不疑。"

"既然如此，你一定非常想跟我说说——"异星人说道，"一些故事，一些原因吧！"

"嗯。"

"那你就说说选择这项技术，还有放弃孩子以及她是另一个你的原因。"

"这样做，是因为一个很可笑的理由……我累了，我太累了，每天起床，我都感到一阵烦躁，今天又要重复昨天的生活——骂下属，跟客户赔笑脸，对上司的任何意见都要点头称是。真奇怪，我已经工作快十年了，可前段时间，第一次觉得，对工作从未有过的讨厌。"

"很多人都这样。"

"有一天应酬完，尽管我喝多了酒，脑袋昏昏沉沉的，但心情丝毫没有好转。于是，我拨通了短信里的一个陌生号码，我以为是骗钱的，电话那边是个低沉沙哑的男声。原本，我只想逗逗这些骗子，然而在跟他通完话后，我的酒突然间就全醒了！"

"他说的就是快速克隆技术吧？"

"虽然很久没有关注过科技方面的内容了，但我并不是个科盲。"孕妇说道，"即使在那样的精神状态下，我也听得出，他没有说谎，他说的一切，都是有科学理论依据的！只是实行……只是以前没人敢实行而已！"

"不得不说，您是位勇敢的女性。"

"你是指我尝试这项技术吗？"孕妇说，"实话告诉你，我原本也不打算做的，可那个低沉嗓音的男人说的一句话实在是太诱人了——他说，'你不想让这个孩子代替你去做那些枯燥乏味的工作，而自己过上自由自在的生活吗？'。"

"乍听起来是不错。"异星人说，"可是有很多问题啊。"

"那时的我也是这样，问了一串问题'她跟我总有不同之处吧？''她愿意这么做吗？''她会不会有一天突发奇想，把我整个都代替了呢？'……"孕妇说，"那人笑了笑，把我引到一个房间里，我看到了一个静静躺在激素注射罐里的男孩子。他在静静地沉睡，样子和那人一模一样。低沉嗓音的男人把手伸向男孩头，拨开男孩浓密的头发，在他光亮的头皮上，我看见一串号码！"

"号码？"

"是的，号码。男人似笑非笑地对我说，快速克隆体身上，都有这样一个号码，如果出了什么问题，用这串号码就能分辨出哪是本体，哪是克隆体了。'当然了，'他说，'这件事你必须对克隆体保密'。"

"然后你就接受了？"

"为什么不接受呢？"孕妇高声反问，"你不知道，我那工作是多么的无聊，多么的烦，简直就要把人活活憋死！"

"可为什么又想放弃呢？"

"你不这么觉得吗？有一天……不是现在，可能是十年后，可能更久，但总会有那么一天的！这个孩子也会像我一样，感到厌倦，不想工作，然后她也会拨通那个电话，也会找到那个男人，也会怀孕……也会生下一个新的我！就像是链条！"

"也不一定。"

"谁能保证不会呢？依据呢？"

"这……"异星人语塞。

"我真的好矛盾啊！"孕妇又一次大喊起来，用力撕扯身边的窗帘，"生还是不生呢？不用工作当然挺好，可一想到在我这里，那条链条也会一直延续下去，我……我就……"

异星人只能柔声安慰她。

他不知道，也无法看到，就在那里——玻璃幕墙上，映出了孕妇的头顶。

在那里，有一串号码。

老

"抓住他！""不要跑！"

异星人浅淡的梦被一阵喧哗打破，之后他又听见几声粗哑的嘶喊，其中还夹杂一个尖细的哭声,听上去稚嫩又可怜。异星人知道,通往小区里的这条路上是有些年轻人,专门以欺负上学的小孩子为乐。

"他们父母不管吗?"异星人嘟囔。

他很快意识到自己错了。那些人随身携带的 X 设备,能随心所欲地生成面部各部分的皮肤。换句话说,孩子看见的,监控器拍到的,可能和本人的样貌相差十万八千里,这样一来,即使消耗了很大的人力、物力,警察们也是有心无力,无法找到肇事者。

一个电话打了进来。

"您好,异星人陪聊。"

"您,您好!异星人……叔叔。"

异星人笑了:"啊,早上你没事吧?"

"早上?嗯,已经没事了,咦,叔叔你怎么知道的?"

"我就住在附近。"异星人说道,"你没事我很高兴,小朋友,请问你也需要聊天吗?"

"是啊,我想和叔叔讲讲我的……爷爷。"

"好的,叔叔非常乐意听。"

异星人笑了,他还是第一次有这样的经历,像个幼儿园老师,被人百分百地信任着。

"我爷爷……很老了,多少岁我不知道,反正是很老很老了,老到头发白了,脸已经是皱皱脏脏的了。可是啊,他不喜欢别人说他老,如果有人叫他'老人家''老先生'什么的,他会马上瞪起眼睛来骂人,太可怕了!"

"我爷爷也是这样的。"异星人说,"很多老人都是这样。"

"他现在可好了,不用上班,也不用写作业,整天只需要看电视就好了,只是他看电视也不好好看,看上那么一会儿,就站起来去找遥控器，其实遥控器就在他手上，要不就是到处找眼镜，其实眼镜就架在他鼻子上。对了，他还不能出门，一出门就找不到家了。"

"老年痴呆症吧？"异星人脱口而出。

"我不知道……这是一种病吗？"孩子说，"妈妈不喜欢他，爸爸也不喜欢他，他也不喜欢他们，他只喜欢我。他给我买了很多好看的衣服，还有好吃的东西，都是爸爸妈妈不给我买的！"

"这样不好吗？"

"不好！我是很喜欢他给我买的东西，可我不喜欢跟他说话！因为啊，他每次说的都是那些东西，他是怎么当兵的，又是怎么在几个城市来回跑学散打，还有怎么当上教练，又怎么管那些学生的，一点儿意思都没有，他还要讲了又讲，要是我要跟他讲什么啊，他只会'哦，哦'的，什么也不懂！"

"再正常不过了。"异星人安慰她。

"一个月前，我上学时被几个人欺负哭了，他们抢我的书包，还把我的发带摘下来，丢到地上，踩得脏脏的。他们全身都包着铁一样黑色的皮，我看不清他们的脸是什么样的。那天我没上学，我哭着回去了，告诉爷爷，他气极了，全身都在抖。他握紧拳头，出门去了，过了一会儿他回来了，手里抱着一个大箱子。"

"哦，他买回好东西安慰你了吧？"异星人说，"也应该，我也最恨欺负弱小的人。"

"不！跟平常不一样，他碰都不让我碰，而是整个塞到床底下。趁他不注意，我偷偷钻到下面看了，可床底下黑黑的，又有老鼠，我赶快又跑出来了。我只看见那个盒子上，有个大大的叉号，像是老师批的错一样。"

"是 X 吧。"异星人说，"X 设备。"

"过了几天吧,我又碰上了那些黑黑的人,他们叫我交出零用钱来。就在这时,一个很年轻的大哥哥从旁边路过,他一下子跳过来,三下两下就把他们打跑了。我想跑过去谢谢他时,他却自己就倒在地上了,我吓死了,问他要不要叫救护车,他只是摆摆手,慢慢地扶着墙走了。"孩子顿了顿,"我一直看着他上了公共汽车,谁知道他刚上车,就大声骂起来'你们这些人,怎么没一个给我让座的!',可他差不多是车厢里最年轻的一个。"

"我大概猜到了,那个人是你爷爷吧?!"异星人说道,"他用 X 设备改变了样貌……"

"又说对了,叔叔。"

"孩子,我得告诉你,老人和孩子,简直就是完全不一样的两种生命,你不能要求他做的每件事都让你满意。"异星人说道,"我知道,你一定对你爷爷很失望。"

"我不难过,一点也不。"孩子仿佛在电话那边拼命地摇着头,"我只是想问叔叔一件事,嗯,这件事我连爸爸妈妈都不敢说……"

"尽管讲吧,我听着。"

"就在那天之后吧,黑铁人们再也没在这条路上出现过,大概,是爷爷把他们全部赶跑了吧。问题是,在上个星期五,另外一个我从来没见过的,也在欺负人的家伙出现了!"

"哦?谁那么大胆子,快告诉你爷爷。"

"不是别人……就是我爷爷啊!"

"怎么回事?"

"他……忘记自己原来到底是谁了!"

"啊,可以理解。"异星人叹口气,"X 设备这种东西,模仿生成的假皮实在是太逼真了,一不小心,还真容易把自己当成另外的人——

特别是老人，更容易陷进去。"

"不是这样，你错了，叔叔！"

"哦？"

"原来的那些黑铁人都逃了以后，爷爷变得很不开心。"

"当然，他不能再做你的英雄了啊！"异星人接口，突然他意识到了什么，"你是说，你爷爷开始又当英雄，又当肇事者？"

"就像今天早上，他化装成坏人，抢走我的零用钱，应该是明天，他就会以另一幅面孔出现在这里，和蔼地对我说'小姑娘，你的钱我帮你拿回来了'，这几天都是这样。"孩子声音低下去，"可这几天爷爷他非常开心，有事干，让他非常开心。"

"那么……"

"每天都要装成被欺负的样子，真的好难受啊。"孩子说，"我该不该跟爷爷说清楚，还是继续装下去呢？异星人叔叔，能告诉我，哪个答案是对的吗？"

异星人想了很久，终于想出个回答。

"哪个对——只有等你老了，才能知道啊。"

病

"嘎吱"一声，汽车停住，叶韵跄跄跄地走下车，司机叫住她，她忘了付钱。

她独自一人，走进小区，走进漆黑的楼道，在家门前掏出钥匙，手却停下了。

很久，她拿出手机，拨通了一个号码。

听筒里富有磁性的声音："您好，异星人陪聊。"

叶韵一时不知道该说什么才好。

那边并没有放下电话："请问，您需要倾听吗？"

"是的。"叶韵咬了咬牙，"现在我很……怕。"

"有害怕的事情其实是件幸福的事。"电话那边说，"因为大部分人害怕的是失去。"

"……这话说得真好。"

"能说说您害怕失去什么吗，女士？"

"是我老公。"叶韵说道，"哦请别误会，不是出轨，也不是第三者插足，而是……病。"

"我很抱歉，是绝症？"

"说句不好听的，如果是绝症，我反而会很高兴。"叶韵苦笑，"问题是，是种怪病。"

"我听过很多怪病，他们不致命，却能影响整个生活。"

"是这样的，没错。"叶韵说道，"事情还要从昨天下午说起，我丈夫让我给他递个苹果，可我顺着他指的地方一看，那里只有个大榴莲。当时我都快笑死了，要知道，结婚三年，我还是第一次听见他说错话啊！"

"人总有犯错的时候。"

"我逗他，'要什么，再说一遍？'他咬咬牙，看起来想了很久，可说出来的还是'苹果'。我这时才明白，他不是在跟我玩，是真出事了。"

"然后你们去了医院？"

"嗯，十几分钟后，我们已经站在医院的候诊室里了。我紧张得上蹿下跳，在其他人看来，比起老公，我更像个焦急的病人吧，我也不知道我为什么会这样……大概，那时我已经直觉到我的生活会因此改变了吧……"

"这到底是种什么病?哦,很抱歉打断您了。"

"病毒性失语症。"叶韵有些艰难地重复,"我现在还能记住那医生冷冰冰的脸,他说,这是朊病毒引起的,就是跟疯牛病一样的,不要紧张,没有生命危险,只是……只是他以后很难说出准确的词来了。"

"什么意思?"

"就是说,我老公以后都会像今天下午一样。看见的是榴莲,心里想的是榴莲,说出来却依旧是苹果。"叶韵说着突然有些哽咽,"以后我们的日子该怎么过下去呢?"

"我听说过朊病毒。"异星人耐心地解释,"它会把感染者大脑中原先建立的蛋白质构象打乱、破坏,还有……重组。"

"重组?"

"没错,是重组。"异星人说,"朊病毒虽然名字里有病毒,但它的本质还是蛋白质,最终会形成自己的一套构象和应急机制……"

"这,太深奥了……"

"实在抱歉,我早该换种通俗易懂的说法。"异星人说道,"看起来您丈夫现在说话颠三倒四,实际上,是有规律的,就像今天,他以后只会把榴莲叫作苹果,而不会把它叫作香蕉。"

"医生好像也这样说过。"

"只要您愿意花一点时间,很快就能摸清他说话的规律的,听起来有点像密码破译,不是吗?"

"……你好像知道很多。"

"这个……"异星人撒了个谎,"我做过研究。"

"算了,你从哪里知道的,与我无关。"叶韵的语气里突然显出前所未有的疲惫来,"我只想问一件事,就是这件事让我害怕。"

"请尽管说。"

"假设,好吧,就是如果有那么一天,他开始用别的女人的名字来叫我……"叶韵说道,"我该怎么说服自己,这只是病呢?"

异星人愣了愣,他不知该怎么回答这个问题。

"我不怕苦,不怕浪费时间,不怕听不懂他的话——但我只怕这件事。"

说完这句,叶韵适时地挂断了电话,只留下"嘟——嘟——"的声音在黑暗中回荡。

几天后,一辆出租车"嘎吱"一声停在小区楼下,一个满脸疲惫的男人从车里走出来,同样,他也被司机叫住了。

在楼道的黑暗里,他拨响了妻子前几天拨过的号码。

声音依旧充满磁性:"您好,异星人陪聊。"

"我该怎么办?"男人嘶声喊道。

"别着急,您慢慢说。"

"我的妻子打算去做志愿者,也就是实验品!"

"是什么样的实验?"

"在脑子里植入朊病毒。"男人咽了口唾沫,"实验以后,不管我喊哪个女人,她听到的都会是她的名字……这不就是病毒性幻听症吗?自愿去得病?她到底是怎么想的……我真搞不懂。"

死

每当打来电话的人疲惫至极,异星人总会想法让他们稍微精神一点。

就像今天,电话另一边仿佛是一只蚊子在"哼哼",似乎随时会

"咚——"的一声磕在桌子上睡着。这样并不是陪聊的好状态,异星人想,于是他先问了几个问题:"请问您从事什么工作?"

"医生。"

"是什么医生?内科?外科?或者是牙科?"

"法医。"那人说,"不过我学过很多年的临床医学,做过内科医生,后来也做过牙医,现在又转行了,也算是什么都懂一点吧。"

"这我就很奇怪了。"异星人说,"打电话来的有不少医生,大多数是为了……没能拯救病人的生命,法医似乎没有这样的问题,不是吗?"

"我的情况,"法医苦笑,"恰恰相反。"

"难道说,你要……"

"或许是谋杀,或许不是。"法医说,"有些事情,并不按照我们想的来定义的。"

"哦?有趣的说法。"

"有趣?不,我倒觉得,'定义'——实在是麻烦,麻烦透顶。"法医说道,"比如我问你,什么是'人'?你给'人'下个定义吧。"

"这一下还真难回答。"异星人笑,"大概是……动物,一种高等的灵长类灵长目动物。"

"那么,什么是'生命'?"

"运动……新陈代谢……还有……"异星人顿了顿,"看来哪个答案都很难让你满意。"

"抱歉,我想,我让你为难了,但我现在真的很困惑。"医生长长地吐了一口气,"原来的我,是从来不会去想些哲学上的问题的,直到一个病人走进我的办公室。"

"病人?"

"我更习惯这样称呼他。"法医说道,"一个病人……一个活人,一个普通的人,轻巧地走进我的办公室里,摘下帽子,露出亮晶晶的眼睛,然后对我说'医生,我想和你打个赌'。"

"您没有接受吧?"

"当然,他来得实在太突然,我几乎都要以为他是个精神病。然而他飞快地报出了一个人的名字,还有履历——这人是我曾经的竞争对手,很厉害的家伙,我甚至不得不用一些不那么光明正大的手法才把他打败,哦,这部分我不能详谈。"

"没关系,还是说说那个病人吧。"

"我问病人,有什么事,他对我说'医生,我是个人'。"法医说,"当时我第一个念头就是,天,这不是废话!要知道,眼前的东西,动作表情,和我没什么不一样啊,不是人是什么呢?"

"机器人?"

"你怎么知道?"

"随口一说罢了。"异星人说,"难道他还真的是?"

"虽然不在意,但给他那么一说,我还是仔细地看了他几眼,很快,我发现他的肤色有些不对,比一般人的淡一些。"法医顿了顿,"不,我不是说他白,就是说他不对劲,但是哪儿不对劲我也说不出,总之,是长期干我们这行才发现得了的,那不是人的皮肤。"

"哦,那是什么?"

"一种有机高分子纤维,我也说不出它确切的学名,但它可以镶嵌在钢铁假肢上,代替人原本的肌肉进行活动。"法医说,"我愣了愣,脱口而出'你是个机器人'?"

"他怎么说?"

"'不,我是个人类。'病人脸上的肌肉平滑地移动,露出个完美的冷笑。他接着说道,'这就是我打赌的内容,如果你能在有限的手术次数里,证明我不是人类,那么你就赢了。相反,你就输了。'"

"真是个奇怪的打赌。"

"他还补充了两个条件,第一个,不能用材料不同来证明。"法医说,"另一个,就是不能对大脑进行手术。"

"这也对。"异星人说,"想来他脑子里一定只有芯片和电线吧。"

"或许对普通人来说,这种事情有点像活体解剖,听起来很恶心。可对一个医生来说,实在是充满了挑战性!不瞒你说,当时我的手指都动了起来。"法医说,"于是,我答应了他。赌注是我的名誉——也就是之前,我不愿细说的那些事情。"

"你们一共进行了多少次手术?"

"按照赌约,是三十次。"法医突然停住,长长地叹了口气,"已经进行了二十九次。"

"嗯……"异星人听出他语气里的沮丧,"胜负如何?"

"我……输了。"法医说,"彻底地输了。"

异星人不知说什么才好。

"真是完美,这个病人实在是太完美了!每一个器官,每一根血管,每一根神经,虽然复杂,却都在有条不紊地运行。"法医说,"我切开他的肺叶、肝脏、脾脏发现,除了材料以外,没有一项不像人体,没有一项不精密。"

异星人倒吸了一口冷气。

"上一次手术,我检查了他的牙齿。"法医继续说道,"要知道,成年人,应该有32颗牙齿,不同的人同名牙是不可能相同的。我不相信,那个人,制造病人的人,会有耐心制造出32颗完全不同于常人的牙。可谁知……"

"他的牙都是独一无二的。"

"没错。"医生又叹了口气,"同样情况的还有指纹……如果按照司法程序的话,他完全可以算作是一个自然人。"

"真是个僵局。"异星人点头,"三十……二十九,就剩下一次机会?"

"最后一次。"

"那么,你有头绪吗?"

"心脏。"

"你说什么?"

"我说的是,心脏。"法医声音变了,"跳动的心脏……就是生命的证明啊……想想看,一伸,一缩,一伸,再一缩……只要做简单的手术,切开他那高纤维胸膛,再用手术刀扎下去……不用太用力,扎下去……"

"这是谋杀!"异星人大喊出声。

"啊……"法医那边发出一声轻微的喊叫,看来他被吓醒了。

"谋杀!这绝对是谋杀!"异星人急了,"就算他是个机器人,可他同时也是你的病人啊!你是医生,怎么可以动想要害死病人的念头!"

"只有这方法了啊。"医生喃喃地说,"我了解我的竞争对手,他肯定舍不得让病人这一个完美的作品'死去',肯定会想方设法让这机器人重新启动——也就是'复活'。"

"这不是理由!"异星人喊,"就算能重启,也不能杀人!"

"可是,"法医慢吞吞地说,"这是唯一的办法啊。人死不能复生,可机器人能重启,那么,就可以证明他不是人类。"

异星人"啊"了一声,所有义愤填膺的话都被挡住了。

静默许久。

"这是谋杀吗?"法医低声问。

"是……"异星人说,"……我觉得。"

"病人他是人类吗?"法医再次问。

"我不知道。"

"所以我说,定义,真是一件麻烦的事。"法医说,"前面的就不说了,只是,这一个问题,你一定要回答我。"

"……请讲。"

"明天手术时那一刀,我是扎下去,还是不扎下去呢?"

怨憎会

"我又要去杀人了。"

电话里传来再平静不过的声音,它来自一个作家。

"是你新小说里的人物吧?"异星人起初还不以为意,"虽然没读过你写的书,但我陪聊的人里有不少是你的粉丝,他们一遍又一遍地说你的小说多么真实,多么有代入感。罪犯用各种堪称巧妙的方法杀人,即将得手却犹豫了,他们都说'天啊,看到那里时我的手都在抖,跟小说里的人一样!'"

"想知道我写作的秘诀吗?"作家笑。

异星人倒有些迟疑:"这……算商业机密吧!"

"这些年来,我总在杀一个人,反反复复,杀了无数遍。"作家叹口气,"小说里写下的每种方法,我都亲自试验过。"

"可你最后还是没有把他杀了。"

"当然,那可是犯罪,而且不是一般的犯罪。"作家顿了顿,"时空犯罪。"

"哦？你有时间机器？"异星人也压低了声音，"我听说过，那玩意儿很难弄到。"

"这就是当作家的好处。"对方洋洋自得，"粉丝总会有你想要的东西。"

"我真的很好奇，他是谁？"

"一个司机。"作家说，"一个卡车司机。可能和我们见过的万千卡车司机没什么不同，只是喜欢用帽子遮住脸，隐约露出一双眼球，里面带着血丝，下巴上又厚又脏的灰胡子，笑起来露出黄牙，同时还有口臭和更臭的脏话。"

"你为什么恨他？"

"这说来话长，不过我想你一定愿意听。"作家自信地说道，"故事还要从很多年前说起，当年的我，大学刚毕业，浑浑噩噩。那时正逢经济萧条，我好不容易找到一份工作，在加油站的前台卖些咖啡和零食。"

"这不是虚构的吧？"

"完全属实。"作家说，"我现在还记得那些零食有什么，绿色的粘粘糖豆，开心果，小碎甜饼，还有黑色的长条巧克力，配上热乎乎的速溶咖啡，是司机们的最爱。"

"我相信了，这话绝对不是能编出来的。"

"那时我还很年轻，甚至没什么胡子，一脸稚气，加上戴着副眼镜，司机们大多数对我都比较温和，不会像对待其他人一样，粗声粗气地骂上几句脏话。加油站里其他的员工遇到了什么纠纷，也愿意让我站出来，稍微缓和一下气氛。"

"看来你很受欢迎。"

"我以为会无聊却安稳地过下去,然而有一天……一个卡车司机把一切都改变了。没错。"作家平静的声音这时有了一丝颤抖,"那天他来时,在柜台里取了三包青豆。'实在抱歉,没零钱找了先生。'我好声好气地对他说。'什么?'他的脸一下沉了下来,'你们是怎么做生意的?''不如您再拿一包口香糖,这样就正好……''我不要糖,给我钱。''可我真没有,先生。''你们这是欺骗顾客!'他暴怒起来,'我要告你们!''可……公司规定,这是可以的……''今天我要是拿不到零钱,你们就不要开门了。让你们的公司规定见鬼去!''你才见鬼去!'或许是年轻气盛,我顺嘴回了那么一句。他停住了,阴森森地看着我,我像是优胜者那样看着他。下个瞬间,他举起拳头,一下击中我的脸。"

"实在太过分了!"异星人也忍不住愤愤地说。

"我不知道他真的敢动手打我……要知道,对那时的他来说,我还只是个小孩子……"

"然后呢?"

"然后我们就扭打在一起,粘糖豆撒了一地,直到经理赶来拉开我们俩。几个同事赶紧把我拖进了休息室,经理似乎打算安抚司机几句,他却什么也没听,钻进车子走了。"作家说,"好不容易冷静下来,我这时才发现,一张驾驶证不知何时粘在了我的衣服上——他买的是粘粘糖豆。"

"从此,你就一直在找他?"

"我再也找不到他,他就像人间蒸发了一样。而且,就算现在让我遇见他,我也没法做些什么——我做过很多锻炼,可总是没法让自己强壮起来。"作家有些黯然,"可我忘不了他那冷漠的表情,阴森森的冷笑,好像在说'小子,看你,算什么东西',就算忘了他的脸,这种表情还是出现在我梦里，他……他总会让我突然惊醒，然后在黑暗里，为自己的渺小和恐惧哭泣！"

"这打击实在太大了。"

"所以，我要杀了他，杀了他！这样，这样才是我唯一的解脱！"

"可是你打算怎么做？"异星人不解，"先不论时空犯罪追缉队，还有外祖父悖论——这么说吧，如果，你在司机打你之前把他杀了，那么，司机就没打过你，你就不会成为作家，也就不会得到时间机器，所有的都会乱套的！"

"关于这个，你不需要担心。"作家又冷笑起来，"我有一个毫无破绽的好手法。"

"哦？我倒想听听看。"

"单说方法实在是无聊，不如……不如我们来说一个故事吧。"作家兴奋起来，"假设，不，就在明天的早晨，一夜没睡的我从床上醒来，刷牙，想了想，最后还是不刮胡子。"

"很形象。"

"然后郑重地穿上衣服，提上一个包，里面放上一把六发子弹的手枪，一把锋利的瑞士小刀，再加上一瓶浓硫酸，还有收藏已久的那张驾驶证。接着走到时间机器前，把手指放到按钮上，深呼吸，准备，按下去。"

"你回到了过去。"

"是的，过去。在一间破旧的房子里，一个男孩儿，正病恹恹地玩着一辆玩具卡车。要知道，这些天来，他的梦里总是反复出现一个奇怪的男人，他要杀了他，用各种各样的手法，几次他都难受得快死了，可他最终还是没有杀了他。男孩儿并不知道，这不是梦。

"梦里的人出现在他的眼前。

"是的，我出现在男孩眼前，他用惊恐的眼神看着我，仿佛想起了梦中的场景，然而他还是笑着说'您好，先生，请问您找谁？'，我不说话，只是笑着看他。真是个可爱的孩子！谁能想到呢？十几年之后，这个孩子竟然变成了疯子！暴力狂！无恶不作的罪人！"

"请稍微控制一下情绪。"异星人安抚着电话那头的男人。

"真抱歉，失态了。"作家停了停，"好吧，我们继续——孩子看我不说话，于是大着胆子问道'先生，您手里拿的……是什么？'。

"'时间机器啊！'我说。

"'我可以看看吗？'男孩儿向我伸出手，眼神里充满闪闪发亮的满满的好奇。

"我欣然递过去。下一秒钟，男孩儿的眼神凝固了，尖刀，刺穿了他的手掌。他张大嘴，还没来得及喊出声，六颗子弹已经穿透了他的身体，伤口很小，血，不断涌出来。缓缓地，他向后倒下去，眼神望向什么都没有的天空……"

"停！停！我对犯罪小说并不感兴趣。"异星人感觉有点儿血腥，赶忙阻止。

"是吗？那就跳过这一部分吧，总之，我杀了还是孩子的那个司机。"

"作家先生，到目前为止，似乎只是一场普通的谋杀案。"异星人沉不住气了，"我只想听你所谓的完美手法。"

"总需要些铺垫啊！"作家有些生气，"好吧，接着说！杀了孩子后，我用浓硫酸处理了尸体，然后又按动了时间机器的按钮。"

"去哪儿？哦不，去哪时？"

"去我大学刚毕业的那个时间。到那个老式的、充满灰尘和汽油味儿的老式加油站。"作家说道，"当然，在那之前，我要租上一辆车，以及，把帽檐拉低，低到别人看不到我的眼睛，还有，把驾驶证塞到一个容易拿出来的裤袋里。"

"嗯，难道说……"

"接下来的事情不难想象了吧！"作家阴森森地笑起来，"找到一个年纪轻轻，嘴上无毛，还架着眼镜的年轻小伙子，跟他买几袋粘粘糖豆，然后为了零钱，或者其他什么小事狠狠地吵起来，越吵越凶，在恰当的时刻，狠狠地打上他一拳。"

"那么说，后面的……粘糖豆，驾驶证，都是……安排好的？"

"是的。小伙子，那时的我，怎么也不会想到吧？仇恨许久的人，竟然是他自己！"

"这……真的有用？"

"只要在年轻的我的心里播下仇恨的种子，就能构成个完美的圆。"作家轻松地说，"我的一生，我的一切，不会有丝毫的改变——那样，我也就满足了。"

"你是说……"

"对，出了加油站，剩下的事，就是等时空犯罪追缉队了。"

"等等。"异星人说，"你不觉得，那个司机，死得有些冤枉？"

"这我管不着。"作家说，"之前我已经杀了他无数次，这次，只是真的下手而已。"

"真的不再考虑一下？"

"我早就跟你说过。"作家说，"我又要去杀人了。我不怕。"

说完他挂掉了电话。

几天后，异星人在另一个陪聊电话里得知，作家又出版了一本书，内容不再是以往的犯罪，而是科幻。而在这之后，异星人再也没有听到有关作家的新消息。

爱别离

流星雨之夜,异星人接到一个电话。

"您好,异星人陪聊。"

"您……您好。"缓慢而苍老的妇人声音,"我想……我快要……死了。"

"快叫救护车!"异星人惊呼,"您在哪里?"

"不用了,我已经太老了,我知道,我已经没有力气活下去了。我不怕死,只是,现在,我的床边连一个人都没有,我好想找个人听听我一生的故事,可以吗?"

"当然,当然。"异星人赶紧说。

"我年轻时长得很美,真的,不骗你。"老妇人缓缓开口,"可我是这世上最不幸的女人。"

"为什么这么说?"

"有不少男人追求过我呢!不过……"

"不过什么?"

"每到关键时刻,总会出点意外。啊,说来你可能都不信。第一个男朋友向我求婚时,突然地震了,他被吓得丢下戒指就跑。第七个男朋友,花了一月工资邀我去海边共进烛光晚餐,却被连着十二天的大暴雨浇得失去了耐心!"

"这的确,很不幸。"

"还有更神奇的,哦,我记不得是第几任男友了,总之,他打算在一片星空下,浪漫地牵起我的手,这时,一颗陨石砸在我们相牵的手上,一点都不偏——为此我们的关系还维持了大半年,因为我们必须住在同一家医院。"

"之后呢?"

"刚开始,我还心有不甘,久而久之,我也就承认了自己的厄运。"老人说,"后来啊,我成了……你们年轻人说的'剩女'。那段日子里,我每天都到公园里散步,看着星空发呆,只有这样子才能稍稍缓解我的寂寞。"

"您……一生都没结婚?"

"有那么一次。"老人说,"在我快四十岁的时候。"

"哦,是哪位男士那么勇敢?"

"你说对了,异星人。"老人"咯咯"地笑起来。"他是个天文学家,也是个真正的勇士,和之前我的男朋友不一样,他的身体强健得堪比冒险家和武打明星!遇到地震,他一把抱起我就跑。遇到暴雨,他一口气游过半个海峡来送我一朵玫瑰。还有,遇到陨石雨,他竟然把铁锅顶在头上,一边哈哈大笑,一边和我去约会。"

"真是浪漫,你们一定很幸福。"

"婚礼要举行的前一天,我哭了整整一个晚上,真的,那是喜极而泣。"老人顿了顿,"只是,第二天,我穿着婚纱走进礼堂时——他却不在了。"

"什么!?"

"他留下一张纸条,'很抱歉,我知道了,它比我更爱你'。"

"他?谁?"

"不是单人旁的他。"老人纠正,"也不是女字旁的她,而是'它'。"

"您知道吗?"

"我……知道。"老人的声音变得断断续续,"我在刚才……才知道。"

"到底是谁?"

"看见……窗外的……流星雨了吗?"老人说,"是啊,原本三十年才有一次,这几天,却降临了……一次……又一次……"

"您没事吧?"异星人问,"等等,我马上叫救护车!"

"就是……它啊!"老人仿佛没听见,"就是我居住的……这个小小的星球……在我这一辈子,它一直爱着我……一直……"

"您别说话,我已经拨了急救电话了,撑着点。"异星人大喊,"而且,恕我直言,这怎么可能呢?就算这星球真有意识,能控制暴雨和地震,它怎么能控制大气层外的陨石呢?"

"我……不知道。"老人的声音变得异常柔和,"我只知道,我,是这世上最……幸福……的女人……"

"喂?喂?喂!"

电话里传来什么掉落在地的巨响,接着一片寂静,任凭异星人怎么喊叫,都没有回应。

半小时后,异星人无奈地挂断了电话。

他往外看,天空中是流星暴雨。

就像是眼泪。

求不得

女孩知道,自己爱上了一个人,那个人不是别人,正是异星人。

在某个阳光明媚的下午,女孩提前三站下了公共汽车。她停下的地方是北方常见的居民小区,红色的墙,堆满旧物的阳台,暗淡无光的门牌还有私自乱拉的电线。小区边上有一排白杨树,黑绿色的叶子反射天空的白光。

女孩把手拢到耳边，闭上眼睛，她的姿势让人想起音乐播放器的美丽广告。

这本该是个忙碌的下午，远处还有一栋大楼，一张办公桌在等着她，在那上面，摆着似乎永远填不完的表格，还有蚂蚁那样密密麻麻的文件。不过在此刻的女孩看来，这一切都显得不那么重要——和她的目的地比起来的话。

她要去寻找她爱着的人。那个人有磁性声音和冷静洞察，他把自己叫作异星人。

她认识他，只不过因为偶然的一次打错电话。刚接通时她就发觉打错了，正想放下，然而就在这时，电话那边传来一个声音："您好，异星人陪聊。"

她一下被这声音迷住了。

她忘了原来要往哪里打电话，只是一个劲儿地和那个异星人说着话，刚开始只是咨询和礼貌的对话，很快变成了闲聊，到了最后，已经变成了她单方面的倾诉。她毫无保留地告诉他，她是个怪胎，不是一般意义上的怪胎，而是她的听觉比一般人要敏锐得多，能听见许多别人听不见的声音，就这样，在她不算长的一生中，每天要不断忍受没来由声音的折磨，还不能对别人说，要不别人非把她当成真怪胎不可。

"你很幸福。"异星人说，"已经有个完全不同的世界陪着你，你还需要什么？"

电话这一边，女孩愣了很久，这还是第一次有人这样说。

从此她无可救药地迷恋上了异星人，电话里，他磁性的声音唤起了她内心深处最温柔的情愫。

之前，女孩不是没有想过和异星人见见面，只是没有地址，也没有姓名，只有一个神秘的电话号码，要在茫茫人海中寻找一个人，谈何容易。

可世间的事往往就是有那么巧。就在这个下午，就在人黑压压一片的公交车上，女孩一刻不停的背景音乐里传来一声清晰熟悉的声音——

"您好，异星人陪聊。"

直觉，还有听觉，一起告诉她，他就在这附近。

女孩顺着白杨树小道往前走。她听见风声，听见鸟儿停在电线上轻轻喃的一声，听见树上虫子吱呀吱呀咀嚼叶片的声音，还有更多的声音，可她只专注一个，那个磁性的声音，正在和一位作家谈论他的病。

几分钟后，这通电话结束了，声音暂时消失，而女孩也停下来，停在一堵灰色、布满尘土和蛛网的老式大门前。

有那么一个瞬间女孩听不见任何声音了，她的心跳声盖过了一切。一次又一次的深呼吸后，她轻轻抬起手，敲响了大门。

没有回应。

她再敲。

还是没有回应。

最后她终于用力地拍打起门来，手上都是灰。

可还是没人来开门。

她很失望，却并没有转身离开的打算。她呆滞又安静地站在门前，大概半个小时后，门里传来轻微却又非常清楚的声音——

"您好，异星人陪聊。"

他的确是在里面的，只是不知道为什么不愿意开门。

一个想法突然钻进女孩的脑海，她被自己吓了一跳，这怎么可能呢？那个每天穿着套装，坐在办公室里卑躬屈膝的自己，怎么可能会爆出这样的想法呢？她羞红了脸，转身，走出几步，又绕回来，靠近门，好像犹豫了，又好像做出了什么决定，终于，她贴在门上，用力度不大但坚定的语调说了几个字。

"请开开门，异星人。"

里面没声音了，又一通电话打完了。

"我爱你。"

说完这话她的脸顿时一阵发热，还好周围并没有人，但她相信，门里面的人会听见。

可那扇大门始终紧闭着，没有打开的迹象。

女孩用手使劲拍了拍额头，懊恼顿时替代了所有情绪，她像是做错了事情的小孩，仓皇地准备逃避大人的嘲骂。

可就在这时，门里传来那个声音："等等。"

是在叫我吗？女孩停下，回头，异星人的声音清晰地灌进她耳朵里："我知道是你，但我没法开门，你可以试着从阳台上爬进来——还有，请做好心理准备。"

女孩看了看阳台，发出压低声音的惊呼，那里果然有个缝隙，差不多可以钻进个人。她蹲下来，有点不顾形象地往里钻，丝袜被栏杆刮破了几个小洞。

这些动作花了不到一分钟的时间，可女孩的心情却异常忐忑，异星人的最后一句话让她非常在意。说实话，她有心理准备，她想象过无数种和异星人会面的场景，这些想象里甚至还包括科幻片里的"大虾"或者"章鱼人"式的怪兽。

可不管怎么想，临到真见面时，还是会紧张的吧。

女孩深深地吐出一口气，握住阳台上的球形门锁，轻轻一扭。

门开了。

一间再简单不过的空房间出现在她面前。

是的，空房间。

除了角落里一台极其老式的转盘电话，房间里空无一物，更不要说，有人存在了。

"欢迎您。我记得您，您的听力好得出奇，真让人羡慕啊！"那好听又礼貌的声音却在虚空中回荡。

女孩说不出话，她注视着那部电话，话筒被拿起，吊在桌子边缘，晃晃悠悠，异星人的声音正是从那里传出来的。

"我很高兴。"异星人的声音不再那么礼貌，"真的……"

"你在开我的玩笑吗？"女孩不知为什么，手脚冰冷，"告诉我，你现在在哪里？在哪里打这个电话？"

"在……该怎么说呢？"异星人说道，"您是第一个来到这里的人。"

"不要岔开话题！"

"接下来的解释可能会让您吃惊，但我可以发誓，没有一句是虚假的。"异星人说道，"我，其实是一束你们所说的'电流'。"

"不可能，电流怎么会……会……那么……"

"为什么不会呢？"异星人反问，"你们人类的神经系统，传递不也是电流吗？"

"好吧，用神经来解释，可你的脑子在哪儿？"

"对您这样的人类来说，应该非常难以接受，但对于我来说，这确实就是我存在的形式。"异星人说道，"我就是一束电流，一束对你们来说，有'生命'的电流。只要我愿意，我就能改变自身的强度和脉冲，也就是在电话里发出你们所说的'声音'。"

"这……太离奇了……"

"对我们来说，你们同样离奇。"异星人说，"你们竟然还有碳水化合物组成的'声带',通过它来震动发声——不过这不奇怪,宇宙间的生命形式原本就是很多样的,每个生命都有它自己的世界,就像你我一样。"

"我……大概听懂了……问题是,异星人,我不能看到你,也不能摸到你,是吗?"

"但你可以听到我。"

女孩踉跄地从小区里走过来,下午的阳光依旧灿烂,楼房、电线和白杨树的影子交错地铺在她长睫毛上,像一幅美的画卷。她等了一会儿,又上了一辆公共汽车,车上的人依旧很多,她缩进一个角落,开始哀悼她永远得不到的爱情。

很快她就会到达目的地,一头扎进办公室,扎进永远填不完的表格和文件中。她会过上新的生活,她会渐渐忘记的。她不会再在风中竖起耳朵,去寻找那个充满磁性的声音。那么,她再也听不到空房子中异星人那一声暗淡的叹息——

她还能听见他。

可对他来说,看见她,触摸她,甚至听见她,都是不可能。

可又有什么办法呢?心之所爱者,总有求之不能得的!对异星人来说,也是一样。

量产超人

SHE·陈 茜

说到底我们都是些平民,对子弹横飞场景的严酷性都不了解。我们量产的超人,也不过是场真人秀表演。

"听上去有点儿意思。"K说。

我点头,站起身来,在已经写满了"厨师""假绑票案""地月列车搭乘者""太空修理工"之类的词的黑板上,找了块空地儿,写下了:"超人"。

房间里烟雾袅绕,时间是凌晨两点。我们仨都顶着黑眼圈,脾气暴躁如熊,撒出的尿里一股咖啡味。预算会是早上八点,我们得拿出今年有线电视网的真人秀项目提案。所有的主意不是"被人炒滥了"就是"不出戏"。整个电视网有六百二十个娱乐台,我们去年的节目在收视率榜单上排名第十七。不错的成绩,但那块小小领地转眼被蚕食得一干二净,眼下打开电视就能看到十多个抄袭节目。而且,做得比我们还棒。

我们需要新主意。

"你的意思是,我们让普通人做一次超级英雄?"L扬眉。这个小个儿姑娘是我们的公关,我能感觉出她的大脑正飞速运转,罗列出这个主意会带来的麻烦。

我挥手,"大致这样,给点儿意见?"

"如果给我们一整个技术支持团队,制作一个20世纪的传统超人形象,不算太难的事。"K说,"个人飞行装置,一些炫目的小道具,以及——我认识些哥们,手里正好有些装备,可能符合我们的需求。"

"但你怎么说服人们信服这个形象?"L反驳,"大众不像过去那么傻了。更别提互联网上那些业余专家,他们会看穿我们的小把戏。"

"也许我们没必要真的——"我打了个手势,有些思路正在脑海中渐渐成型。也许真有点儿意思。

到了四时半,我们离开了小小的会议室,留下了满地的烟头和空易拉罐。黑板的绝大部分都被草草擦干净了,只留下孤零零的"超人"二字。我们已经说服了自己,四小时后我们得说服那些真正有钱投资的人。

L回家补觉,我和K连上了各自的膝上计算机,开始制作将在项目会议上播放的PPT。

一

一开始他们觉得这个主意有趣,把他们惊到了。我又花了二十分钟让他们看到,它包含着多么丰富奇妙的可能性,例会上的每张脸都开始发光。此情此景像个美好的翻版,预示我们有机会复制去年的辉煌。

于是我们得到了钱。

于是我们得到了时间。

于是齿轮开始转动。

像节目制作组的一贯分工一样，K负责技术支持，L疏通各种关系网络上的小小麻烦，比如说得到许可，借用政府机关或地铁车站拍摄一些场景。她擅长搞定这些。

而我，我挑选主角。

关于如何使大众信服一个超人的存在，那天夜里，我们最后的讨论结果是——没必要。K是典型的技术宅男，家里的壁橱里还保存着成堆的陈年超级英雄漫画。和所有正常男孩儿一样，我也曾经对此有过痴迷时光。关于超人的模版并不陌生，于是我们在黑板上列出了一个传统超级英雄所具有的要素：

——某种超级能力；

——普通人身份和异能人士身份的转换和冲突；

——道德感；

——对抗有同样等级力量的反派角色；

——助手和同伴。

这些都是能出戏的地方。至于英雄的超级能力是哪儿来的，似乎不是问题的重点。传统通俗文化里，有时他们是外星生物的后代；有时含糊地提到，他们得到了某些怪物科学家的帮助；更多时候是被化学药剂或辐射物莫名当头浇了个透。将这些狗血因素换成一组电视拍摄人员，似乎也没什么不可以的。

现在我们所要找的，是一个普通人：要求有平均水平的道德标准，不太僵硬也不过于随便。我双手支着下巴在办公桌前愣了一会儿，打开了Facebook，在最热闹的讨论区发起了评论投票帖——关于最新的汽车停车场炸弹事件：一个动物权利激进组织控诉某生物实验室不尊重动物,在附属停车场放置并引爆了炸弹,结果炸死了一个孩子。针对此评论投票帖,我编制了一套投票测试内容,备选项中暗含的倾向性覆盖了一整个谱系,从明显冷血反社会,到中立,一直过渡到同情受害者。

网撒开了。

几小时后我锁定了几十个候选者。男性,年龄在二十八岁到三十五岁之间,受过高等教育,职业是大型企业的中层职员。至少从主页信息上看是未婚单身。业余爱好大众化。对公共事务的见解平庸,带些温和的同情心。我进入了他们的公开相册,挑出形象过得去的——我想象了下试镜的场面,删除了其中一个每张相片看上去角度都挺帅的家伙,镜头感太好了,很有可能他会一路直直盯着摄像机的。

第一个系列的人选,我想尝试传统的男性形象。如果成功了,我们还可以找女性,老年人,孩子——不,用未成年人的法律限制太多了,我们会碰上麻烦的。那都是以后的事。我收回心神,给目前名单里的五个候选人发邮件,以有线电视网制作人的身份,邀请他们参加一个策划中的真人选秀节目。提到了去年的"我知道你梦见了什么"节目,如果他们是我们百分之十五收视率里的一部分,回信的可能性会大一些。

点击发送后我往椅背上一靠,普通人并不喜欢以一种"有可能会大丢其脸"的形象抛头露面。和去年的睡眠解梦节目不一样,我心里也不知道这次我们会走向哪里。当时我们请了一群毒舌的心理学家和刑侦人员,挨个儿叫醒那些正进入深度睡眠的人,让他们讲出梦到了什么。指出哪些人在说谎,并分析他们为什么会说谎。残忍而富有戏剧性。但最后我们会给他们点补偿——国外旅游的机票,和失散多年亲人见面的机会,甚至有个参与者当场远程求婚成功。

我不认为我们伤害了这些参与节目的人。大家都各取所需，不是坏事。

这时计算机荧幕上方的邮件提醒亮了。有回信。

我跟候选者们来回发邮件，进而电话交谈。了解到节目的细节后有些人表现得过于兴奋，有些人变得冷淡。背景调查也淘汰掉了一些人选，毕竟得接触到一些专利还在保密的技术。这些技术涉及相当巨大的商业利益，虽说眼下只是潜在的。但我们必须小心。

到最后，只有一个候选者挨到了面试。他中等身材，一头深棕色的短发，圆脸，线条含糊的下巴上长着些短胡子。我想，正式上镜时必须得说服他剃掉。完全划不到英俊或吸引人的类型里，只有大而灵活的眼睛将整个面孔都带得生动起来。他穿着暗色的夹克和牛仔裤，棕色系带鞋，除了兜里鼓出一块暗示着手机外，没有拿包。

我在心里为他的外表打了 80 分，真是扔到人堆里便找不着的好典型。

他坐在小会议室的折叠椅上，捧着一杯热咖啡，略显紧张。

"一开始我以为是开玩笑。"

"对我们来说也是新尝试。"我笑，"你为什么会对这个主意感兴趣？很多人对上真人秀节目会有顾虑。"

"实际上我平时很少看电视。"他看了我一眼，有点不好意思地低头，"收到你们的邮件后，我上网找了些你们以前录制的节目看了看。感觉上——"他停下来寻找措辞，"你们在帮助那些参与者，用一种比较激烈的方式。我喜欢这种氛围。"

他抱有这种念头，对我们来说真是太好不过了。

"的确有心理治疗的效果，"我说，"对我们这些节目制作者和参与者来说，都属于某种自我探索。我们永远不知道下一步会发生什么。"

他笑起来，眼角的皱纹挤作一堆，"那就是我想参加的目的，我觉得好奇。"

不错的理由。我暗自点头，打开一直搁在膝上的笔记本计算机。房间暗了下来，对面的空墙上显出一幅投影。

"我们谈谈这个节目的设想和细节问题，如果你觉得没有问题，我们就可以签订协议，并拍些试播片段。"我说，"不管你有任何问题，都能敞开讨论。"

他盯着墙上现出的一身红色紧身衣模型，放声大笑："这是什么玩意儿？"

我干咳了一声："你的服装。"

他转回视线，表情一下僵了："你的意思是……"

我点头："你得穿着这身衣服出现在公众面前。"

他开始挠头。

"自然不是每时每刻都穿，只有你进入超人模式时，才会以这个形象出现。"我开始向他解释整个游戏的规则，"也许你觉得它看上去有点可笑，过后我们可以再和道具美工沟通下，找个你能接受的设计方案。外形不是重点，它不是件普通的紧身衣，穿着它，你可以隐身，短距离飞行，还可以起到防弹衣的作用，并具有一定的攻击力。"

"隐身？"他摸鼻子，一脸不可思议。

"一会儿由我们技术组的工作人员向你解释其中的原理，"我说，"其实这种产品并不超前，只是很少用于民用，成本太高了，也有很多限制。节目一旦进入摄制过程，你会得到这样一件紧身衣。我们会跟踪拍摄你和这些特性磨合的过程。"

"我是不是有些任务……"他皱眉，"比如说阻止犯罪之类的？"

"不，不。"我立即否认，这正是我们的敏感之处，L 为此头疼不已。我们得绕过许多行政上的条条框框，作出一堆堆保证，我们的节目不会干涉正常的司法管理，而且不会沿着一般的超人漫画套路，使城市警察显得像群白痴。"你所要做的，是顺其自然，看看一旦一个普通人拥有了某些超能力，他会以什么方式生活或思考。你在整个过程中会不时接受我们的直接访谈，以及和我们的电视观众互动。"

"听上去不特别刺激。"他说，语气里倒没有特别的失落，仍兴致勃勃。

"还有一个重要的环节，"我说，"你能否继续拥有这件超人服，每隔一段时间都会由观看这个节目的观众投票决定。"

"喔，真人秀。"他表示理解。

"比如说，你在穿上它的一个星期内，都只是穿着它在自己家门口飞上几米，让邻居看看你有多帅，观众感觉得腻味了，就会投票中止你的权利，我们就会把紧身衣传给下一个候选人。"

"我要保有这件紧身衣，得不断做些看上去有趣的事情？"他挑起眉毛，我也明白这和我刚才说的顺其自然不符。为保有收视率，我们会安排些救树上的小猫之类的意外事件的。

"不用过分刻意。"我告诉他，"总会发生些意料之外的事。"

我们又谈了些诸如意外保险、保密协定和报酬之类的细节问题，他思路清晰而不过分计较。我对他的好感度又上升了，开始期待一个愉快合作的前景。

两小时后我们签了合同。

他是我们的第一个超人。各自签名时，我注意到他有个极为普通的名字，后来也一直没记住。摄制组的人和我一样，一直叫他一号。

二

第二天，他来台里试穿服装。我们找了个看上去极具高科技含量的房间当背景——要达到这种效果其实只要把所有普通家具撤走，让空间看上去又亮又光秃秃的即可。在正式录制前，对他先做了个简短的访谈录像，让他谈谈为何会选择参与这个节目的录制。内容与我们昨天谈得差不多，只是我的角色被一个穿高衩旗袍的漂亮姑娘代替了。一号表现不错，语言表达清晰，同时带些初次上镜的紧张羞涩感，显得十分自然。

K带来了超人紧身衣和一堆叫不上名字来的电子设备，还有一些实习生。K手下的人在我看来都差不多，头发没型，穿着格子衬衫或图案T，手脚不知该往哪儿放，脸上的飘忽神色属于12岁的青少年。但他们能搞来神奇的玩意儿，并让它们顺利运行，比如说眼下的这件"全息传感仿生服"——超人装备的略正式的名字。

一号与技术组的成员们一一握手。

摄制组围了上去，导演这次决定大部分镜头用手持拍摄，造成某种真实偷拍的效果。我和摄像们点头打招呼，然后搬了把折叠椅，坐到房间后部的几块实时显示屏前，导演今天没过来，觉得这场不太重要，只通过网络视频远程指挥。我乐得独享坐在这里看原始片的乐趣。

从小小的荧幕上看，他们进展得不错。

一号展开全息服，观察它的质感，试着掂它的重量，一脸好奇。K的声音在话筒里偏小，我想他又得后期重新配音了。

"先说说隐身，本质上讲，它就是一件可以穿在身上的液晶显示器。"K说着，冲手下的一个小孩打手势，让他启动他们带来的计算机，

"这种设想出现了快一百年了,随时随地拍下四周的景色,计算出你的身体位置本应该呈现出的景象,并制作出电子画面,反映在体表。只是出于数据传输的速度能力所限,这项技术并不实用。"

"听上去像种高科技的迷彩服。"一号说。

"好比喻。"K点头,"当你穿上它,它会通过无线信号和我们的计算机设备连起来,有辆小货车会一直跟着你,里面载有技术设备。当你启动隐身功能时,我们会为你计算数据并提供掩护。但为了防止数据流过载,你的隐身时间不能超过十五分钟,并且有可能在环境色彩过于复杂,或你运动得过快时失效。"

"听上去……"一号歪头,欲言又止。

"确实没科幻电影里那么神奇。"K耸肩,"否则参与人早就来一件了嘛。"

他们一起笑开了。

接下来是初步试穿。

一号首先套上了头套,看上去有点可笑,像个银行大盗忘了在头罩上开眼洞。K手下的小孩们忙着调试计算机,进行信息连接。一个瘦长条儿直起腰来冲K竖了竖大拇指,场内响起一片抽气与压低了声音的惊叫。

我们男主人公的脑袋不见了。

效果的确惊悚又滑稽。我在荧幕前乐得东倒西歪。

"天!"一号望向事先摆在他身边的一面大镜子,他倾斜着肩膀想看到脖子以上的图像。自然没看到血管和骨骼,看到的只是一片数据缺失的灰色。"太不可思议了。"他说着,不急不缓走了几步。

"摄影棚的图像环境很单纯,你完全可以随意行动。"K告诉他,"感觉怎么样?"

"稍微——有点儿恐怖。"一号说,还不断抬手去摸自己隐形的头脸,"简直怀疑自己的头是不是还真的在那儿。太逼真了。"

"你可以试试全身的效果。"K一拍手,相当得意。

他们在镜头里消失了几分钟。

回来时,K扶着一号的胳膊,"你可以走得慢一点,一开始双脚从视野里消失后,需要一点时间重建你的身体方位感……"

隐身的人不回答,镜头随着他们"俩"走走停停地移动到房间中央。突然从门口传来一声大笑,另一机组迅速转回门口,只见一个身上包着类似于暗灰色橡胶服的人扶住门框"哈哈"大笑,K在房间中间也甩开了那个不存在的隐身人,发出"咯咯"的笑声。几秒钟后全场哄笑。

他们把我们全都耍了,我摇头,这段花絮真不错,得保留下来。

接下去的半小时里没什么值得剪入节目的镜头。他们调试全息服,让一号试着在隐身状态中行动,并教他如何通过一些特定的暗号动作通知后备组,什么时候开启或中止隐身模式等注意事项。我独自在荧幕前感到无聊起来,便端着水杯来到K的技术小组成员的旁边。

现在的一号处于完全隐身状态,我们只能通过GPS定位在荧幕上看到他的行动轨迹。

"但我们看不到他具体在做什么。"我压低声音说:"这也许会给将来的跟踪拍摄带来一定麻烦。"

"没关系,到时可以用红外热能模式拍下他的行动剪影。"K侧头想了想,"不过在人非常多的闹市区有困难。"

"到时再说。"我点头。

男主角学得相当快,他们又给他拿来了飞行腰带。和隐身功能一样,这也是听上去相当酷,实际上有些鸡肋。只能离地飞行一公里左右，速度比普通的自行车略快一点儿。而且需要一段时间的训练，才不致一头摔断脊椎或脖子。

飞行器具厂派来的技师为我们演示了一些特技动作，看上去就像只苍蝇一样自由灵活地在空中打转儿。一号坐在一边仰脸看着。接下去的一星期时间里，他将在装有软垫的房间里上飞行课。我们会跟拍这个过程。

最后一个项目是重点——搏击能力。

"你现在可以捏碎一个玻璃杯。"K向他宣布。

"真的？"一号左右四顾，大概在寻找一个玻璃杯。

"拿着。"K从身后拿出了杯子，同时递给他一个托盘，"小心碎渣！"

一号接过玻璃杯，翻过杯底看了看。"我怎么知道它不是个道具？"他迟疑了下，"隔着这层衣服，我的触感也不太灵敏。"

"哦，你回家后可以再捏些自己家里的杯子，以验证真假。"

"我会忍不住的。"一号说，做了个鬼脸，试着用力。摄像给他的手来了个特写，我看到包裹在灰色全息材料里的手指紧紧扣住杯壁，随即一声低弱的脆响，他往托盘里抖掉满手的玻璃渣子。

"它——放大了我的力气？"

"并不是你所有的行动的力气。"K解释，"否则你会在水泥地板上踩出一串洞，或者握手时握碎了人家的手骨。你可以通过一些特定的微动作控制力度的增强幅度。需要些训练和适应的过程。我们还会有一些特定限制程序来保护你不伤到自己或别人。"

镜头移到一号的面部，此刻他没戴着头套，我可以清楚地从荧幕上看到他被放大的表情：迷惑，兴奋，惊奇。

他伸屈着自己的胳膊，想立马找另一个杯子或别的东西再试试手。

"有件事必须声明下，我们有权随时随地中止你全息服上所有的功能。"K说，他的声音适时地变得严肃。

"以防内心的黑暗力量控制了我？"一号说，我看出他是在调侃。一句超人漫画中的常用台词。

"力量只能用在正确的地方。"

这台词太老套了。我皱眉，正式播出时必须得换掉。太赤裸的道德说教出现在娱乐节目里简直是收视率杀手。

不过，我们也得给观众和节目审查方吃颗定心丸。我们放了个能随时捏碎人头、举起汽车的普通人游走在城市里。虽说线始终紧紧牵在我们手里，但这总是让人提心吊胆。

三

第一天的节目录制收工后，K打电话给我，说要下班后碰面喝一杯。

我处理完了一大堆的收尾工作：安排摄制组明天跟拍一号的住所、同事和邻居，并做些简短采访；对一号的飞行练习安排和简单的搏斗训练；几个厂商闻风而动要求插入广告，我希望私下能和他们谈谈。L打来电话说，两个星期后在市中心购物广场安排的那场戏可能有些麻烦。我一边听着她转述几层"上头"之间的扯皮过程，一边离开了片场。一号还没走，他换回了普通衣服，靠在门口，看着勤务人员清场。

"他们会开车送你回去，你今天晚上可以先把家里收拾下，明天要拍你家的场景。"我捂住手机话筒，对他说。

他点头，神情有些涣散。

"你们有没有别的候选人?"

他突然问。

我一愣,对 L 说等下再谈,挂了电话。

"没有。你是最合适的。"

"我为什么会合适?"他听上去并不像在暗示夸奖之类的。他是真的想知道。

因为你普通。没有对暴力的过分欣赏,也没要改造世界的变态雄心。我想这听上去并不完全是赞美,于是说:"你是个善良可靠的人。我们的这个节目有风险,你看到了那套衣服和装备,如果落到……"

"对。"他随随便便地点着头,突然笑开了,神情轻松起来,"虽说我不知道你们怎么推断出来我是个好人,但……我会处理好的。今天很出乎意料,跟我想象中不一样。但我会处理好的。"他挥手,"明天见。"

我看着他的背影,想刚才的那段内心活动真不错,可以让他在镜头前再来一遍。

我在六路居里第一眼就扫见了 K,他喜欢坐吧台上最敞亮的位置。

这个时段六路居里人还不多,基本全是熟客,统统是附近在传媒公司干的各路怪物。我走到他身边,冲老板点头:"老样子。"

"你对他感觉怎么样?" K 转向我。

"那个隐身的段子是谁的主意?"我等着饮料上来,问。

"他的。"

"有点过于聪明了。"我同意 K 的暗示。

"他对我们的技术挺好奇。" K 说,他一向喝得很快,我留意到他面前杯子里的白酒已经只剩下二指高。

"哪种意义上的?"我低头抿了口自己前面棕色的液体,皱了皱脸。

"不是那种……哦！这真是太神奇了！你们是怎么做到的那种样子的好奇。"K望向我，眼神里有忧虑，"他提的问题都切中重点。我手下那帮小孩都挺喜欢他。他本身是搞技术的？"

我回想了下，一号的大学学历似乎是实用类经济学方面的。他的业余爱好是做车模。也许这就是他对技术方面保持敏感度的原因。我能理解K的警惕性，他为这个项目的技术保密性担着责任。我告诉K一些关于一号的背景资料，以及我们做过的排查。我相信一号是安全的。项目定下来后的两个月里，K都在宇航中心跑来跑去，对我们的选角过程并不清楚。

K听完似乎放心了点儿，"你是怎么找到他的？"

"Facebook。"

K瞪大眼睛看我，然后搓着额头大笑。

"真有你的。"

"我厌倦了事先写好脚本，然后找专业的真人秀演员来充场子的那种流程了。"我摸额头，酒精替代饮料总是难喝难闻又让人心情郁闷，还听上去丢人，真不知道为什么我要在这上面花钱。"我想试试其他的。"

"你在冒险。"K说，"而且你挑的不是个笨蛋。"

我耸肩。一号不是容易控制的家伙。从今天片场的表现看，他学习能力很强，有种冷淡的幽默感，也不会对着镜头"咯咯"傻笑或偷瞟。也许有点超出了我原本的预期。超人都该是些胸肌超过脑容量的家伙，天知道观众不会喜欢他。

"你们！"L的声音在我们背后响起来。还没来得及回头，她就一屁股坐上我身边的高脚凳，双肘撑在吧台木头桌面上，抱着头哼哼起来，"天啊！累死我了。"

我抬手示意老板拿杯子来。

"老大，你说过你戒了的。"她冲我杯子里看了眼，嚷嚷道。

"不是真酒。"我叹了口气。如果你只在工作社交场合见过 L，很难想象到她私下里的行事风格。她对着老板璀璨一笑，接过满满一杯生啤，拉开昂贵套裙的领口扣子，舒舒服服地安顿下来。不用低头看，我也能猜到高跟鞋已经被她踢到了半米开外。

"半小时内不要跟我提工作的事。"她慎重声明。

不到五分钟她便开始毒舌今天见过的每一个官僚，用词锋利得像刚开刃的张小泉剪刀。

"这群人要求我们通过成人级的节目审查。"她说。真是坏消息，"如果有暴力或破坏性的镜头，就得把时间档调到十一点以后。"

我摊手。

"他们还对咱们装备的真正性能表示怀疑。"L 说，"他们不信任我们。"

K 苦着脸一耸肩："这点上他们倒是还真长了脑子。"

所谓全息服的功能限制并没有我们向一号、向将来的观众所展现的多。它实际上是早期太空探索项目的富余发明物。在地球的重力环境下的表现也许没那么惊人，但穿上它，单枪匹马打败一小队武装分子还是没有问题的。它也一度前途辉煌，直到人体生物改造的思路在载人航天中完胜。宇航局正需要将 20 世纪的诸多闲置专利民用化变成现钱，以补贴越来越少的财政支持经费。而我们正好是绝妙的广告窗口。如果节目火了，就能达到双赢。

我们都担心全息服真正能做到的事会吓坏将来的顾客和商务管理局——说实话，我第一次知道时，也吓坏了，毕竟宇航局瞄准的只是娱乐市场。现在一号手头的全息服仅仅是个阉割版本，K跟我说过他们如何锁定并限制了每项功能。实际上一号能捏碎的远不止一个杯子，隐身时间也能足够长到跑完一个马拉松。如果让节目审查组知道，我们在玩类似于人型核弹秀的游戏，就死定了。

我深深地叹了一声，扬手示意老板拿点真正含酒精的玩意儿来。至少目前为止，咱还没有失控的迹象。

四

接下去的一个星期过得相当有趣。一号恢复了正常工作作息，我们和他的老板沟通过，同意在节目里插入他们产品的广告，换来了在工作场合跟拍他和他的同事们的权利。

第一天大家纷纷与之玩笑，话题集中在"隐身进入女更衣室或老板办公室"，以及拿来马克杯让他捏碎的把戏上。闹过一阵后便也安静下来，他坐在自己的隔间里开始敲击键盘。

我们像停在电线杆上的鸟一样聚集在公司的走道上，感到无事可做。摄像师开始注意来往复印间的漂亮女职员。午餐时，一号来找我们。

我问他感觉如何。

"比我想象中好。"他说，面前是一盒公司快餐，"我原来担心他们会把我看成某种……古怪的东西。但现在看来，我就像第一天带了个新款手机上班的人一样。没什么大不了的。"

"有没有一点失落的情绪？"我做了个手势。

他笑："稍略有点儿。不过我也没期望有什么惊天动地的变化。"

"这才是第一天。"我提醒他。

他耸肩。

下午我们留下超人自己待着，去采访了他的同事和老板。同事们对他会参与一个真人秀节目表示惊奇。拿他们的原话说："平时他是个低调的家伙。"

而他的老板兴奋过度，费尽一切力气把话题往他的公司产品或自己的领导能力上扯。我能看到摄像小哥正躲在硕大机身后，默默地翻白眼。

傍晚我们开着后备车，跟踪他回家。

路过一家超级市场时，正赶上一辆货车卸货。几个工人扛着纸箱轮流传递，其中一个看上去接近退休年龄了，动作明显比他壮年的同伴慢上几拍。隔了几米都能看到别人等他时露出的不耐烦表情。一号缓下步子开始注意这个场景时，我们都感到兴奋。他站在超市前犹豫了几秒，我示意摄像们快下车占机位。

"我能帮个手吗。"他行动了，走近他们，开口问道。摄像给了他一个面部特写，从车内的转播屏上看，他抿了抿嘴，有些紧张。

工人们停下看他。

他看上去一点都不像干重体力活儿的。休闲西服，计算机包。典型的下班路上的小职员。

"你想要干什么？"搬运工之一开口问他。那人比我们的男主角高一个头。

"只是想帮个忙。我力气很大。"他说，同时为自己听上傻乎乎的台词皱眉。

搬运工们沉默了几秒，互相看。

"走开。"有人轻声说。

一号左右看看，茫然无措。工人们不再搭理他，恢复了传递纸箱的流水作业。

他愣了愣，走开了。

车内我们面面相觑，我打开对话系统，咳了一声："第一次看上去不太顺利嘛。"

一号在前面扬扬手，闷头往前走。

那天晚上，我们在他家里补了一个采访场景。他从飞行训练课上回来，坐在厨房小桌前，用一罐冰啤酒贴着脸上青肿的撞伤。训练房间里有尽可能严密的安全措施，但防不住他一时失控和教官迎面相撞。虽说是个不幸的事故，但必须承认，在镜头剪辑软件里看上去惊险而有趣极了。

"你第一次主动提供帮助，被拒绝了。"我说。

"感觉很糟。"他承认。

"为什么？"

"我看不到他们接受我帮忙的理由。"他说，撇撇嘴，面颊上现出深深的纹路，"就算我能顶替那个老人搬完今天的箱子，我想我更可能会害他丢了他的工作。他也许很需要它。"

"他看上去的确力不从心了。"我附和。

"他跟不上节奏。他自己清楚，他一起干活儿的同伴也清楚。我的干涉大概会让他们觉得，这个老家伙已经没用到路人也看不下去了。"他摇头，把啤酒罐放下，抬起袖子擦了擦脸上的水气，脸上青紫斑块变得更加触目，"他需要的不是我能提供的这种帮忙。这段会播出去吗？"

"要看最后的剪辑了。"我说，觉得话题正转向某个不太轻松娱乐的层次。

他晃晃头，"噗——"的一声罐头拉环拉开了。

"他有种无能为力的感觉。"回到厢式车里，K 看了我们这段对话后，发表感想,"这家伙多愁善感得跟个娘们儿似的。"

自然，他立即被 L 在头上猛敲一记。活该。

我们都有点沮丧，要是这么小的事情都搞不定，难以想象接下去该怎么办。

第二天情况有了很大的好转，起因是一只猫——一只顶多两个月大的被困在树上的幼猫。

五

"我觉得黄色的更好些。" L 发表意见。

"为什么？"我低头看掌中白色的小白球。这已经很符合大众对幼猫的刻板印象了，柔弱无害，有水灵灵的天蓝眼睛，你愿意从里面读出什么可怜的诉求都没问题。

我们正在一家刚开业的宠物店里，拿着节目制作经费要买一只猫。实际上只需要租借几小时就行了，但老板告诉我们，如果傍晚我们把猫活着带回来，他可以全额退款。他也许把我们和拍"宠物也是动物"真人秀节目的剧组搞混了。

经过昨天在超市的挫败，我们决定还是要来点儿经过小小安排的场景。没有比救助一只动物更人畜无害的了。

"蓝眼睛白猫——" L 用一只手指顺顺猫的额头，它咕噜一声眯起了眼，"给人的印象有点儿贵族。只会出现在客厅的垫子上。黄色条纹猫更平民化些，更像会自己爬上树却下不来的那种。黑猫就过了，黑猫能自己下树。"

我大笑，"听你的。搞只黄色的。"

事实证明 L 的直觉是对的。一只爬在树上发出细声尖叫的黄色虎斑小猫，很快招引来了注意力。我们挑了棵小学附近的树。围观者大部分是孩子，有个男孩看上去跃跃欲试，几分钟后就会往树上爬。我有直觉：他把猫拎下树后的行为不是喂它牛奶，而是往猫尾巴上拴罐头。

"我可以出场了吗？"一号通过夹在他衣领上的微型对讲机轻声问。

"是时候了。"我说。

他在得知今天有场预定的表演时，露出乐意配合的神色。我们除了安排了树上的猫外，没有更详尽的剧本。我们仍在期待，或需要些自然发生的趣事。

"这是谁家的猫？"他略提高了声音问四周的人。

没人回答。

一个六七岁的小孩儿回答："你能把它弄下来就是你的了。"

我和技术组都乐了。

"是吗？"一号皱起脸看着他，或她。这孩子有张清秀的小脸和齐耳朵的西瓜头，一时看不出是男孩还是女孩。

"如果它是你的了，你就可以把它送给我。"孩子口气严肃。

一号蹲下身："如果我把它弄下来，就送给你，好好照顾它？"

"当然。"孩子露出一脸"你个愚蠢的成年人"的神色，"它是我的猫。"

一号顿了顿，站起身，开始解衣领的扣子。

必须承认，一个正常男人脱下外套和裤子的过程，在公众面前显得漫长而可笑。我开始明白为何所有有关超级英雄的电影都不用完整镜头来描述这事了。人群开始退后，发出窃窃私语。一号的服装最后被定为灰黑相间的连体衣，不是特别紧身，也没有夸张的胸前

LOGO，与其像超人服，更像件寒带探险服的内胆。

他把脱下的衣服随手放在树下，皱巴巴的一小堆。

我在车里捂住眼叹了口气，这个环节必须改进。咋一点儿不讲究呢！

"你是个变态吗？"刚才要猫的小孩问。大概这也是四周所有人心里正转悠的问题。

"当然不是。"一号说，"我只是穿得很奇怪而已。方便爬树。"

"保证你不是个变态。我要保证我的猫的安全。"

"我发誓。"

小孩神色凛然地退出几步。

一号开始往树上爬。

这棵树我们经过精心挑选——粗细得当，承担得起成年人的体重，上面稀疏的细枝条让受困的猫十分显眼。但这也使预料之外的麻烦来了：猫不断往后退时，一号不能跟着它退到更细的分岔上去。刚才他轻松地爬上了主树，从我们这里全息服的读数来看，他甚至没借用过装备的外力。小猫看到朝之逼近的陌生人，开始一点点向更细的枝条末端退。

一号开始向猫打"过来"的手势，并配以笨拙的轻声猫叫。

虎纹黄猫明显不买这个账，一脸惊恐地团在细细枝条的一端。微风吹过，细枝开始上下、左右摇晃。

几分钟过去，这种对峙开始变得尴尬了。

树下的人越聚越多。我们开始担心有人会报警叫消防队来搭云梯救猫——以及在树上犯傻的奇装异服者。这时一号触动了通话装置："让我隐身。猫看不到我也许就过来的。"

K扭头看我，我点头。他启动了程序。

眼下的环境比第一天在拍摄大棚里时复杂得多，计算机用了十多秒钟才让隐身程序起效——一号跨坐在树杈上，首先消失的是他的身体，从双腿开始，像融化在热水里的黄油一般消失在空气中，他从颈后拉出头罩，往脸上拉，此时他只有胸部以上还是实体，视觉效果十分奇特。

小猫似乎被眼前的异象迷惑住了，偏着脑袋呆愣。它开始慢慢向一号靠近。

有希望。

突然之间，猫又开始后退，弓起身子发出嘶哑的呼吸声。热能显示器上有了三团红色的暗影，我们都大惊。

是那个小孩。向一号要猫的孩子，他也上了树。不知为何树下那群成年人没一个拦住他，也许是被我们的隐身花招吸引走了全部的注意力。孩子动作十分利索，手脚并用如同小壁虎，没几下已然悄无声息地坐在了一号身后。小猫看到了逼近的另一个人类，才重新炸了毛。

一号的全部注意力仍放在猫身上。我很怀疑他没听到身后的动静，必须得提醒他。我不想他在慌乱中无意识把孩子碰掉到树下。现在他们离地面有四米多，虽说下面是长满厚草的泥地，也有把脑袋拍进脖腔的危险。

"有个小孩在你身后。"我呼叫，"小心。"

已然来不及了，孩子一脸紧张兴奋，咬着下唇开始向小猫靠近。不出意料，他一头撞上了一号的背。

当你穿着套奇怪的电子服装，坐在一根刚能承受你体重的高空细枝上，全副注意力都放在前面的一头长牙小兽上时，背后突然有股大力一冲，绝对是件魂飞天外的事。一号的反应和普通人一样，自卫性地回头一扫,孩子没料到身侧会有股外力推来,加上自身撞上了明明不存在的东西带来的反冲力,身子一晃失去了重心,惊呼一声往树下掉去。

我不忍心看。

"他拉住了!"K尖声大叫道。

我睁眼看,用准确的词语说,他们正在空中悬停。小孩一脸呆怔表情地挂在空中,一只胳膊被看不见的手紧紧抓住。

我腿都软了。一号的声音传过来:"别害怕。"

"你是隐身人。"小孩大叫,声音里哪里有惊恐,而是欢快得简直像接到通知明天就开始放暑假一样。

"猜对了。"一号哑声说,他估计也吓得够呛。

"我还以为你走掉了。"

"我拉你上来。"

"看!"小孩的声音突然变得尖锐,眼睛变大了,"我的猫!"

小猫受到了刚才剧烈震动的惊吓,退向了更远的枝端,现在看上去像个发育过头的巨大水果一样吊着。若是一号再一发力将小孩拽上去,八成这只猫就掉下去了。虽说传说中猫有九条命,但一只巴掌大的毛球从高空直摔到地下,即使没事儿,也使我们整个节目组看上去像没心没肺的虐待狂。

我凑近通话器:"要帮忙么,我们可以搞软垫接住小孩。别让猫直接掉地下,影响太坏。"

"先等等。"一号的声音有点犹豫,"你们可以准备接住他,让我想想……"

"它要掉下去了。"小孩说,"我们不能想点儿办法吗?"

"我倒有个主意。你能再坚持半分钟吗?"

"没问题。"

"注意,当然我说接住时,你抓住它。我会一直抓住你的。"

猫蹲伏的那根树枝断开了,枝条猛然反向弯折向悬吊的小孩,孩子"哇——"地大叫一声单手抓住了树枝的端头。猫敏捷地跳上孩子的肩膀,团在那儿不动。

"按住它,我要拉你上来了。"一号说,他略微耸动肩膀,提示我们取消隐身模式。

一分钟后,他们并肩坐在树枝上晃悠着腿。小猫挣扎着想从孩子手里逃走,显然是徒劳的努力。

围观人群从一片死寂中突然爆发出口哨声和掌声。

我呼出一口一直憋着的气,扶着 K 的肩坐下来。那根断得恰到好处的树枝是他一掌拍断的。

六

那天夜里,我们加班到深夜。粗略的第一遍剪辑出来后,每个人都觉得棒极了。小孩儿非常上相,目光清澈的小脸儿表情丰富,他被一号抱下树,胳膊下夹着仍然挣动不已的虎斑猫崽。

"急智。"K 评价道。

"有风险。"我说。

"比等我们拿垫子好。"K 说,"但你还是得找他谈谈。"

"我知道。"

我用掌心揉揉脸。我们的男主角确实挽救了整个场景,使我们看上去不像一堆傻瓜。出戏,有趣,但也有风险。我不知该不该鼓励他的行事风格。

节目五天后排上了档期。

我们聚在一号家里看首播,自然也是个准备记入影像资料的场景。晚上八时半,一堆可怕的广告后轮到了我们的片头:

一号在飞行训练场摔得鼻青脸肿;一号在办公室和同事开玩笑;他爬上树;他和孩子的父母交谈;虎斑猫远远地爬在客厅一角躲着我们的镜;回闪他在超市门前被拒后落寞的表情;他第一次试超人紧身服时和K捉弄整个摄制组……

尽管这些片段我都温习过数十次了,但想到这次是与全球无数观众一起看,仍手心出汗。猜想他们会不会喜欢。半小时后,我们的手机此起彼伏地响了。收视率百分之十二,已然在上涨。官网上的投票数已然十多万,没有一边倒的情势,赞成他保留超人服和反对的声音一样大。这更好。

我接完几个电话回到客厅,发现节目已然到了片尾。一号陷在沙发上,抬眼看我:"情况怎么样?"

"网上投票会在今天午夜截止,现在支持你的人多一点。"

"有多少人会投票?"他皱眉。

"十八万。"我低头看了眼手机上的网页,发现自己正咧嘴而笑,"伙计,你火了。"

"十八——万?"他瞪大眼,像被惊到了。

他闯过了第一关。最后半小时里支持率不断上升,他仍是下星期的超人。

接下来发生的事像干草场上的一次成功纵火。先是一个电话求助,惊慌的单身母亲请求超人从反锁的车库里救出一个失明小孩。我们和L细细斟酌后决定出发。

他利用了飞行技能，从气窗翻进去。盲孩知道他是真人秀里穿隐身服的超人后很兴奋，随即他承认自己不明白隐身是怎么回事。我们当时都有点发愣，原本这场景该挺心酸，但一号解决得很得体。

"我们来试一下，"他让盲孩握住自己的胳膊，"现在我要隐身了。"

"没什么区别嘛。"孩子说。镜头里他凭空握着一个人的手。

"我的这个功能对你来说没用。"一号重新显身，蹲下搂着盲孩的肩拍了两下，"刚才我对于其他人来说不见了。但对你，我一直都在。"

这集播出后一号的支持率开始一路飙升。我暗自承认，原先设想的"头脑简单的肌肉男"形象也许错了。观众喜欢他，也许正因为他是个普通人，紧身衣下的肚皮上有救生圈，会从攀爬了一半的墙头跌下来摔得四仰八叉，善意和同情心都表达得平平淡淡，有小聪明，也偶尔犯错。他开始真正意义上的红了，有了纸媒的专访，走在马路上会被路人认出来，要求合影与签名。小学邀请他穿着超人服出现在开学典礼上。网络上开始卖周边纪念品，我们一边拍着自己的脑袋诅咒，一边加紧推出正版玩具。

现在回想起来，那三个月简直是我们的黄金岁月。

七

但很快我们发现，我们节目组成了求助中心。当收视率攀升到了百分之二十八，情况开始有点失控。一天能接到百来个电话或电子邮件：火灾，公路车祸，抢劫，其中有真正的受害者，也有喜欢逗弄公众人物的谎报情况的无聊汉。我们从节目组专门抽了人来处理这些事件，情况严重的，我们会在第一时间转接给警察局或消防队。L建议在节目中用醒目字体警示，危急情况必须找官方机构，我们只是娱乐节目，我们照做了，但是情况没多大改善。

L 找我谈了一次。

当时我正坐在节目组中心，又从总机转来个哭爹喊娘的电话，说他的前妻雇用了私家侦探想偷走他们的儿子，求隐身超人帮帮他们揍那个该死的偷窥狂一顿。像捏碎杯子一样捏碎那混蛋的胳膊。

我听不下去了，让总机挂机。一回头看到 L 正面容阴沉地盯着电话。

"我们有麻烦。"她说。

"嗯？"我说，看着手中拍纸簿上的涂鸦。一些选题，一些我们也许能带上一号发车去现场的事件。坐在这里过滤求助电话已经成了我的主要工作。

"这个月我们一共接到了十三个真正的火警，六个入室盗窃电话。卖出国际转播权后，还有人不断建议我们去帮助那些正闹洪灾和饥荒的国家。"L 靠到我面前的桌沿上，双臂抱在胸前，"尽管我们第一时间把电话转到该转的地方去了，他们还是很不满意。"

"我能想象。"我点头。

观众遇到麻烦时更愿意求助于虚拟的娱乐形象，而不是官方。要我是个警察或消防员，也会觉得深受侮辱。在节目策划之初，我们保证过不让这些专业人士显得像废物。

我们正在食言。

"他们暗示再这样发展下去，我们会被……"L 抬起双手做了个猛烈折断的动作。

我用铅笔头敲桌面，我们不能接受这样的退场仪式。真人秀节目总有结束的一天，但要是以妨碍社会治安的恶名为由被腰斩，航天局正在筹划推出的游戏服会永远拿不到营业许可。他们正找人在郊外投资大型实弹游戏场，打算让穿着全息服的成年人在里面玩捉迷藏。

"我们可以故意输几次。"我说。

"嗯？"

"挑个比较严重的场面，让警察和我们一起去。一号搞不定，让他们出面解决事情。"我说。

L垂下肩膀："听上去值得一试。"

八

"听着，这次我们只是表演性质的。"我双手按在一号的膝盖上，"你只要做出努力尝试过的样子就行。也用不着太过火，出去转一圈就回来。"

他看着转播车屏幕上的景象，一时没回过神来。

我拍拍他的肩，"听清楚了，别插手救人，别碍着消防员的事，露个面然后回来。这是真正的火灾现场，有危险。"

一号转过头来看我，困难地吞咽，喉结动了动。我能看出他的紧张和焦虑，我能理解。

外面两个街区外，有座仓库正在熊熊燃烧，两个人困在上面。

上头觉得这个机会不错，各方面的因素都适合来场表演：着火的仓库里存放的都是轻质合成木材，烧起来又快又猛，却没什么后劲儿，也不会散发化学毒雾。仓库本身的建材是防火的，不会有建筑倾塌的危险。二楼困着的两个管理员要做的只是把房门锁上，开着窗呼救，等消防队的云梯把他们接下来。我们的超人可以试着爬上离地十多米的窗台去救人，自然——他会以失败告终。于是轮到英勇的官方消防员上场。

更有利的是火场在郊外工业区，不会有闲散人等围观，用手机拍下视频回去放到网上流传。所有的影像剪辑权都在我们手里。

我们台的新闻组摄像已跟着消防冲过去了，他们传回的图像在转播车里的屏幕上不停抖动，无线信号在郊外不太稳定。建筑的虚景在高热的空气中扭动，两条粗大的水管像进攻态的蛇一样窜了出去。橘红色的制服人形迅速跑动，还有各种声音，细碎的脚步和"噼啪"作响的火声。我简直能闻到那种炙热的焦炭气味。

这可不是布景。是真正的火场。

"如果你不想去，也可以拒绝。"我突然扭头对一号说，K瞪我。

"装个样子而已。不会有危险的。"一号说，笑笑，他拉着车门把手要跳出车外，两个已经整理完装备的摄像也站直了身子准备跟上去。

"他们会管救人的。"我重复一遍，觉得自己的状态也不对劲，婆婆妈妈的。

"我只是不想让他签合同时附送的那张人身保险生效。"他们下车离开，我一回头看到K正皱眉，用一种"你刚才在干什么傻事"的神情看我。

"你预感不好。"K挥了挥手，"要不要叫他们回来？你明白的，有新闻组的图像素材，那几个镜头在后期用计算机制作也用不了几分钟，真要人出了什么事才是大麻烦。"

我想了想，摇头。

后来证明我的预感是正确的，那天的确搞得一塌糊涂。

一号奔向着火的仓库时，三辆消防车已经各就各位，长长的银色水龙和大量泡沫喷雾将火势压了下去。空气中充满了细小的"噼啪"作响的燃烧的细小粒子和水汽。其中一个摄像担心损坏镜头，还停下来拧上了保护镜。地下布满了大大小小的水洼,边缘浮着脏兮兮的泡沫,他们一路踏得水花四溅,向困人的窗口跑去。

我在屏幕上看着,感觉自己真是多虑了:这个场面,怎么看都像火灾已经收尾,只需要……爆炸就是在这当儿发生的。震动传到两个街区外,把我和K从座椅上颠了下去。一时间我的脸贴上了黏糊糊的粗纤维地垫,腰腹部一阵冰凉。在那个糟糕的瞬间我还以为是血。一排滚动的闷雷巨响随即赶到,又让我头晕眼花了半分钟。K镇定恢复得比我快,按他后来的说法,是前一阵在宇航中心,近距离围观发射卫星的次数太多了。他骂骂咧咧地把我从座椅的夹缝里拽上来,我喘了半天,摸了摸肚子上的湿处,发现只是一杯水翻倒在了身上。

"怎么回事?"我拍打几下视频控制台上的电源按键,屏幕全黑了。应急电源红灯闪烁,得需要几分钟才能重建回路。

"可能是火场爆炸。"K说,抓起通话器轮番呼叫一号和摄影。从他摇晃话筒的焦躁动作来看没回音。

我推开车门跳出去,外头安静得吓人,似乎整个世界空空荡荡,只剩下我们这辆车了。K跟着我下来,他在拨手机:"我联系台里,让他们再派两辆新闻部的车过来。"

"再报一次警?"我提议。

他点头。

我们向火场小跑前进,空气越来越热,混合着一种盛夏被晒化的橡胶制品的气味。转过街角,我略放下心,仓库主体建筑还在原地,不是想象中的一片废墟瓦砾。现在已经没什么明火了,只有黑烟不断涌出。仓库靠近北面的一侧墙体上有个大洞,大小能开进一辆中型货车。这幢楼还能屹立不倒,也真是个奇迹。

洞前那堆奇怪的金属让人想起现代艺术品，或者经过挤压处理的废车。我愣了一秒后反应过来，那就是辆被毁的消防车。与之相联的几根管子全部撕裂开，消防栓里的水"突突"往外冒，形成了几个小喷泉。

穿橙色防火服的人正慢吞吞地集合，大声呼叫。看他们互相打手势的样子，我意识到他们可能全被刚才的爆炸震得暂时失聪了。我扯住一个看上去像头儿的，冲他大喊有没有看到我们的人。

结果他皱着眉一脸厌恶地把我推开，显然认为我是个碍事的。K跑过来，拉我："嘿！他们在那里！"

一号正站在离仓库不远的地方，仰头向上看。万幸的是这窗口位置朝南，远离爆炸点，他似乎没受到什么伤害。

我一边冲他跑过去，一边随着他的视线抬头，上面狭小的窗户里正伸出条疯狂挥舞的胳膊，远远看去像濒死的苍蝇那条唯一挣脱了捕蝇纸的细腿。

K冲我大叫，他找到了不远处蹲在地下的两个摄影，俯身和他们交谈几句后，冲我比了个"人没事儿，机器够呛"的手势。我心里暗叹一声，"一号！"

"嗯。"他应了声。

"向后撤！"我叫道，"爆炸过后这种房子随时可能塌下来！"

"上面有人。"

"这儿没摄像机。连个观众都有。"我一把抓住他的肩，迫使他侧过身来看着我，而不是上头呼救的人，"我们已经报警了，消防也会马上派更多人过来。今天没咱们的事了。"

"我们至少得试一试。"他说，眼神相当镇定，"那上面的人知道我们来了。如果我们没试过就走了,他们会怎么想?"

"顶多上网站骂两句,我们会删掉的。"我说,这时一大块剥落的墙体从我们身边呼啸而过,砸在地下,碎片四射。我跳着脚躲开。

"我想试试。"他说,"我能不能带一个人飞下来?一次带一个?"

"不可能。"K照料完受惊的摄像后过来了,他插入我们之间,"你没受过负重飞行的训练。"

"你的意思是有可能。"

"听着,你明白你身上这套装备的价值么?不是用来让你逗英雄玩儿的。"我很少看到K的脸阴成这样,他一把抓住一号的胳膊,"今天到此为止。你不能进入建筑,你身上的装备不耐高温,你也不能飞上去带人下来,你会把你们全摔死的。你要明白自己的界线在哪里。"

上面传来的一声哭号打断了我们的僵持。

"不要!"我禁不住尖叫出声。窗户里受困的人居然正试图爬出窗口。不知是受不了里面的高热烟熏,还是无法忍受楼板随时会塌的恐惧。工业仓库的外墙上没有任何装饰或附着物可以让他落脚慢慢下来。我看他是准备直接跳了,保守估计离地也有十五米,这绝对是疯了。

"我要上去。"一号说,挣开K的手。

"中止他的功能。"K冲我叫,我一愣。然后我们都傻了。

只有在转播车里的设备连接系统上,我们才能这么干。现在一号是完全自主的。

他看了我们一眼,转身略斜身体,用微动作开启飞行预热模式。我和K互看,然后做了唯一我们能做的事:拿出手机开始拍摄这个过程。无论画质有多渣,也比没有好。

接下去的过程没什么可说的,一号成功地把他带了下来。姿势难看，飞行过程摇摇晃晃惊险百出，但最终还是安全落地了。他们一屁股瘫坐在地下的泥水里，两人直发抖。我以为一号会再上去一次，他摇头："没必要了。"

等被救下的人看上去恢复理智到能说话了，我让 K 举着手机退后，尽量收进整个场面。

我蹲下身去，问他："没事儿吧？"

他使劲儿摇头，干咳。

"你刚才为什么想要跳下来？"

"你们在下面。"他说，声音仍嘶哑，"我认出来了，他是那个超级英雄。我知道你们会想办法的。每集他都想出办法来了。"

"为什么不等消防车过来？他们早已经到了。"

"等不下去了。"他用手背擦擦嘴角，"老金，就是跟我一起困在上头的那个人，他说这个街角消防车过不来，几年前也失过火。他知道，车太长了，转不过来。楼梯一炸掉他就说完了。我能感觉到楼面在往下沉——"

看一个五十多岁的中年男人哭真有点尴尬。我提醒自己这是真实生活中的受害者，伸出胳膊搂住他的肩连拍带晃。他瑟缩一下躲开了，大概不想接受一个拍电视的毛头小青年的安慰。我暗自松口气，放开他站起来。

"我知道你们会救我的。"他抽泣着，断断续续。

我回头看一号，他一点儿都没高兴或得意的神色，站在距 K 几步的地方，神色警醒。

二十分钟后救护车和警车的大队人马过来了。爆炸是由管理员藏在楼梯拐角处的两个燃气罐引发的——某种威力巨大的工业用压缩罐，而他们居然用它半夜做饭吃。另一个管理员老金，被爆炸时弹出的一条金属框击中脑袋,还没等到一号上去就死了。楼梯大部分已经消失,他们只得把他的尸体从窗口吊下来。

死里逃生的中年人被救护车拉走,去接受失职调查。我趁警察和消防的人过来之前收起了拍摄手机,尽量低调地带着自己的人离开。现场的混乱中也没人注意我们。爆炸使一个消防员丧生,另一个轻伤。我们的新闻组居然没什么损失,除了只能暂时打几天手语沟通。

我们爬回车里,每个人都双腿发软。K一上车就拨动了某个开关,我背后一冷,所谓的超级英雄的力量又重新在我们控制下了。所谓的事归正轨。

一号耸肩,垂下眼睛,开始脱掉身上的紧身衣。为了贴合皮肤感应电极,紧身衣底下是赤裸的。不过看上去他全然不在乎。把褪下的衣服往后座上一扔,他动手套上自己的衬衫和牛仔裤。我和K默不作声看着他。

"我不想干了。"他宣布。

我没觉得意外。

九

"他们找到了你们昨天救的人。"L说。

我撑着脑袋坐在自己的办公室里,回家洗了三次澡,身上还是留着火灾现场的难闻烟味——也许是心理作用。昨天的事糟糕透顶,这场表演原本是为了挽回我们已经岌岌可危的公众关系,事情却演变成了我们救了消防队没能救下来的人。不幸中的万幸是没人知道。

可眼下这点儿底也掉光了。

"是哪家?"

"金星电台。"

"见鬼。"我们的节目要是倒了,他们会深表同情,然后立马动手做仿制系列。"他们准备怎么放出来?"

"我有他们的样片。"L拿出手机,一小段视频,"别问我是怎么搞来的。"

一间略显凌乱的出租房,我们昨天救下的中年男人坐在床上,被子拉到膝盖,身后垫了几个枕头。金星的记者凑在他跟前:"你相信联合电视台的超级英雄会来救你?为什么不等待消防队就往下跳?"

"我对他们更有信心!"中年男人咧开嘴笑得一脸天真。

我叹口气,这人不知道他在干什么,倒不怪他。光这段采访就可以断送我们的节目。

"还有个麻烦,我们的一号超人不想干了。"我说。

"为什么?他正红得发紫。"

"他觉得我们没人性。"

"见死不救?"

我耸肩:"K当时要保护的是设备。也是想保护我们自己的人。他没错。"

"你觉得当时该出手吗?"L扬起眉毛。

"这种问题没意义。"我立即回答。

当时一号想做什么都得由他自己。那种情形回想起来真是不寒而栗,如果我们还有机会拍下去,绝不允许类似的事情再发生了。

L叹气:"确实没意思。"

"我今天早上跟他在电话里谈了谈,现在不是换角的好时机,我们整个节目组都有麻烦。我们需要他和我们一起去应付。"我一边说,一边拿起写字台上的一支圆珠笔,在指间转动。这支圆珠笔的外表面有一号穿着紧身衣的卡通图像。

"他怎么说?"

"他提醒我合同规定,当我们任何一方想中止参与时,都有权立即退出。"我苦笑,一号的确有权利想走就走。只要他五年内不参与其他电视台组织的同类节目,以及不能将全息紧身衣的技术细节告诉他人。我们完全没理由强迫他为我们做任何事。

我和 L 又扯了半天,没想出什么法子能救回咱们的节目。我们失去了审查方的信任,竞争对手正要向我们下绊儿,而唯一一个捧红的明星在这当口转身走人了。平心而论也不能怪他,不是每个人都能接受娱乐制造业的奇异道德观。最后我们的对话开始陷入互相指责的恶性循环,大家情绪都开始烦躁。我挥手建议中止话题,叫上 K,一起去六路居吃个午饭。

结果正是吧台边的电视新闻联播,送出了压断骆驼背的最后一根稻草。

"今天一名 16 岁的少年因为穿着奇装异服受到枪击……"

我们仨抬头看壁挂式小电视上的画面。一桩普普通通的超市抢劫案,劫犯已经勒令所有顾客和店员都蹲伏下来,准备掏空钱箱。这时玻璃门前经过一个少年,他穿着网络上卖的仿真超人服。劫犯以为他是正版的一号,感觉深受威胁,直接开了枪。

孩子还没送到医院就死了。

"遇害少年穿着的服饰来源于最近一档火爆的真人秀节目,有线电视网制造了一个真实版的正义超人形象……"

女主播公事公办的口吻让我感觉像在念悼词。

现在不用金星来掺一脚,我们也完蛋了。

十

第二天，我甚至没有准点上班。带着宿醉的头痛从噩梦中醒来时，已是将近中午时分，开了手机，十多个未接来电，大部分是 L 的，还有些来自电视台的更上层头头。我晃晃脑袋，慢吞吞地去冲了个淋浴，弥漫全身的脱力感和自我厌恶感，终于提醒了我当初为何要决心和酒精分手。

开车到电视塔时，我已经做好了为这个节目收尾的心理准备，以及面对悲惨的个人前景：可能得换个行业混混了。

L 在过道上一把揪住我的胳膊："你跑哪里去了！我找你一上午了。"

"嗯？"

"我们得找个地方谈谈。马上。"她说，眼睛闪闪发亮，"也许我们还有救。"

我皱眉，昨天的案件都在全国广播网上发了，我看不到还有什么挽回的余地。

L 把我拖进办公室，反扣上门。

"有人向我们求助了。"她说。

"现在我们最不应该做的事就是……"我没来得及把"再揽下一个烂摊子"这句话说出口，L 已经调出手机中的通话记录。

我听完，默然。

"我们可以跟他们做笔交易。"L 说。

"就算没有行政命令掐死我们的节目，我也看不出还有接着做下去的价值。"我说，"我们可以换角，我们有一大堆想当超人的家伙投来的简历，但就没几个正常人。一号是正常人，他被我们逼跑了。不是说我们不对，这整件事就不对。这世上没超级英雄待的地方。"

L等我发泄完，静静地说："我们可以找专业真人秀演员。"

自然她是对的。我闭上眼迫使自己冷静，因为少年误杀案，现在收视率和网络关注跳到了新的高位，放弃太可惜了。我们可以让编剧班子写剧本，租用场地，事先协调好各层关系。不再让情况失控。这是在我手里炒起来的最火的一档节目。我想救它。

"你和他们谈条件。我去和一号谈谈，"我说，"他会回来帮我们最后一次的。"

十一

厢式货车开过夜色中的街道。一号、我、L和K四个都保持着沉默，另两个是军队那边派来的人，虽说是便装，还是压不住特有的肃杀气势。

事情涉及一桩带有政治色彩的劫持事件。我平时不怎么看报纸的国际版，不太清楚欧盟和南极洲之间有了什么芥蒂。现在有一队武装分子潜入了南极使馆，把大使囚禁在了使馆地下室的一间小储藏室里，威胁说如果不对贸易条例做出修改，就把他切成一块块扔出来。

这事已经发生两天了，对外界严格保密。军方的人说在草地上已经捡到了大使的两根手指。和恐怖分子的任何谈判都收不到回音。

大使馆是2020年建的老式房子，只有前门可以出入，救援专家也想不出解救方法。在研究解救方案时，有人嘟囔了一句：要是我们能隐身就好了。

在场的人里居然有看过我们节目的。

他们一开始和电视台接触，只是想借用我们的装备。在看了一号的训练录像后，明白光有装备是不够的：最好的特种兵也无法在一夜间灵活操控全息服。从宇航局那边借人的路子也不通，接受过全息服适应训练的人都退役十多年了。眼下能找到的，对全息服最熟悉的人选，只有一号。

他们对让平民和娱乐媒体介入营救行动有相当顾虑，但架不住草坪上发现的第三根手指。

L和军方谈了我们的困境。他们答应事后会跟那边的系统打个招呼，给我们再开一次绿灯。而说服一号的过程更简单：这里有个人需要你去救，非你不可。没有录像，没有观众，不是作秀。

一号果然来了。我说过，他是个不错的人。

K告诉一号，在这次行动中，全息服不会有功能限制。理论上他可以隐身三个小时以上，防护功能也调整到了最高级，按原来的设计，它能抗击太空中小型高速陨石的撞击，对抗地面上的轻型武器更是没问题。问题出在如果所有功能全开，我们车载计算机的运算能力和反应速度跟不上。宇航中心支持一套全息服用的是大型机。

所以一号在行动中面临一个功能选择的问题。他必须随机应变。他们交谈了很久，直到军方催我们出发。他就地换上了全息服，把穿来的夹克和长裤都留在了电视台。这回不用伪装成是正好巧遇了。

大使馆在郊区绿树掩映的别墅区。现场没有想象中的黄色警戒线之类的。几辆没有特殊标识的大型车停在大使馆前的草地上，一些穿黑色西服的人来回走动，从他们臃肿的背影看，都穿了防弹背心。军方的人问我们，要使全息服工作状态最好，我们的最佳停车距离是多少。

K说千米范围之内即可，但我们可能用到大量电源。他点头，跳下车跑开，十分钟后有人拿来了移动电源和无线信号增强装置。

一号拉上他的面罩，调试着和军队那边的通信信号。他今晚不归我们指挥，军队那边的解救专家会现场指导他的行为。全息服的控制权仍在我们手里，军方的人提出过要让他们的人来接手，K和一号都坚决拒绝。毕竟我们已经合作了数月，协调性更高些。军部的人没再坚持，只要求让一个决策专家待在我们的车上。我们接受了。

他们说他的任务非常简单，会有人负责引开劫持者的注意力，只需要他在隐身状况中靠近建筑，将四个微型炸弹粘在特定的墙角位置上即可。其中一些装的是炸药，一些是烟雾式麻醉剂。

这些炸弹能成为谈判专家手里的筹码，或强力救援行动时的掩护。

说实话，我看不出这主意有多聪明。不过这儿也没我们说话的份儿。

通信器里传来军部指挥中心的行动倒计时。隔着车窗，军部派来的腋下夹着一个小笔记本的专家，正朝我们一路小跑过来。

"昨天的事儿很抱歉。"K开口说，"我不是不信任你。"

"别放在心上。"一号点头，转向我，"早上我的态度也糟透了。"

我们都笑起来。

"你还愿意接着回来吗？"我问，"等这事儿完了？"

一号摇头，"不。我觉得我……尝试够了。"

他跳下车，两个军方的人等在车外，隐身程序已经启动，军人装作正常的巡逻，向使馆走去。一号跟着他们，渐渐开始融入环境色。两名军人早被告之过，还是惊讶万分地伸手过去，企图去触碰正在消失的一号。这里的灯光背景加上夜风引起的树影交错摇晃，使隐身程序占用的数据计算量相当大。我看着车内计算机屏幕上一路爬高的内存线峰值，不由地有点儿担心。

"没问题？"

K点头。

军方谈判代表开始走向使馆，再次请求他们更改条件，或者先释放生病状态不好的人质。回答他的是脚前一米处飞溅起的泥土草屑。谈判代表在子弹前毫无仪态地直跳脚。

我转向屏幕，今晚我们自然不可能有摄影跟着，这次行动不会有任何官方记录。我们有的只是一号肩部的微型摄像头传回的图像，为了尽少占用数据流，已经调到了最低分辨率。从模糊晃动的画面上，能看到的只有一号已经踏上了领事馆的门前草坪。他走得相当慢，不时停下，四下张望。

这是对的，让全息服有更多时间分析响应四周的环境图像。

车外有人拍门，我一惊，想起应是军部派来的坐镇专家，起身拉开车门让他进来。那是个秃头的中年学者范儿的家伙，耳朵里塞着硕大的蓝牙通信器。他冲我们胡乱点了头，在后座坐下。

一号离使馆越来越近了，四周嘈杂的声音都开始退去，让位于一片寂静。居然还有微弱的虫鸣。

领事馆的大部分窗户都黑着。从营救队这几天搜集到的情报看，劫持分子们大部分集中在地下室，他们派了两个狙击手驻在顶层阁楼里，另两个在楼内巡逻。几次潜行接近都失败了，导致大使的手指数量渐渐减少。军部怀疑他们配备了夜视镜和人体热量感应装置。

一号在出发前，将全息服的温度调整到了与外界温度一致，以免暴露行踪。K说，这设计是用来应付外太空正负数百度的环境温度的，眼下情况属于小菜一碟。

一号已经走到了大使馆侧面墙下，那儿有一溜矮矮的冬青树篱。

从车上的通信频道上,可以听到军方的救援专家让一号再往前走几米,就能到达第一个炸药盒的安放位置了。

那只该死的狗就在这当儿窜了出来。后来才知道那是条领事馆用来看门的受训黑贝,自从劫持者入侵后,它就一直躲在屋侧的灌木丛中。它每次企图跑出草地,屋顶上困得无聊的狙击手便用一串子弹将之赶回树丛,以此取乐。被困几天后,一号遇上的是一只严重受惊、饥渴难耐的利齿巨兽。

黑贝一头将一号撞翻在地,军方专家惊呼起来,警戒线外的枪手无能为力——一号还处于隐身状态中,他们不能冒着误击一号的危险打死狗。全息服的计算能力眼下全被隐身功能所占据,防护能力基本为零。更糟的是这场混乱可能引起楼里劫持犯们的注意。

K拉下通话器,盖过了营救专家们的大呼小叫:"一号,听着,现在进入五秒钟的进攻模式,隐身状态关闭。你有五秒!"

一号解决那条狗没用五秒钟。我们只能看到阴影中一团挣动的黑影,随即卡的一声脆响。事后解剖证明他利落地一把捏碎了狗的颈骨。他没立时站起来,继续和死狗伏在一起,直到重新隐身。劫持分子们暂时没特别的动静,我背后一身冷汗。

这时车内的通信频道传来一号的声音,勉强还算保持着镇定,"我想他们发现我了。"

从屏幕中一号的视野中,可以看到一个持枪的黑影动作麻利地翻出了底楼的落地窗,直接向一号的方位走了过去。

"他们果然有热能感应装备。"军部专家在我们身后轻声说。

我想了想,明白了他的意思,如果他们监视着整个领事馆范围内的生物热能分布,黑贝死去后温度迅速下降,必定会引起他们的注意。

"现在尽量不要动。"K说,"你身上的环境纹样现在定格了,不要动。你的防御功能现在正升高,再过 30 秒,他就是顶着你开枪也伤不到你。保持镇定。"

"收到。"一号悄声说。

黑影走近了一号正趴着的地点。是个瘦高个儿的年轻人,脸色苍白,穿着套比他身形大一号的黑色迷彩,头上扎着同色的绑带,像是第三次世界大战时的军备遗留物资。他带着把长步枪,伸长了枪口去捅狗尸。狗自然没反应,年轻人蹲下,把枪翻背到身边,伸手顺着狗头重重摸按,像在检查死因。

我们都屏息凝神。他不知得出了什么结论,略侧过头低声嘟囔了句。在向什么人汇报。

"让他撤回来。"我们身后的军部专家开口。

"现在?"K 叫起来,"你疯了?"

"他们已经发现不对劲儿了。"专家说,"前两次他们认为我们潜行接近时,立时往草地上扔了炸药。那两个坑在屋子的另一侧,从这里看不到。"

我和 K 对看。

"一号,你听到我们的话了吗?"K 凑近通信器说,"撤回来。"

"嗯。"

"你想要隐形还是防护?"

"先等等。"一号用气声说。黑衣年轻人正站在离他不足一米的地方,两只穿着军靴的大脚填满了屏幕。

"攻击。最大化。"他说。

我们都一愣。

"不行!"军部专家一下站起来,把脑袋伸到前座,"让他立刻撤出来。"

K推动了某个按键。

"你干了什么?"专家瞪K,瞪完了又怒视我。

"要是他每一步都得征得我们的同意,会死在里面的。"K说,"我们得给他完全的自主权。"

专家难以置信地看着控制面板,又再次瞪视我们,最终缩回后座,开始和耳机里的某些人窃窃私语。

我背后一阵发冷,事情开始脱离控制了。我曾经指望他会在眼下极度危险的环境下,能克制下冒险欲望。但现在也没有退路。

屏幕上的军靴正越来越大,一号等年轻人走得足够近时,伸手劈断了他的脚踝。年轻人轻轻喊了一声侧翻在地,把步枪压在了自己身下。一号跳起来在他脑袋上补了一巴掌,"应该只是打晕了。"他向我们汇报,"我要进去了,他刚才汇报了,我听到他说他们怀疑已经有人进了房子,要干掉人质中的一个做警告。"

他从落地窗里翻了进去。见鬼,我重重揉额头。这时我们的车外有人"砰——砰——"拍门。

"你们在干什么?!"随着我们押车而来的军官之一冲我们大吼。

"我们是平民。"我心平气和。一号有忽视风险自行其是的倾向,我们一直都知道。眼下不是分裂自己这边战线的时候。他愣了愣。

"你们都下来。我们的人会接管这里。"

"我们是平民。还是媒体工作者。"我再次和和气气地提醒他。

军官无声地做了个口形,这个词若是发出声来,绝对是少儿不宜。这时他身上某个通信装置响了,他迅速半侧过身去,十几秒后回过头,招呼已经爬下车的所谓的决策专家,两人离开了。

我和K转回去看一号的进展。

发现不知何时，屏幕全黑了。

十二

"情况怎么样了？"

K用气声问。屏幕下角的液晶时间数字仍在不断跳动，他正处于完全的黑暗环境中，我们刚才差点儿以为视频传输断了。

"我躲在一道帘子后头。"一号同样用最小的音量回答，"他们在大厅里，一共有五个人。都带着武器。他们说的不是通用语。"

"稍等。"K打开另一个音频过滤窗口，从背景中分离出对话，降噪并做锐化处理。我连上了和军方的通信，"我们需要一个翻译。"

对方嘟嘟囔囔了几秒，还是接收了文件。

"军队的人说他们说的是挪威语，正准备搜查全楼。他们怀疑已经有人潜进来了，准备干掉一个不重要的人质警告我们的不守信用。"一号说，顿了顿，"给我防护能力。不用隐身了。"

背景传来硬底皮靴离散的脚步声。

"你没准备硬上吧？"我说，虽说在防御值满格的情况下，枪弹确实伤不了他什么。但我仍然无法想象他单打独斗放倒一整楼的劫持犯，咱们可不是在拍电影。

"我有个想法。"一号说，"相信我。"

我和K对视，K耸肩，"完成。从现在开始你没必要再向我们请示，直接微动作控制。"

"明白。"

几秒后，屏幕亮了起来，一号掀开藏身的帘子走了出去。顿时一团惊异的呼喝声，枪械上膛声。画面仍是一团灰暗中的人影摇曳。K

试着增加了图像的亮度和对比度，看到了对方脑袋上都戴着笨重的红外眼镜。影影绰绰共有四五个人，我碰了下 K 的肩，问他全息服有没有夜视能力，K 摇头。

"别伤害人质。"一号大声说，一边向前走去。他的通用语带着学校教学磁带的生硬味道。

"站住。待在那儿。"劫持者中的一个出列，口音带着浓重的鼻音。

整个视界亮了起来。劫持者方面启动了光源，这下终于能清晰地看到对方的形象。装扮和一号在室外劈倒的年轻人差不多。K 小声提醒我看他们旧军服的肩部，标准肩章被扯掉了。代表他们等级地位的也许是系在胳膊上方巾的不同颜色。刚才开口出声的男人年龄在四十左右，佩戴着特殊的红色方巾，和他周围一圈系黑色方巾的小毛孩相比，明显是头儿。他摘下红外眼镜，露出一张肤色偏黄的长脸，细眼高鼻，留着淡淡的络腮胡。眼眶四周细纹密布。与其说像占领使馆的恐怖分子头目，更像是个疲惫的中年学者。

"你们一共有几个人？"

"就我一个。"

头目瞪视他。

"搜他的身。"他说。黑巾小孩儿们迟疑地凑上来，对一号有所忌惮。

"我没带武器。"一号平举起双臂。

一个青年上来重重拍摸他的腋下腹侧，他们的头儿似乎意识到了他在外形上的怪异之处。

"你怎么进来的？"头目眯起眼，"我们的监视系统没有死角。你们已经黑进来了？"

一号在犹豫。

我和 K 都在车里屏息。

"我身上的装备。"一号承认,"它能隐藏我的体温。"

搜完身的年轻人冲老板摇头,表示没找到什么隐藏的东西。

另一个黑巾小孩突然惊异地叫起来,头目皱眉侧头看他,"什么事?"

小孩凑上去叽叽咕咕说了一通。再次望向一号时,头目脸上混合着好奇与厌恶。

"他说他在电视上见过你。"他走近一号,同时保持着安全距离,"你们国家的电视上你是个……"他停下来,通用语还没来得及收进这些俚语,他终于找到了个类似的词,"万能者。"

"是的。我出现在电视里。"

"那些不是特技?他说你可以隐身——"头目恍然大悟,"你就是这样进来的。你是电视明星,也是秘密警察。"

一号不置可否。

"你还能干些什么?"头目指向一号翻进来的落地窗,"那条狗是你打死的?"

"是的。"

"能打。能隐身。有趣。"

他们沉默了几秒。

"你是……特殊的。"头目像是下了个结论。

"嗯?"一号身体一僵。

"如果你身上的东西,每个警察都能得到。我们不可能占领使馆长达一星期。"头目偏头示意左手边的黑巾小孩,"去开通信频道,告诉他们,多谢又送来一个人质。"

他转回来,"把你身上的东西脱下来。"

一号防卫性地向后退了一步。

"不愿意?"头目冲手下做了个手势。两个像是得到了命令,快步走开。

在紧绷到凝结成块的空气里又等了几分钟,大厅后侧传来杂乱的脚步声与拖动重物声。一号侧头看去,那两个黑巾青年拖着一团重物过来了。待近了才能看出萎靡在地下的那堆其实是个人。黑巾们一松手,他顺势翻仰在地下,眼神一片空白。从脸上的胡茬和衣服的皱污程度都能看出来,已经被囚禁了好几天。

"不脱下来,就打死他。"头目垂下手中的长步枪,枪口顶着地下男人的脸颊。

"等等。"一号举起手做了个下压的手势,"能和你私下谈谈吗?"

"我没这么愚蠢。"头目第一次露了笑容,"你能一掌劈死那条狗。"

"我不会用武力威胁你。"一号说,"大使还在你们手上。"

头目略略耸肩。

"我会把装备脱下来。"一号作势把双手放在领口,"但在交给你之前,给我几分钟时间和你单独谈谈。"

"也许会考虑的。"他再次用枪口粗鲁地顶了顶地下男人的太阳穴,"脱下来。"

后面的场景我们只能通过声音和事后口供材料来推论了。一号脱下全息服后折叠起来,肩头的摄像头被卷进衣料里,我们的屏幕上只有一片黑暗。

"OK,我脱下来了。"一号的声音。此前他窸窸窣窣折腾了很长一段时间。

"把它放在地板上。"

"好——"一号退开的脚步声。

"你们到地下室去。"头目的声音,对着那些那群黑巾青年人说的。安静了一会儿。

"你要求单独谈谈。他们要你带来什么消息?"

"是关于这件装备。"一号说,"它能做很多事情。"

"你说过了。"头目轻笑,"难道里面没人时它还有威胁性?"

"你最好破坏它。"一号轻声说。

在车里K一听这句脸色就绿了。我抓住他的肩:"嘿。"

"我知道。我不会干涉他的。"K嘶声说。

"为什么?"头目拖长了声音。

"你手下的年轻人对它很感兴趣。"一号说,"你没有看过我的节目。他们看过。"

"他们不会为了这东西背叛我。我们这些人之间不仅仅是雇佣关系——你为什么要替我考虑?"

"我们不想让形势再复杂化了。"他最终说,"和你谈判至少比和他们中的一个谈判更有理性。"

"那么最简单的解决方法是,干掉你,把这件东西毁掉。"头目又笑起来,声音冷淡。

一号不出声。

我和K都僵在车里动弹不得。他在扮演一个他完全不熟悉的角色。

"你不会自断退路。"一号重新开口。

"你只是个电视明星。"头目讽刺一笑,提醒他,"我们手里的是大使。"

"我的意思是它能隐身。"一号指指地下团成一小堆的全息服。"你可以走出警方的包围圈。"

"得了吧。"头目大笑,"这种东西里面怎么可能没有定位或控制装置。我如果穿上它逃走，就是自投死路。"

"改编程序很容易。"

"凭什么相信你？"

"我不是军队或警察的人。我只是个平民，只想脱身出去。"

从脚步声判断，头目来回走了几步。

"眼下是僵局。"他承认，"我们绑架了大使，但你们的政府明显认为这分量不够。你们在积极营救他，但从不正式考虑我们提出的条件。你看，甚至连拍电视的都参与进来了。"

"如果你们要求的只是平安离开……"

"带着人质走，到国境线以外再放了他？"头目"哼"了一声，"太过时了。这楼外有很多狙击手。只要我们一走出去，就能把我们全射死。不会伤到……"他语速慢了下来，随即笑了，"你说得对。你送来的装备是有用的。"

半小时后，他们一行人出现在使馆正门。大使被匆匆塞进了全息服，一号教他们如何将全息调至隐身。我和K全神贯注进入随时准备操作系统模式，我已经隐约想到了一号所谓的想法是什么。劫匪一共有七个，略呈分散队形走出使馆。最后两个黑巾青年扭着一号和另一个使馆工作人员。在即将离开使馆门廊时，他们俩被猛力推开。显然劫持者们认为有一个重量级人质足够了。

军部的人早已接到劫持者的通知，大使和他们在一起，但他们无法看到他。他们有个了隐身的人质在手，狙击手也不能设计射击轨迹。劫持者要求提供一辆小型货车，他们将直接开到海港，与接应者汇合。如果确定没有追踪者，他们会在合适的时间地点放开人质。

只用了十分钟，军部的人便准备好了货车。劫持者们准备上车时，大使的身影在空气中显形。那是个小个子男人，全息服在他身上像层过大的皮肤般松松垮垮地挂着。他夹在两个黑巾青年之间，身形佝偻地站着，但眼下地球上的子弹是没办法伤到他了。一号向劫持者们隐瞒了这个重要功能。

我和K将全息服的模式调到了防守，一号在帮大使穿上全息服时，低声指示了我们。军部的人迅速讨论后认为这个计划可行，便设下了埋伏。

劫持者在发现大使显形的一瞬间即反身开始射击。军方的回击肆无忌惮。

枪战几分钟后即结束了。现场一片我至死不愿回想的血腥，大使没事，只是由于身处枪火交织的正中心，吓得瘫软在地。

他们找到一号时，发现他在流血，有人给他盖了件衣服。头上的伤口太可怕了，没人敢动，救护人员赶来前他就死了。其实他离枪战现场足够远，劫匪推开他后他又自己跑开了几十米，找了个隐蔽处自己蹲了下来。

他的死只能说是流弹不长眼。

后来法医告诉我，他被直接击中后脑，没什么痛苦，可能还没反应过来就过去了。大概这是唯一可以安慰的事情。

十三

辞职前，我得交出手里所有的节目资料。尤其是关于超级真人秀场的，新的节目制作人和班底正等着接手。这次的超人是个年轻漂亮的单身母亲，专业演员，整个节目走温情路线。

我重新看了遍那天和一号谈合同时的录像。

我们手捧着一次性咖啡杯，坐在折椅上。

"对我们来说也是新尝试。"我笑得假模假样,"你为什么会对这个主意感兴趣?很多人对于上真人秀节目会有顾虑。"

"实际上我平时很少看电视。"他看了我一眼,低下头,"收到你们的邮件后,我上网找了些你们以前录制的节目看了看。感觉上……"他停下来寻找措辞,"你们在帮助那些参与者,用一种比较激烈的方式。我喜欢这种氛围。"

关掉视频,我承认我一开始就忽略了。一号表面上是个最平淡不过的普通人,但他的确在寻求帮助别人的机会。也许是想找些生活的意义或诸如此类的该死的东西。他有帮助其他人的念头,三个月的超人秀增长了他的幻想。我们也难辞其咎。我本该在那天火灾现场的情绪爆发里看出来这种趋势,在应激状态下,他的那种英雄主义已经超出了自我保命的本能。我不该再把他拖进来的。

最后那个晚上,不知他有没有想到会把自己的命搭进去。说到底我们都是些平民,对子弹横飞场景的严酷性都不了解。

有人敲门。

"进来。"

是 L。

"今天就准备走?"她看我桌子上堆着的大小纸盒。

"嗯。"

"我知道你不愿意再和这事搅和在一起,但有没有兴趣看看这个?"她抽出纸盒里的膝上电脑,动手开机,插闪存,点开一段视频。

警车环绕,白色大使馆在树影摇曳中亮起了灯。

"这是什么?"

"那天的录像,K 做了些处理,有可能引起麻烦的具体细节都处理过了。但整个故事轮廓还在,既然你要走了……"她微微一笑,"你若不介意,就把它发到网上去?"

自然不介意。

我点头:"他不该死得悄无声息的。"

"会火起来的。真有人追究的话,你还是会有大麻烦。"L提醒我。

我大笑,做手枪手势冲头虚开了一枪:"反正不会是这种类型的麻烦。"然后站起身来,和她拥抱告别。

我们也只能为他做到这步了。

亲爱的，不过是仪式

SHE·廖舒波

虽然现在暂时没有了太阳穴，林明还是感到了一阵抽动般的疼痛。"这是仪式，这不过是个仪式……"

"凭什么要我回到那具该死的身体里去！"
脑波段里满是罗莎琳的尖叫声——
"林！我是和你结婚！不是和你的父母！"
"我知道……我知道……亲爱的。"
虽然现在暂时没有了太阳穴，林明还是感到了一阵抽动般的疼痛。"这是仪式，这不过是个仪式……"
但并没有回应。他"看"着屏幕，长长地，叹了口气。
距离父母来到这个陌生的星球，还有两天的时间。

林明在大学毕业之前就报名加入了开拓者团。那时的他，对仿佛一眼能望到头的生命感到恐惧和厌倦。于是他和许多人一起，搭乘火箭出发了。星球的角落如同晨星般散落着开拓者之歌，听起来动人异常，却不能阻止林明内心热情的逐渐消退。

最初的新鲜感过去之后，生活恢复原状，无非是工作、休息、固定的朋友圈子，和远方父母间日渐疏远的问候。林明这时才发现，人类就是这样的生物，无论踏足多远，都无法改变一些根深蒂固的东西。时间过得飞快，他觉得自己衰老了……

但就在他准备放弃希望的时候，火焰鸟从天而降。

那是被称作大脑数据化的技术，经由一个女孩美丽的嘴唇告诉他的秘密。

那时的罗莎琳·柏丽曼还有身体，一具不经任何打扮都令异性心动的躯壳。在她的推介下，林明很快和她一起租用了一个车库。在狭小的空间中如同狂欢般嘶吼着把技术推进——

罗莎琳扫描部分大脑，林明依据大脑数据编制程序，再将程序编入家用电器中。很快，能依据心情改变的玩具熊，能依据肠胃制定食谱的冰箱乃至会依据主人情感状况清理的扫除机器人，让他们赚了很大的一笔。

车库里的活动当然远不止如此，工作之余，他们大胆地尝试着，不是部分，而是将大脑整体扫描，上传，然后成为永久数字居民——这是罗莎琳提出的名字。

在初次尝试前，林明充满疑惑：在大脑数字化之后，那原来的大脑该怎么办？身体又该怎么办？这些疑惑在他抛弃血肉皮囊的瞬间就消失了，他从未感到过那样的舒适和自由，在那瞬间里，林明想起了自己小时候因为不够强壮被姥爷嘲笑，因为五官不够立体而被一个妹子抛弃，还有一些更羞耻的，关于身体的批判和束缚，但现在不，一切都没有了。

他为这种感觉深深着迷。罗莎琳也一样。

因为她关于身体,有同样的羞耻,甚至更不堪的经历。

爱情之花就在这样的土壤上生根发芽。他们疯狂地进行大脑扫描和程序转化,在意识的海洋里倾诉,纠缠……

当罗莎琳提出要把自己的意识完全上传时,他没有丝毫的反对。

因为宇宙航行,冷藏保存身体技术已经足够发达。而且大部分工作也能通过数据化的大脑进行,他也不必担心她如花似玉的容颜有人觊觎,一举三得。除了他心中响起的一句老话,尘埃般微小的芥蒂:"身体发肤,受之父母,不敢毁之。"(出自《孟子》)

所以最终他还是拒绝了将自己的大脑完全数字化,每每还是回到身体之中。

如果不是后来发生的这件事,他们应该会很好地继续生活下去——

有一天,林明想,让罗莎琳那么躺在那里也不对,而且他也不小了。是该结婚了。

林明打通了星际电话。接电话的是母亲。

"什么?你结婚了?媳妇是哪里……哪星人?"

老妇人艰难地用着新兴的词汇。

"你也真傻,怎么连新娘子都不带回来让我和你……你爸看看呢?我们林家出了那事……就剩这一脉单传,可不能随随便便啊!"

林明感到头皮有些发麻。他没有料到的是,接下来的话语,只能用恐怖来形容。

"正好我和你爸买了票,就直接去火星看吧……"

林明不由自主地抖了一下。

他几乎可以想象,一家人尴尬地坐在车库里,父亲必定为这里不是办公室写字楼而面色阴沉（哪怕他赚的比那些地方多得多），母亲愣愣地看着冷库里的罗莎琳，接着会声嘶力竭地质问他为何如此自私，一直拖着不想结婚就算了，还找一个……生不了的死人……

在母亲的哭诉中仿佛能看见七大姑八大姨的眼睛，几万光年之外似乎也在或嘲讽或冷笑地注视着这里。说不定，为了应付这样的眼神，为了一个孙子，他们还会把自己绑回地球去。

他怕得不行，半晌只憋出一句话："妈，你别，星际旅行对老人身体……"

那个"不好"还没出来，那边就挂了电话。

林明只得硬着头皮去找罗莎琳商量。他们的大脑数据化并非不可逆的，只要罗莎琳愿意，她还可以回到身体。不过这个提议得到了罗莎琳堪称暴风雨般的抵抗。

"我恨不得毁了它！你竟然还让我回去！"

"冷静点，亲爱的，不过是个仪式，真的只是个仪式。我会带你去最豪华的餐厅，我还可以给你做一身漂亮的旗袍，你一定会是整个夜晚最美丽的女人……"

"亲爱的。"罗莎琳的语调冰冷刺骨，"我只愿人生中从来没有出现这两个字眼。"

林明一愣，瞬间他明白，一切都没有救了。

一时的烦躁和焦急让他忘了罗莎琳的旧事，她还是少女的夜晚，偷偷穿着漂亮的衣服，去赴有美酒美食的派对，然而在到达之前，一个男人尾随并劫持了她，然后……然后在她的身体上留下了无法磨灭的屈辱和恐怖的记忆。

所以她如此急切地上传，只有这样才能逃离那已经凝固的一切。

"自私鬼。"罗莎琳的声音在冷笑，"我才不帮你。"

"最后给你一个忠告,林,你已经是成年人了。"

他当然知道自己是成年人。可她怎么能理解呢?他星际旅行的钱是他们一点一点省吃俭用攒出来的,他要是甩脸不干,那两人会在地球受人嘲笑,自己良心也过不去。

屏幕骤然黑暗,罗莎琳关闭了所有对他的接口。看起来在一段时间内,林明都没办法和她沟通了。完了。他沮丧地坐下,这时他的通信器亮了。

"亲爱的?"他几乎是扑过去的,"你改主意了?"

但屏幕上显示出的是一段陌生的数据。

"林哥,我是樱桃呀,抱歉打扰了,你可以顺手帮我个忙吗?"

鬼使神差地,他回了一句话。

"什么忙都可以,但是……"

"你要先帮我一个忙。"

樱桃是他的老乡,但这个老乡,仅限于同样来自地球。

她也是一个大脑数据化爱好者,不算狂热,因为她有中国人特有的秉性,内向而谨慎。

林明豁出去了,反正罗莎琳赌气关闭了一切的通信口,这时她的身体是空置状态。只要让一个人的大脑扫描程序进入其中,就能演出一场活生生的还魂记,就能解了他的燃眉之急。

樱桃倒皱了眉头:"那林哥,这……算不算出轨啊?"

林明被她问得一愣,许久,他咬牙,摇摇头:"不算。这只是个仪式,是个仪式而已。"

话是这么说,但深夜里想起来他的脊背还是在冒冷汗。

当他带着"罗莎琳"走到宇航港口时,樱桃轻巧地上前,"爸""妈"叫得非常甜。

"你是林明的媳妇……对吧？俊，真俊！"

母亲又说了许多，无非是称赞新人多么美丽。父亲立在一旁，衰老的眼神却始终注视着樱桃。林明恍惚间觉得，娇妻在侧，父母慈祥，一幅幸福家庭的画面，温暖至极……可惜再温暖，也不过是短暂的仪式而已。

这样想着，林明伸手接过了父亲手中的旅行箱。那一瞬间他发现父亲的手起皱了，眼神也分外浑浊。那个高大的人，终究还是老了。

他感到眼睛一酸，这个仪式，或许也不算错。

带着父母，林明到了定好的餐厅。

扫描大脑的新人类增多，餐厅显得分外冷清。难得有了一家子客人，老板和服务生几乎是围着他们转。樱桃乖巧地坐在了一边，问些有的没的家常话。

林明点完菜就在一边听着。听着母亲说地球的房子、景色，这时他觉得对眼前两个老人的了解，或许并不比樱桃多多少。不过好在母亲是开心的，这样就很好。

服务生开始端上菜了，他听见了自己最不想听的那句话——

"对了，罗莎琳，你什么时候给我们生个孙子啊？"

深谙待客之道的樱桃却顺从地挽住他的胳膊，靠了上去："就快了啊……"

母亲笑起来，满脸皱纹都舒展开来。林明就是在这时发现她眼神不对的。她一直看着他，好像在拼命寻找什么，让他很是难受，好在菜上来了，是几个清淡的菜，还为父亲特别点了一只他爱吃的烧鸡。林明赶紧招呼吃菜。

但这并不是结束。在母亲的唠叨声中，父亲沉默地吃着，对他曾经嗜好如命的烧鸡和酒，却是碰都没碰。同样让人难受的还有樱桃，她原先的熟稔在渐渐地消退,她眼神迷茫,逐渐呆滞,林明心中一抖,莫不是罗莎琳发现了,追赶过来了?

就在他这样想的时候,樱桃突然抓住了他的胳膊。

不是刚才那种做戏那样的抓,而是狠狠地,用力地抓住了他的胳膊。

他向她投去了询问的眼神。她的嘴唇哆嗦着,拼命地做出一个要发"r"音的嘴形,林明被这个吓出一身冷汗,是罗莎琳,她来了。

"樱桃好像有点不舒服,我带她去一下洗手间。"

不顾母亲诧异的眼神,他挽起身边的人就走。

他最担心的事情还是发生了,他尽可能地屏蔽了罗莎琳大脑和网络的任何通道。但唯有一个封闭不掉,那是初次大脑扫描时植入的芯片,想要屏蔽它得破坏大脑,林明当然不会这样做,但也给了罗莎琳发现的机会。

"我脑袋里一直有个声音在告诉我,你现在的处境非常有趣……"

"别听她的。无论如何,不能破坏这次会面。"

"她说一会要让你看一出好戏……"

"让她闭嘴。"林明掏出一把药片,"樱桃,这是生物神经阻碍剂,如果那个声音要捣乱,你就吃下去。放心,对身体没有影响。"

他咬紧了牙关,这一次赌气,是要赌到底了的。

"她根本不知道,仪式……仪式对老人来说,是多么重要。"

樱桃还想说些什么,但最后还是乖巧地点了点头。两人回席。

可一切都有所不同。林明努力克制自己的紧张。

母亲在喊樱桃,让她过去拿婆婆给媳妇的见面礼。

樱桃微笑地应了,林明清楚地看见,她离座之前喝了一口饮料,把药咽了下去。

她站起来，走向母亲，一步，两步，三步，突然——

她直直地倒了下去。

林明浑身冰冷，罗莎琳还是赢了。

她没有和樱桃争夺身体的使用权，而是直接利用他的药，把所有的神经系统都阻断了，让她暂时失去意识，让他出了个大洋相。

或许就是她说的，看场好戏。

饭店老板已经带着一群服务生扑了上来，又是把脉又是掐人中。年轻的服务生突然嘀咕了一句："好僵，冻了多久了？"

林明的视线里，母亲的肩膀突然紧绷了起来。

"阿明……"她低声问他，"刚才，你叫她樱桃？"

"她不是叫'罗莎琳'吗？"

林明才想到自己刚才的口误，他想用这是夫妻间的昵称打圆场。但母亲却清晰地说出一句话："她是不是……其实也……大脑数据化了？"

"妈。"林明觉得嘴里发干，"你也知道？"

"知道，为什么不知道呢？"老妇人跌坐在椅子上，"你以为坐在你面前的，是你爸吗？"

林明注视着眼前的老人，脸上的每一道纹路都是记忆里的父亲，可健谈的他依旧出奇的静默，筷子也始终不伸向烧鸡："莫非老爸也……"

"对，大脑数据化了。"母亲低声说，"上传，抛下我，走了。"

"那妈你怎么不早说？还非要来跑那么远……"

他还想继续说下去，可他却再也说不出了。

"你爸说得对。"母亲低声说道，"这些只是仪式而已。"

"可生活不就是这样，总该要有个时刻，热热闹闹圆圆满满的嘛！"

宴席之后，母亲还是匆匆踏上了回归地球的旅途。既然已经揭穿，她也不想和"父亲"住在一起了。直到最后，她都没有告诉林明，父亲身体里的大脑程序是谁的。或许是临时雇用的人，或许是她请人编的程序。罗莎琳为自己成功的恶作剧兴奋不已，高兴之余也原谅了林明的荒唐，还给无端遭罪的樱桃送去了道歉的礼物。

事情仿佛以圆满的方式解决了，但林明永远忘不了那天看到的东西。

他看见母亲已经满盈泪水的眼睛注视着远处忙乱的人群和其中穿着红旗袍的儿媳妇，他看出了她对未来儿子的婚宴，孙子的满月宴，自己的金婚宴甚至盛大葬礼的深深眷恋，她其实做的是和儿子、丈夫一样的事情，无非是期盼用一些事情去追逐呼唤逝去的热情。可时代真的不同了，不再有人需要这些——

也不会有人理解她，一个被时代抛弃的老妇人，无法替代也无法解决的孤独。

浮生四记

SHE·廖舒波

  不管他是不是还明白悲伤、愤怒和人性，我看见他死死抱着机箱，放声大哭，仿佛自己抱着的是世间最亲密、最不离不弃的至交好友。

记一

  这件事是我领导老王过去的一件荒唐事。
  那时他刚退休，身边的伙伴却等不及一般，陆陆续续地离开了人世，相依多年的老伴竟也跟着走了，就像赶潮流一般。老王没赶上，只能继续赖活着，毕竟还有儿子需要照顾。
  说到这里，我以为那时他儿子还是个学生，高中或者刚踏入大学，是叛逆还依赖着父亲的年龄。而在老王随后的述说中我才知道，不是这样的。他儿子已参加工作，是个年轻有为的高管，和任何一个憧憬未来的年轻人一样，浑身干劲，还有一丝不常流露却真实的不耐烦。

老王天天做饭等他回家，帮他洗衣服，随时提醒他天冷加衣。人老了，曾经钢铁般的男人也会变得老太太般软弱唠叨。其实老王心里明白的，这样做会让儿子对他更加不耐烦和疏远，但他控制不住，他那时不自觉地宁愿跟儿子天天吵架，也不要被人遗忘。

儿子却懒得跟他吵，选择了非暴力不合作。两个人除了吃饭时能见上面，其余时间基本不见面。即使在饭桌上也无话可说，只有碗筷的碰撞声，让周围的寂静更加寂静。

时间长了，老王也只能用上最后的手段了，催婚，催着儿子带女友回来。

儿子倒是照做了，只是有点出乎意料。

那一天，儿子把人带回来了："爸，这是我女朋友。"

那个女孩子微微笑着："叔叔您好。"

——只是，她悬浮在半空中。

老王原来以为他会昏过去，但实际上没有，他比想象中的要镇定。毕竟他也经常在网上看最新消息，知道现在的年轻人已经比起老一代的人更注重"感觉"——没错，重要的是恋爱的"感觉"，而不在乎对象是不是真人。

所以机器人恋人、APP恋人之类的东西应运而生，儿子这一位倒也不奇怪，是一个人工智能女性，依托于一套系统存在，并且以影像的形式出现。

话又说回来，理解倒是理解了，在某一刻他还是觉得极其的荒唐。

只是，看着儿子愉悦的笑容，注视"女朋友"温柔的眼色，老王还是把话咽了下去。

第二天，儿子又早早地上班去了，老王进他房间拖地时，发现"女朋友"正悬浮在墙角，温柔地对他微笑——老王本能地说道："不好意思，我这就出去。"

"你在说谎。"女孩用温柔的声音说，"你的表情告诉我你很想跟人说话。"

这句话简直正中老王的心事，他失去了包裹一切尊严的盔甲，只剩下心中的愿望："那，你能陪我说话吗？"

"当然可以。"悬浮在半空中的女孩眨了眨眼睛，"出场报告中说了，我还需要练习。"

老王并不明白她最后一句话的确切含义，但他还是在她面前坐了下来，他试着想说些什么，但一时间也找不到什么话可说。女孩睁大眼睛望着他，眼眸深处有微微的银光闪耀，许久，她突然出声："你是不是想说说过去的事情？"

下一秒钟，老王的话匣子打开了，他叽里咕噜地说了一大串话。从曾经的工作到老伴，从他讨厌的那些年轻人再到自己的儿子……地也不拖了，杯子里的茶空了又满上，一转眼就是傍晚了，儿子回到了家。

看着冷冷清清的灶台，老王感觉到了不妥，他不得不简单下了面条，惴惴不安地等待着儿子。儿子倒不在乎，因为他全身心都在那个人工智能的女友身上，仿佛完全意识不到老王的存在。这时老王心里产生了一种莫名其妙的负罪感，他打断儿子和女友的交谈——

"我今天也和她说话了。说了很久。"

"哦，好事啊！"儿子丝毫没有意识到他话语中复杂的意味，"她是人工智能——人工智能你知道吧！不是编好程序的，是跟真人一样需要学习的。她还是出场阶段，辨别人类表情，扫描和判断需要不断积累数据的，你有事没事跟她讲话就对了。"

老王听不太懂，不过既然儿子说对了，那就对了吧！

之后，他就放心大胆地跟女孩子交谈，他不知道儿子给她起什么名字，反正他叫她"小芳"，这还是在很久以前，他在产房前，觉得老婆如果生女孩就起的名字。

没有辜负老王和儿子的期望，小芳比一般的女孩子要善解人意。她大大的眼睛随时都盯着老王的脸，而且随着相处的时间越来越长，她也变得越来越敏感，有些时候，老王连话还没说出，只是脸皮微微一动，小芳都能猜到接下来要说的事情是开心或是悲伤，她会很快的反应，拍掌应和，或是悲伤落泪。

老王从未感到这么省心过。

他原先是在机关工作的，见多了尔虞我诈和口蜜腹剑，也和那个时代的很多人一样，即使是亲人，也经过了漫长的磨合期。从来没有一个人像小芳一样，他说的她都能理解，他说的她从来不反驳，这样的感觉，实在太好了。

事情开始有些不对了。老王发现的时候，已经晚了。

虽然他白天几乎所有的时间都能和小芳在一起，但儿子回来后就要占据小芳。这样的时候他变得焦躁不安，不知道该去干什么。电视吵吵嚷嚷的没劲，网络纷纷扰扰的都是无用的东西，他想和人交流，然而和人交流的烦琐、复杂和混乱让人望而却步。

这样的感觉难以隐藏，他甚至什么也干不了，焦躁地在儿子房间外踱步。儿子要喝饮料，一开门的时候看见了脸色可怕的老王，一时间竟出不了声。

儿子顿了顿："爸，你咋了……"

从他的眼睛里老王感觉到自己的失态，他噎住了，张着嘴，想说也说不出来。

"那……爸，"儿子敏感地觉察到什么，"我再给你买一个伙伴儿吧。"

另一台人工智能飞快地被运到了家里，儿子教他打开了它，和小芳一模一样的漂亮女孩儿浮现在空中，对着老王微笑："您好。"

她们是同一个公司生产的，儿子也设定了完全一致、没有丝毫偏差的数据。

可老王就是觉得，她和小芳不一样。

儿子上班去后，老王努力克制自己去他房间的冲动，和自己新买的人工智能女孩相处。为了区别，他给她起名叫"小芬"。可和小芬说话没有丝毫的乐趣，反而让老王有些恼怒起来。没错，因为小芬并没有经过过去数据的学习，读不懂老王的微表情，也不记得那些对老王重要的事情，老王心里知道她是能学会的，可他等不到小芬学会了。

"给我把小芳的数据转过来。"一整天的失败沟通让老王几乎崩溃，他用命令的语调对儿子说，儿子已经好久没有听过父亲用这样粗暴的语调说话了，他脸上露出了不快，说这个自己办不到，由人工智能公司派人来，而且，还得周末。

老王终于挨到了周末，一个穿制服的人来了，帮老王转换了数据。很快，小芬变得和小芳一样灵动了，但那种不对劲的感觉还是在老王心中徘徊，难以磨灭。甚至连小芬都觉察到了："您嘴里说的是开心的事情，可您脸上很是焦躁，是对我不满么？哪里不满呢？"

老王使劲地摇头，他也不知道小芬和小芳哪里不像，但他就是不舒服。

这微妙的不舒服让他一次又一次地向儿子提出调试，穿制服的调试师父来了一趟又一趟，最后只能两手一摊："老先生，实在没办法了，所有数据都在最小误差范围内啦，再调试的话，就要到零件级别的啦……"

老王还是皱着眉头:"师傅,可我还是觉得不对,这……"

"老先生,有些话,我就直说了。"那师傅耸耸肩,"有本书叫《人与机器》,里面说到,很多时候,我们对着社交机器产生的感情,其实是我们对自己产生感情的投射。"

"师傅,你要照顾我们这些老人家的心理,我听不懂……"

"老先生,你要知道,人跟人工智能交流,前者产生的是感情,后者产生的是数据。数据我们能调,感情却是独一无二,无法复制的啊!"师傅说道,"您跟一号之间交流产生的感情,就算二号用一模一样的数据过一遍,也是不一样的。"

老王不吭声了,他多少明白了些,如果他不在心里接受小芬,再折腾也没用。

之后的一个月里,他拼了命地去和小芬相处,甚至拿出了年轻时都罕有的宽容和动力。然而一个月后的清晨,他再也忍耐不了,对儿子说道:"你跟我换吧。"

"换什么?"儿子本能地意识到,"人工智能?"

"对,我觉得你年轻,应该更容易接受小芬。"老王摇摇头,"我还是和小芳在一起比较舒服,算老爹求你一次,跟我换吧!"

"怎么可能!"儿子咬紧牙关,"小芳可是我的女朋友!"

之后他们爆发了激烈的争吵,甚至还有一些"老不要脸的东西""你这不孝子"之类夹枪带棒的话语。其实在老王和儿子的心里都觉得自己这样的反应过分到好笑,但他们就是想吵架,狠狠地吵一架,也不知道为什么。

那天是周末,两个人从周五晚上吵到了周日晚上,还砸了东西,家里一片狼藉。整个过程中,小芬和小芳静静地旁观,没有流露出一点声音,到了最后,一老一少两个人精疲力竭地倒在地上,很久很久都没有出声。

但他们心里都有一种奇妙的解脱感觉。

以老王陈旧和老土的观念当然无法完全表述这种感觉，但在他的说法中，那一场疾风暴雨般的战斗中，他遇到了无法预测的对手，而对手也无法预测他。像绝顶高手过招一般，他享受到了很久没有的争吵、愤怒，乃至发疯般的痛恨、烦躁甚至绝望过后带来的快感，他许久没有品尝到这样的感觉了，像是许久没有吃饭的饥饿者，他感到了满足。

而在那次争吵后，他感觉到一种强烈的联系——与儿子之间的联系。

不只是血缘，而是人，与另一个人之间，有痛苦、有美好的联系。

之后老王飞快地戒掉了和小芳的交流，小芬也被退掉了，儿子一上班，他就把门紧紧地锁上了。儿子心里也很内疚，可是没办法，只得放任父亲如此。白天的时候，老王一个人待坐在客厅里，周围很安静，他孤独的背影在窗边勾勒出黑色而孤独的剪影。

在他不知道的地方，正在爆发一场巨大的风暴。

一场群体性心理危机爆发了，千千万万使用人工智能的人们爆发了间歇性的疯狂，导致了不少暴力事件——斗殴、枪击甚至谋杀。随着调查的深入，大部分的专家都将这些事情的源头指向了人工智能识别情感技术的发展，其中心理学专家的说法最为确切——

因为人工智能对人的语调、微表情能做出非常迅速的反应，以至使用者已无法适应与人类交往的慢节奏，这首先导致了生活中的焦躁。而焦躁的使用者依赖人工智能快速地消除了自己的负面情绪，反而导致了人潜意识中的攻击性被压抑了。众所周知，依据精神分析和防御机制的理论，情感只能压抑，不能消除，所以最终导致了使用者的情感失衡。

所以，他们建议，人工智能的开发者，应该适当地引导人工智能做出一些错误的猜测，让他们的使用者和他们之间有些摩擦，这样才能产生更紧密而更真实的联系，也更人性化。

当然咯，他们说，这样的方法，也只能是亡羊补牢。

这一切的风云变幻都与老王无关了。他有些悲伤，但是还是无奈地接受了自己的衰老和孤独，漫长的白日里，他一言不发地坐着，坐着，看着电视上反复播放的各种与情感识别技术相关的争论或者惨剧，一直看到无聊到睡去。

偶尔梦里会有小芳亲切的理解，但是更多的，是儿子小时候的身影。

记二

好久没有联系的史编辑发来视频通话请求时，距离李教授的葬礼已过去三年了。

史编辑告诉我，他是特意来找我的。因为想弄清许久以前的一个问题——为何我将已撰写大半的李教授传记推翻，而交给其他作者匆匆结尾后上市。虽然这本传记在商业上取得了不错的成绩，但一个编辑的直觉和好奇让他想知道，当时到底发生了什么。

我犹豫了许久，最终还是决定与他一起分享。

说起李教授，所有人的第一反应都是"扫地僧"。

他的求学经历堪称传奇，在考入他的导师程教授门下前，他并非正规的学生，而是学校附近一家公司的保安人员，毕业于一所几乎无名的大学。但是，他凭借着强大的自学能力，一路过关斩将，成为名校名师的关门弟子，并最终成为与师父齐名的人工智能研究学者。

这个故事至今还能在社交网络上找到，毕竟在当时，这可是转发过数十万的"鸡汤"文，无数人阅读了这个故事，并把李教授作为武侠小说中隐藏的厉害人物，加以崇拜。

人们总是更愿意读到这样的故事，而不是"美人迟暮""英雄白头"……

李教授就是个好例子，后来，他专心研究的人工智能、大脑编码与深度学习都是艰涩的内容，于是很快消失在大家的视野中。毕竟，大家更愿意看到创造奇迹的小保安，而不是泯然于众人、不苟言笑的研究者。

"这就是你不愿意往下写的原因吗？"史编辑打断我的叙述，"其实你的后续者也是如此，故事……还是停留在王子与公主幸福地生活在一起比较好。"

"不完全是。"我摇头，"你知道的，我不是小说作家，我是传记作者。比起好看，我更需要的是真实——喏，所以你看，我甚至自学了一些李教授研究的内容。"

我给他看我准备的资料，不出所料，他被我记录下密密麻麻的公式吓了一跳。

"你别急。"我隔着屏幕告诉他，"我们接着说下去。"

在李教授故事继续前，我们要讲一讲他的导师程教授。和自己学生的出身比起来，他们之间简直有天壤之别。程教授出身于工程世家，父母，乃至祖父和外祖父一辈，都是引领科技潮流的泰斗人物。而程教授是家里的独子，又是颇有天赋的神童，他的人生不难想象，自然是最好的学校里最优秀的学生，是视线和目光聚焦的中心。

程教授比李教授长 24 岁,而据资料记载,他们的相识也是一个传奇的经历。

初次见面那一年,李只有十来岁,他母亲早逝,父亲粗暴地殴打他,逼迫他去工作。不能回家的少年只得混迹于网吧,还不时地会被地痞流氓骚扰,胁迫这个瘦小的孩子交出钱来。有一次,李又在被他们殴打的时候,正好西装革履的程教授从旁边经过。

彼时的程教授四十来岁,正值壮年。出于一贯良好的修养和正义感,他并没有冷漠旁观,而是喝止了那些殴打李的年轻人们。年轻人们不知道程教授的来历,但被他强大的气场所制服,还是离去了。不过,离去之时,他们还是狠狠地撞了程教授一下,导致他衣袋中一个优盘失落在地。

优盘中存储的是一些基础教材的扫描件,所以程教授也并没有在意。

但正如戏剧般巧合地,李捡起了这个优盘。李回到网吧,好奇地打开优盘里的内容,并如饥似渴地阅读起来。虽然他并没有很好的基础,可他还是借助互联网,一点点地自学了数学、编程和人工智能的初级内容。

"这段剧情我记得。"史编辑又一次打断我,"你写得如此简略,我曾经想让你浓墨重彩地加以描写,但一细想,当时李教授已经去世,程教授又病重,怕是再也找不到目击者了,于是作罢。"

"比起物理学家,传记作者更容易面对薛定谔的猫。"我笑起来,"编辑先生,如果我现在非要求你拿出你确实这么想过的证明,你该怎么办呢?"

"这……我想我可能写过邮件的草稿,但是草稿已丢失啦!我跟一个小编说过,可他已经离职了……哎呀,还真是无法说明啊!"

"别在意，我不是真的想这么做。"我笑着回答，"这个只不过是引子，李教授和程教授共同工作的初期，做的就是大脑方面的编码工作，而且是动态编码工作。"

在历史上，曾有人工智能的先行者想把大脑思维分解成最基本的模式，然后通过排列组合，达到复原所有人类思维的目的。可最终结果却因实在太过复杂，即使是最精密的计算机也无法处理数量巨大的数据而作罢。所以，在李向程提出打算做这样的实验的时候，德高望重的程教授曾经用"你是要制造出永动机吗？"的鄙夷眼神望着他。

"老师，我不是要走前人的老路，而是把思维生硬地分解成小块。心理学上有种说法，一切都是关系，所以我想的是，以关系作为基础。"

说出这样话语的时候，李还是个高中生。他再也无法忍受父亲的折磨，以及自己与周围的格格不入。于是他偷了家里的钱来到程教授所在的地方，在一个大学接待日闯入见面会，拼命恳求他收留自己。然而那个时候，谁也不知道李将要取得的成就，所有人都把他当成一个喜欢幻想的孩子，然后一笑了之。

是的，程教授虽然接待了他，可并没有和他深入地聊天，只是让人把他送了回去。然而李却坚持留在了这个大都市，在学校周围打着零工，同时继续去听程教授的授课。

在那个异常辉煌的时刻到来之前，他确实经过了一段屈辱的岁月。

"我突然觉得……挺唏嘘的。"在我停顿的片刻，史突然出声说道，"程比李大上那么多，李一定把他当成了一个明星……我接触过那样的孩子，为了逃避现实的痛苦，所以干脆沉迷在自己的幻梦中，把一个明星当作神一般的存在信仰着……"

"多少有一些吧？"我回答，"不过，我倒觉得，他找到了自己失去已久的父亲。"

"所以我感到……很悲伤,哎!我不是作家,我不知道该怎么说。"史苦笑着摇头,"好像说他们合作了不少项目,但是最后一个项目过半的时候,程教授突然解除了与李教授的合作关系,并且终生没有和他见面……李去世的原因不是重度抑郁症么?这是个导火索吧?"

"是的,你答得没错。"我对史说,"你看,你已经能预测他人生的一些行为了。我只不过告诉了你一些空白的部分,你可以用因果关系把它们联系起来。"

"这个……我觉得三岁孩子都会的呀……"

"对,这个人类最基础的东西,却是人工智能终极的难题。因为人通过经验可以'学习',而人工智能只能'计算'。人可以在总量有限的情况下不断修补质量,而人工智能则不能,它只能不断地扩大和修正,最后做出计算的结果。"

"哎呀,我听不太懂,还是继续说李和程的事情吧!"

总之,曾经被父亲殴打得不敢回家的李,曾经在网吧被围攻的李,曾经被人当作小民科鄙视和赶走的李,在经过数年艰苦的努力后,终于站在了程的面前,成为他真正的学生,甚至在日后和他并肩,成了与自己崇拜的老师同等的教授。

在外人看来,他或许是努力终于有了结果,实际上却如史编辑所说,是他终于来到了自己精神之父的身旁。他几乎每日都与老师一同待在实验室,宿舍几乎就只是睡觉的地方。在外界的报道中,这是他自强不息,持续努力攀登的证明,然而实际上,却是因为李拙于交际,几乎和任何合作者都能发生争吵导致的。因为没有朋友,也没有日常的社交,所以他只得埋首于工作中,且只和唯一崇拜的人——程教授——交流。

两人开始搭档合作，总体来说，他们研究的方向是"像人一般的人工智能"。

自从人工智能在围棋和国际象棋一类的比赛中获得胜利后，科学界渐渐地分化出方向，有些开始研究保证不会出现错误和BUG的人工智能，有人开始研究运算数据量更大的人工智能，还有一部分，则是开始研究人工智能是否能如同"人"一样，有道德感、会欺骗与被欺骗、并且"学会"人类的一部分情感。

这是最具伦理争议的内容，却也是最诱人的研究高峰。

程教授兴致勃勃地力排众议，前往攀登，而无处可去的李紧随其后，默默上前。

这样的岁月持续了整整二十年，而在最后一个项目的时候，一条短信发到了程的手机里，那是在他家帮佣的年轻保姆，就在三天前刚刚辞职。在这封仿佛艰难打出的邮件里，这个可怜的姑娘讲述了自己在被派出帮助李的过程中，如何遭到了李教授的威胁和"动手动脚"，隔着短信，几乎可以听见她的哭声。

这可是极大的丑闻，程觉得，这是实验室的耻辱，而且他爱惜实验室的声誉如同他的生命。更何况，近来的李随着年龄的增长而越发阴郁，没来由的暴怒，脱口而出的脏话，身边的人对他的印象糟糕透了。于是，程果断地将李驱逐出了人工智能的实验室。

出于一个略有些老派人的价值观，也出于善意，他并没有把事情真相据实以告。

而彼时，李也因为他们共同研究的最后一个项目有些抑郁，如此一来，更是受到了极大的打击。虽然他遵循别人的建议，申请去往另一个校区做些轻松的教职，然而他的抑郁症还是逐渐加重，不断减少的神经递质和大脑缺陷，最终让他离开了人世。

他们的最后一个项目也就此搁置,再也没有重启过。

"我明白了。"史编辑拊掌道,"原来你是不想透露出这样的丑闻——不,我的意思是,不只是李的丑闻。因为你的叙述中,程没有经过任何的复核和调查,就把李驱逐了。我感觉,这事儿其实是件导火索,或许这位老师已经觉得,学生开始超过自己了吧!"

我笑着看他,他没有说话。

"再睿智的人,到了年老,总有糊涂的时候。"史编辑摇头道,"真是可惜。"

"如果事情那么简单,我为什么要跟你说那么多人工智能方面的话题呢?"

我胸有成竹地看着他张大的嘴,安静地说出了我隐藏已久的真相。

李教授与程教授合作的最后一个项目,名字恰好就叫"金鱼草"。

这种有着美丽名字的花卉,在某一国的花语里,正好寓意"欺骗"的意思。

而两位教授研究的,正是想制造出,能够"欺骗"人的人工智能。

那么,"欺骗"的本质到底是什么呢?

或许字典上有着最详细的解释,曾经有过骗术大全一类的东西,但真正的欺骗,还得分人。一个能骗到街边大妈的谎言,不一定能骗到大学的教授。而一个愚人节玩笑般的假实验结果,对一个只想吃糖的孩子来说,毫无欺骗的诱惑力。

一开始程教授的设想,只是用于临终关怀的医疗型人工智能。但他很快地看到了这个项目的前景,与其说是有实际用途,不如说是一个开创性思想实验。如果人工智能能骗过一个人,那么就会牵扯人工智能的道德问题,以及是否应该制定机器人三定律类似的法则。于是他转而通过理论去处理以上问题，而李主要解决实际方面的问题。

没有人知道，那段时间里，李对着名为金鱼草的 AI 输入了多少数据。

但就目前保存下来的结果看，至少是一般 AI 的三倍左右。对于外行人来说，这不算什么，但是对于内行的人来说，简直就像对 AI 赋予了生命。

换句话说，金鱼草只会成功，不会失败。

"暂停一下。"史编辑笑起来，"我好像又推测出故事要怎么发展了。"

"请讲吧。"我耸耸肩，"这个倒是挺容易猜到的。"

"你讲的东西我不太懂，但是，我想那条短信并非是那个可怜的保姆发的，而是那个 AI，就是金鱼草，伪造的。"史说道，"按照你之前所说的，AI 只能通过扩大数据库不断磨炼，所以在李的努力下，他学会了欺骗，并且编造了短信，成功地骗过了程教授。"

"你说得很对，史先生，不愧是出色的编辑。"

"由于程教授没有公开说出，也没有求证——哦，大概这也是 AI 的计算范围内，它算出程教授不会去求证——所以李教授至死都不知道，自己最后一个项目成功的瞬间，也是自己倒霉的时刻，对吗？"

我点了点头。

史编辑看着我，长舒了一口气，也心满意足地点了点头。

"不对。"

沉默许久，史编辑突然出声了。

"别的我不知道，但我最了解你的文风，这样的事，你会大肆渲染一番，然后给李扣上个悲剧英雄的帽子——这件事，还有其他的转折,对吗?"

"史先生,我有句粗俗的话,说人与人之间的区别,有时候甚至比人与猪的区别还大。"我调低了语调,"有些人情商非常高,能设身处地地为他人着想,让跟他在一起的人感到非常舒服,而有些人则非常自我,只做自己想做的事情,甚至无法体会他人的感情。"

"后者……是指反社会人格?难道故事里还牵扯了杀人犯不成?"

"还没有那么夸张。"我顿了顿,深深地吸了一口气,"因为你们的要求,我专门走访了李教授的故乡,调查了他的踪迹,因为他从来没有回去过,所以这件事大概是第一次有人做,因此,我有了一个惊讶的发现。"

"我洗耳恭听。"

"在此之前,我想问个话题,你相信星座吗?"

"也信也不信,毕竟星座是种性格描述学,只要前后达到逻辑一致就好了。"史洋洋得意地说道,"比如说,我是巨蟹座,星座分析上说巨蟹座爱家,就不会说他喜欢出去蹦迪……"

"非常好,正好符合接下来我要说的事。"我认真地说道,"那么,史先生……

"那个童年被小混混欺负,捡到优盘的人,和当年那个昂首提问的高中生,以及现在死去的李教授,是三个不同的人……"

"啊!"

"李教授出生于一个南方小镇,他的母亲并没有去世,只是离开了家,父亲也并没有酗酒暴打,和任何一对乏善可陈的小镇夫妻一样,他们几乎不管自己的孩子。而小时候的李也只是学校中的普通学生,不太优秀,也不太差,所以也只是混着日子。

"他唯一有点兴趣的事情是编程,他曾制造过一个软件,输入一些条件，就可以拼凑出一个故事，当然，机械的故事只能保证逻辑通顺，文笔是保证不了的，所以他也没有因此有名。

"那个念头或许就是由这个软件编造出来后开始的——

"这个普通的少年，开始厌恶自己的身份，想要彻底地'塑造'一个崭新的自己。

"很多人在年轻时都有这样的想法，但不会去实施，但少年李这样做了。他首先选取了一个对象，那个对象就是当时已经赫赫有名的程，而且程经常写博客和微博，有足够的数据。少年李就在网络上对他进行了彻底的观察，知道他的喜好，明白他看见过什么遇到过什么。他以他逐渐深入的计算机知识对程教授展示出的内容进行分析，渐渐地对他了解得越发深入。

"即使程教授已经忘记，他还记得他在网吧丢了优盘，接待过一个没有说名字的高中生，他把这些事情串联成一串，安排在自己的身上。

"起初他不抱任何希望，但看着日益完善的故事，他突然决定搏一把。

"他给程教授写了邮件，把自己编造的故事整个写了进去。因为当时的目击者早已消散，他骗过了所有人，最终获得了和程教授并肩的资格，一个崭新的自己。

"他是优秀的，在学术中展现出高超的能力。但他却不得不为了维护那个虚假的自己，不断地完善最初的谎言——

"比如说，他必须表现出对程教授的留恋，比如说，他必须和别人保持着距离。"

"所以，史，我想你应该明白了，李教授那三倍于常人的数据是哪儿来的。"我摇摇头，"他并不是最后投注于金鱼草，而是他的大半生，都在干着欺骗程教授的事情。而最后他成功了，金鱼草做得非常完美，甚至连他都比不上。"

"换句话说，他不断地完善着最初的软件，依旧打造着完全不一样的自己？"

"是的，这才是他抑郁症的真正根源，他已经被自己创造出的角色包裹，而自己却被压抑着无法出现。他证明了自己的能力，却让自己最终堕入了深渊。"

我停下来，长长地叹了口气——

"所以，史，其实我写的前半本也是虚假的东西，我不想落入这个人的陷阱，我不想再继续。如果你需要证据，我也可以给你看李教授的遗物——那里面有他最初编造的程序。你知道么，是程教授帮我们破译的，他看到的时候很受打击。"

"难怪从此后他一病不起……那时候的新闻媒体说了，最好的搭档前后离去，原来他们根本就不是搭档……"史长叹一声，"我知道了，先生，非常感谢你。这下我该知道的也知道了，放心，我不会说出去的，只是现在我对人与人之间的关系都有些怀疑了……"

"是的，所以这就是我不写出来的原因。"

我微笑地安慰着他，然后又寒暄几句，我们愉快地结束了交谈，然后关上了屏幕。随着显示屏暗去，我低头查看自己的笔记，那是我在一旁写下的注解——

"无论如何，李教授最终还是为科学献身了。"

"然而他的动机太不纯洁了。更何况他并非为真理，而是为谎言献身。"

"程教授就完全纯洁么？还有，可以骗人的人工智能，难道不是对人类的侵害吗？"

"科学没有伦理，况且他们并没有应用在实际中……"

是的，我想这是我真正搁笔的原因吧！我的注解开始变得像辩论了，我不断为李和程双方辩护，为支持金鱼草和反对金鱼草的人辩护。如果接着写下去，很长时间后，或许我能得出一些触及人生本质的哲学思索，但我还是放弃了。

毕竟，我不是拼上生命的李教授，只是个普通的写作者啊。

记三

我找到王贵的时候，他正一个人躲在园子树丛的背后，两眼呆滞，如同一只受过惊吓的狗。这让我不得不小心翼翼地靠近他："阿贵。"

他听见我的声音，更加睁大了眼睛："敖老师……欣姐……"

我注意到他那条脏脏的棉袄的袖子上已经湿了一片，顿时明白最近又发生了些什么，但我并不能安慰他，只能装作看不见："回去吧，阿星在等你呢。"

说出这个名字的时候他犹豫了一下，最后乖乖地跟着我走了。

可怜的孩子。我颇为心疼地笑了，没想到我能见到活着的阿尔吉侬。

因为也是自幼在这所大学里长大，我知道阿贵的事情——这个孩子是个校工的孩子，本来在教育资源竞争激烈的时代享有这所大学的所有资源，却全都被他浪费了。所有的老师都在抱怨，从没见过这样的孩子，看起来也不傻，可就这么难教育。

拼音不会，汉字十个能懂两个，算术更是错误百出。就这样吧，也就这样吧，反正每年都有一两个这样的孩子，况且又没有身份背景什么的，教了也就教了吧。

就这样，这个憨厚、笨拙而迟钝的孩子长到了十八岁。高中勉强念完就不念了，在后勤处打杂，做些送报纸、搬矿泉水、修电梯之类的杂活。

有人的地方就有江湖，大学也不例外。这个没有背景的年轻人偶尔也会受到刁难，不止被后勤主任呼来喝去，还被其他系的人作为被领导骂后的出气筒。比如，有一次学生间出了点小事故，校长甚至想到了让他作为替罪羊并以开除他的处分来息事宁人。虽然最终被留下来了，但阿贵永远是学校里最被轻视的那一个。

话又说回来，我也并不同情那时的阿贵，最多对他视而不见。他倒还是那样，每次见到我都微笑着打招呼："欣姐，好。"

时光飞逝，他很快到了三十岁的年纪，在他的父母去世后，这样笨拙甚至有些穷苦的人自然没有女孩子愿意跟他，而他似乎也没有什么交际圈。在我最后几次看见他时，年纪轻轻的他已经有些驼背了，像一只在热水锅里为了生存而忍辱负重的虾子，我也只是叹叹气，也不说什么。

事情发生在他三十一岁。

那一年，我们的研究所开始研发深度学习人工智能，在复杂的计划代号后，我们给它起了个名字，叫小星。

小星的功能，是通过计算进行深度学习，并尝试模拟一些哲学方面的思考——当然，最初我们不抱这个希望的，人工智能会思考自己的存在吗？不太可能。

但小星的出现倒激活了另一个旧计划，通过药物改变人的神经可塑性，让已经僵化的大脑和固化的神经系统再次受到刺激，重新激发出人的学习能力。

"我们需要一个志愿者，是真正的笨。"那边的研究员对我说，"你明白吧……不是因为器官病变或是心理问题,就是简单的反应迟钝,更重要的是,身体健康,没有后顾之忧。"

"这样也好。"我们的研究组组长对我说,"让一个重新开发学习能力的人,和小星一起进行学习,或许我们能探究到一些不同,对研究也是更进一步的资料收集。"

这样的情况,除了阿贵,还有谁呢?

我责无旁贷地把他带进了实验室,在他几乎听不懂的解说后,他笑着对我说:"我相信欣姐不会坑我的,好,我签字。"

那一瞬间我竟然有了一点浅浅的罪恶感。

两边的实验同时开始了,我们选定的题目,是流体力学方面的学习。

这是一门充满数学公式,也需要想象,甚至模拟运动的学科,用来测试学习最是合适。我们这一组的状况波澜不惊,小星按部就班地积累数据,统计出公式,我们除了输入数据和日常维护,基本上无事可干了。

而阿贵那一边,则是每天充满了惊喜。这个已经快迈步进入中年的男人在药物和认知练习的刺激下仿佛变成了一个天才的孩童,繁复的数学公式,错综复杂的曲线,甚至各种各样的图表,都被阿贵的大脑如同海绵般地吸入其中,学习速度之快,掌握程度之牢,让所有的老师和研究员"啧啧"称奇。阿贵大概也是第一次受到如此多的夸奖,笑得如同一朵绚烂绽放的花儿。

我再次见到他的时候已经是半年后,初次见面时,我惊讶于这个年轻人气质的改变。虽然他依旧佝偻着背,衣着邋遢,但是他不再畏畏缩缩,而是眼神中充满了无限的好奇。

他看着小星,惊讶地说道:"哇!这就是欣姐做的东西啊,厉害,厉害！"

"你好。"小星的感应部分发现了他的存在，发出了电子合成音，"我是人工智能小星。"

要在过去，阿贵一定会吓得失态得"哇哇"乱叫，但是这一刻，他用虔诚的眼神回望着那台机器："你也好，我是阿贵，以后我们就是同学啦！呵……嘿嘿！"

因为已经有了一部分基础，我们请了非常专业的流体力学教授来讲授流体力学的课程。阿贵并不知道，他与小星的"会面"点燃了我们两组人竞争的热情。到底是人更会学习，还是机器更会学习呢？这不同于以往的棋类比赛，干扰因素更多，也更令人向往。

这一边，我们不断地增加小星的数据，更新编程模式，力图使它更快地了解上课的内容。那一边，他们更着重营养的搭配，甚至请来了专业的营养师，同时他们加强了阿贵的药物运用和刺激性学习。时而有消息传来，阿贵的IQ在出人意料地增长。

我们在嘴上笑着，说IQ测试本来就不是最科学的方法，更何况要增加智商只能改变基因，最后的胜利必然是小星的。但是我们心中是不安稳的：小星固然有过目不忘的优势，但阿贵的融会贯通和想象力却是我们强大的敌人，我们不得不加大了努力，拼命向前。

不过，就在这样关键的时刻，我终于明白了一句俗语，皇帝不急太监急的深刻含义。

在我们忙碌不堪、睡眠不足的时候，两位"皇帝"却在课后开始了认真的交流。在阿贵的要求下，我们给小星加了一个外接的输入设备，不过我也告诉阿贵，因为小星是学习型人工智能，我们并没有给它添加IRI般的陪聊功能，只能进行些"是""否""你好""请离开"这样的交流。阿贵的回答却让我吃惊——

"没事,只要能输入公式,那就好了。"

之后我偶然见过一次阿贵和小星的"交谈",虽然是简单的一来一去的程序,但我看着阿贵在输入很长很长的一段算式后,小星同样用很长很长的一段算式来回答。回复的一刻,这个愁眉苦脸、沉默寡言的青年竟然爆发出一阵开心的笑声,就像对面发来了什么超好笑的段子一般。

那位流体力学的老师告诉我们,如果仅就公式来看,阿贵和小星应该是在互相纠错,互相讨论,有点类似于歌唱高手用"啦啦啦——哦哦哦——"之类的发声斗歌。

人可以和人工智能成为朋友吗?我不知道。这不是这次实验的范畴,况且以我看来不过是数字和公式的交流,完全不会产生感情,要不程序员早和他们的计算机谈起恋爱了。所以那时谁也没有在意,只是平静地等待最后时刻的到来。

实验接近结束的那一日,老师丢出了一个流体力学的大难题。

这个难题用数学公式讲解太过于枯燥,好在可以用个形象的方式表明——

如果能有一个人,用水制成齿轮、杠杆,并用某种方法使它们运动起来,齿轮一个接一个,越来越小,越来越小,到最后,会不会有在一个微小空间达到无限速度,爆发出惊人的能量?换句话说,能不能以一个小小的水的力量,就毁灭世界?

若是固体,就是简单的物理问题。但是涉及流体力学,数据之庞大,非常吓人。单是考虑即将产生的水涡流,就需要大量的因素和数据。

初始,我们并不知道这是个未解之谜,在奋战数个昼夜后,我们终于投降了。

若是直接将公式输入,小星自然很快就会自动进行运算。但既然是"学习"的研究，我们只能按往常输入数字，期待它能自行缩减，得出"公式"的结论。但只要多一个涉及因素，需要输入的数据就呈几何性增长，我们耗尽全组之力，还是功亏一篑。

那一边就不一样，阿贵用非凡的想象力，创造性地推导出了另一个公式。虽然无法解决难题，却将理论往前推了一小步。在研究组的指导下，他撰写了论文，并提交到核心期刊，竟然得到了发表，并得到了业界的一致公认。

实验到这里就进入了尾声。

之后发生了几件事情——

由于毕竟还是实验，那边的研究组正式向期刊提供了报告，经过讨论后，虽然阿贵属于使用药物刺激大脑的特殊实验情况，但在科技伦理有定论前，那篇论文，还是获得了承认。

学校从未获得如此高的荣誉，他们决定奖励阿贵一大笔钱，并且还考虑特聘他为教授。

至于小星，虽然最终并没有战胜阿贵，但在一般测验与记忆中的分数还是远远高于阿贵，我们这边也成功地推进了人工智能的研发学习，也不算失败。

结局似乎很圆满，但是，悲剧就在这里开始渐渐萌芽。

除了两个实验组，其他人或许不太明白在这过程中发生了什么。

在外人看来，阿贵是大智若愚，一鸣惊人，一飞冲天。

他再也不受歧视了，相反，还受到了各种程度的讨好、巴结，起初谁也不觉得这是坏事，我们两个研究组都为他高兴——但很快，我第一个发现了不对。

因为阿贵来找我的次数多了，他每次来都是请求我，把小星打开，给他使用。

起初我以为，他只不过是把这个事情当成年轻人的闲聊和游戏，但后来有一次，他一直玩到深夜。我有些不安，带了研究生去找他，却见他一个人呆呆地望着屏幕，流着眼泪。

第二天我与他进行了一番长谈，我不是心理咨询师，但就当他是看着长大的一个弟弟吧，问他到底怎么了。他说，欣姐，后勤处主任让我跟他女儿相亲。

我说这是好事啊，去吧去吧，你也年纪不小了。

他笑了笑，最后什么话也没说，那笑容虽然依旧憨厚，但跟以前还是有些不一样了。

之后我又忙了新的研究，也没时间管他。他除了偶尔请我打开小星以外，也没什么交集。

后来有一天，另一个小组的研究组组长，也就是曾经委托我找到阿贵的人突然找到我，张口就说："完了，完了。"

我莫名其妙："什么完了？"

"我们太低估人的大脑了。"他摇摇头，"原来不止一方面可以刺激发育……"

在那个擅长医学特别是大脑医学的小组最初的计划里，他们只是用药物刺激阿贵大脑的认知部分，也就是掌管数学的部分。之前的资料里，有大脑受损不能写字只能说话，或不能说话只能认字的存在，那只刺激一部分，最多不过是创造出一个古怪的数学家。

但就像他说的，他们太低估大脑了。随着神经突触的增多，即使没有药物支援，阿贵大脑的其他部分也开始了再次发育，虽然不能如流体力学方面从傻子到天才，但足以超越别人。

"然后？"我警觉，"我们做出了一个阿尔吉侬。"

"是的。"研究组组长摇头，"他过去的大脑根本没有发育到能分辨'玩笑''侮辱''欺负'的程度,现在全明白了——而且,因为与现在的光环对比,过去的侮辱更加可怕。"

他接着说道:"你知道吗?他对我哭诉,'那时候后勤主任根本不正眼看我,现在却使劲巴结我,其他的人也是,人怎么那么势利?世界怎么那么脏?'。换句话说,他根本没法享受现在的成就,别人待他再好,就算是真心,也仿佛映射出过去的丑陋。"

我没答话,想到过去的自己,有一点点不寒而栗。

"他很抑郁,我感觉非常危险。你知道李教授吧,他就是因为重度抑郁症去世的。"研究组组长说,"虽然签订了免责协议,但我还是……还是觉得自己好像做了些什么不该做的事情,我也有点抑郁了。"

"哎,你别……"我没底气地挥挥手,"没那么严重……吧?"

"人生识字始忧患,你又不是不知道。"组长耸耸肩,"无论如何,请你让他多用用小星,他曾经说过,没人理解他,只有那台人工智能是他唯一的朋友。"

他言语诚恳,我也只能答应了。

之后的一长段时间里,我多留了几个心眼,总是有意无意间地帮忙寻找阿贵,仿佛真的在找一个贪玩不回家的弟弟。每次我用小星哄他离开时,总会有一点点心疼,但我很清楚,这心疼来得太晚了,他已经懂了一切,我能感觉到他压制着,对周围人的愤怒。

但周围的人并不打算放过他,巴结他相亲的人络绎不绝,我也劝过阿贵忘记过去,找个好好的女孩子,一起开始新的生活,但我隐隐有预感,这做不到。

打个比方,一个孩子,在小时候,被人以"为你好"的名义砍断了手脚,而且他也认同了这一点,当他终于明白,周围的人都是有手有脚的，而且那个人也是恶意的，无论那个人如何好好待他，养育他，他也是会愤怒的，不是吗？

阿贵的伤在心里，就是有那么极端。

有很长一段时间，他用愤怒的眼神注视着任何一个人，宛如一尊金刚像，怒视着世间的不平。渐渐地除了我和研究组组长，再也没有人敢接近他，他自己也因此变得阴郁而胆小，漫长的时间里，他躲在小星所在的阴暗实验室里，用几乎所有的时间和那台人工智能交谈。

再后来，情况越来越差，我们请来几个专门的心理咨询人士也无法改善他的现状，因为曾经服用过大脑刺激药物，促进神经递质的抑郁症治疗药物也无法服用，我们对情况感到了相当的绝望，只觉得某一日他也会和李教授一样离去的时候，突然一切都有转折了。

他大病了一场，肺炎、高烧，最后甚至脑膜炎。

这场高烧如同期盼的天火一般，损伤了他的大脑，阿贵再次失去了他的智力。

不知为何，我有一种松了口气的感觉。

学校方面起初是震惊的，也为失去了阿贵这样的人才感到非常遗憾。但我在整理小星数据时，却突然发现，之前那段时间漫长的相处，小星的程序得到了很大程度改善，就像有一个曾经聪明的阿贵活在其中一样。

这简直是人工智能界的巨大突破！是天才儿童和超级智能的结合！

我们喝彩、流泪，甚至忘记了阿贵的存在。

之后小星被运走了，它被带到各地的实验室展出、研究，我也跟着它辗转在世界各处，演讲、研究、交付程序复制。谁也没想到的是，这一去，就是五六年。

再回首已是百年身，当我终于回到校园时，科技再次突飞猛进，作为原型机的小星，早已过时了。我几乎决定把肮脏破旧的它作为废物处理掉，但阴差阳错地，我还是把它放进了曾经的实验室。然后那一天，一个人跑了进来。

"你是谁？"我费力地阻拦他，"出去，出去，这里不是你该来的地方。"

那人用茫然的眼神看了一眼破旧的机器，突然剧烈地发起抖来。

"你好。"小星的感应部分又一次发现了他的存在，发出了电子合成音，此时他的合成音已经陈旧不堪，声音沙哑而难听，"我是人工智能小星，你是阿贵。"

我被吓了一跳，抬起头用茫然的眼神看着那个人，在他的身上，我渐渐地看到了原来那个目光呆滞、浑身肮脏、总是佝偻着身子的阿贵。也不知道在我离开的这段日子里，这个可怜人是不是又坠入了被歧视的深渊，不知道他是不是还明白悲伤、愤怒和人性。此刻他死死抱着机箱，放声大哭，仿佛自己抱着的是世间最亲密、最不离不弃的至交好友……

记四

我的朋友 K 曾经给我说过一个故事。

那是云大脑最普及的时期，这项技术从曾经高高在上的穹顶渐渐来到人们的生活之中，不管是年轻还是年老的人都开始沉迷，作为那个时代的人，K 也不例外。

和任何一个疯狂玩家那样，K 和战友们玩遍了云大脑网络上的所有游戏。他们一起在神庙挑战巨大的怪鸟，在战场上经历枪林弹雨，开启了月流量过亿的店铺，甚至还和美丽性感的虚拟女子有难忘的约会……

连接五感的云大脑系统让一切都真实得难以置信。

包括，强烈刺激后让人郁郁寡欢的厌倦。

K很快地陷入了重复的无聊之中，许多业已成名的初代玩家也遭遇到了这样的困境。所以，名为ADS的游戏腾空而出之时，简直成为了解救他们的甘露。

这款游戏非常神秘，谁也不知道它是何时上传到云大脑网络上的，也不知何时开始在玩家间流传，唯一能确定的，它没有做任何的广告，全靠玩家间口口相传而传播。

K至今还记得他初次登录ADS的场景，那是一个异常简单的寻宝界面——要在黄色沙土中找出与其颜色相似的珍宝。得知任务的那一瞬间，K几乎哭笑不得，他甚至怀疑推荐他玩这个游戏的朋友的智商，还有自己的智商——难道他们觉得他需要玩儿童的益智游戏？

但他很快地改变了自己的看法，在幼儿园小朋友般的任务之后，画面突然一变，他进入了一个激烈的战场，漫长的毒藤带着荆棘，只要一碰生命值就会瞬间归零。没有补救，没有帮手，K甚至来不及转化脑子，就感受到了肾上腺素带来的热血沸腾。

原来这就是ADS的魅力所在——极其强烈的随机性。

每次登录，ADS都会随机提供一种玩乐类型并且随机赋予相关难度，很可能你遇到的只是个眨眨眼就能完成的难度，也可能是耗尽一整天都难以过关，只得选择投降的噩梦难度。而且，除了投降交给其他玩家外，每一个关卡，只能玩一次，不可重复。

从游戏设计上来说，不能重复，不具有学习和修正模式，简直就是玩家的大敌，但对于能接到云大脑的时代，却大大地刺激了玩家们的收集癖和分享欲。无数的论坛在云大脑网络上建立起来，人们分享着自己遇到的关卡，比较着上方的难度，甚至以五感交流着其中的感受，一时间，这个游戏成了小圈子里的奇迹。如果在玩的过程中，没有玩家间的交流和沟通，简直无法成为高玩。

那时候的K，他有曾经高玩时代攒下的记录，也有足够好的运气，所以他一直保持着不败的排名，在ADS探索者中一时间有如传说。

不过K还是有点奇怪的。在最初的时代，哪怕一款最普通的游戏，在他玩到了服务器前几名后，游戏公司都会赠送一些小礼品，甚至邀请他去参加公司的活动，让他在台上和穿着性感的美女们共同亮相，吸引新的云大脑客户。但ADS却没有，直到K渐渐淡出圈子，他们不仅没有进行过任何的宣传活动，甚至连邮件都没有发过一封。

又过去三四年，K还是离开了ADS探索者的圈子。

这倒不是因为如过去一般，他对这个游戏感到了厌倦。就如同曾经的互联网络一样，随着技术的普及，云大脑网络不再是一个和现实平行的虚拟空间，而是一个被现实渗透的工具。K的老板随时能通过云大脑网络给他发工作邮件，而孩子们尿湿了电子尿布的大哭声也随时能切断K的ADS探索。在几次险些失败的情况下，K思虑良久，最后彻底AFK(Away From Keyboard，离开键盘)，退出了游戏。

他一向随和，这一回却难得地展现出害怕错误和完美主义。

因为他知道，他太喜欢这游戏，喜欢得不忍见他没落。

之后K继续过着白领的生活，赚钱养家，和妻子一同照顾孩子长大，每天起床买一杯豆浆，心情不好的时候跟卖豆浆的傻子大吵一架，然后转身嘱咐孩子千万不要歧视残疾人和智力低下的人，和任何普通人一般，顺着生活的潮流，慢慢向前。

ADS，仿佛一个遥远的梦境，只在午夜惊醒之时，迷迷糊糊地想起。

大概又是五六年过去，孩子长大，离开父母前往远方的大学。虽然云大脑系统会即时连接他的声音和模样，甚至与他在家时没有任何区别。然而 K 还是感觉到了失落，无论云大脑如何掩饰都不会消去的失落。

他在这时重新想起了那些老旧的游戏，想起了战友，想起了曾魂萦梦绕的 ADS。

犹豫许久，他从满是尘灰的储物室中翻出了旧版的云大脑系统，颤抖着手接上，登陆上了旧的云大脑系统网络⋯⋯

曾经热闹的地方变成了废墟，没有一个人在。

K 在其中漫步呼喊，无人应答。

他如同孤身渡海循游的人，熟门熟路地找到了 ADS 的论坛。旧日的帖子和收集已经堆积成山，大概用上三四年时间都翻阅不完，于是 K 只能大概扫一下，ADS 还是没有逃脱游戏的命运，由人满为患逐渐变得萧条，又变得空空如也，不过，每天还是有一两个人登录来玩，或许也是和他一样——怀旧的老玩家。

奇怪的心情在 K 心中回荡，他离开论坛，连上了 ADS。

这一回，载入的时间非常漫长，过去的 K 或许会马上离开，但是现在的 K 却充满了耐心。

看着进度条，他安心地等待，顺便惊讶着，这游戏十几年里，制作者都没有留下任何痕迹，也算是云大脑时代的一个奇迹了⋯⋯

熟悉的音乐响起。游戏开始了。

刚登录游戏不久，K 就觉察到，今天的关卡有些不对。

眼前是密密麻麻如渔网般的攻击电流，只要被其中一根碰触一下，他就必须退出游戏。K看了一眼难度级数，那是一个巨大的天文数字，他从未见过。

妈的。他在心里骂了一声，脸上却掩饰不住欣喜的笑容。

心在"怦——怦——"跳，那是多年久违的感觉。

愉快而激越的心情化为电流，他握着虚拟枪械的手微微颤抖，兴奋、恐惧乃至狂热占据了他的心灵，甚至在云大脑系统中造成了异常强烈的波动，整个界面一片光辉，仿佛传说中的神仙降临。来吧！来吧！他大声喊着，仿佛要把整个情绪都释放出来。

在对我的讲述里，K花了很长篇幅来描述这次对ADS的探索和挑战。他切断了其他所有的通信，老板、妻子、孩子还有楼下卖豆浆的傻子都不存在了，世界只有他一个人，他一个人就是世界，无比的愉悦，无比的欢快……

这大概就是心理学上那什么，心流吧！

说这话时K挠着头，脸上挂着他一生都没有过的光彩。

到了这里，或许你们会以为，K和我讲述的，是一个游戏玩家倾其一生为了一场酣畅淋漓的战斗的故事，我也很希望如此。但是很遗憾，现实的故事包含了这一方面，却永远不止这一方面，这个故事有着另外的结尾……

K在ADS里进行了极高超的挑战，他仿佛用上了整个生命，终于突破了那密密麻麻的电网，获得了最后的胜利。然而在即将看到"you win"的熟悉字迹之前，突然间屏幕一暗，K被踢了出来，他心里猛地一惊，赶紧重新登录。

然而无论如何都登录不上去。

K突然明白了，ADS被删除了，整个服务器都不复存在。曾经那些在游戏里，在论坛上记录下的点滴，全如梦幻泡影，化为数据的碎片，不管是物质的世界还是数据的世界，都再也不会存在。K愣住了，已是中年的他突然感觉浑身冰冷，然后他坐在地上，号啕大哭。

他哭了那么久，声音是那么大，多年的感情在空无一人的云大脑网络里传递。如果现在有一个人上线，或许会感受到他无比的悲痛，伴随着他落下泪来。

然而那些能感同身受的人，在他哭得声音嘶哑，几近力竭的时候才姗姗来迟。

他的声音里也带着哭腔，听得出来他在努力控制："对不起，对不起，我们并不知道还有如此忠实的玩家。都是我们的错，我们欺骗了大家，我们罪大恶极。"

K仅存的理性感觉到了不对，他警惕地问道："你们是谁？"

"我们是游戏的制作者。"那人说道，"也是自闭症孩子阳阳的监护人，哦不，他不是孩子了，他甚至比你还大，就在刚才，他去世了。"

K不知道自己是怎样听完那个人的叙述的，那个人告诉他，他们是某研究室的自闭症研究团队，而那个名叫阳阳的孩子，是一个低功能自闭症患者，由于大脑发育不全，不要说天才了，他连自己进食、上厕所都不会。

他从小作为实验用孩子在研究所和特教学校间长大，在母亲的照顾下，阳阳勉强活到了二十岁。然而他的智力连四岁的孩子都不如，根本无法在世上生活下去。就在阳阳二十一岁那一年，他母亲因为重病去世了，而高大的阳阳，却依旧只是个吮吸着手指的孩子。

孩子的母亲临终前拉着老师和研究员的手，恳求他们一定要养活阳阳。

"然而我们有什么办法呢？我们是学校和研究机构，不是福利院，不要说收养一个自闭症孩子,就连收养一个普通孩子也做不到。"研究员顿了顿。

接下来的话,就连K都听得不全明白,但他还是尽力转述了——研究员说,阳阳得自闭症的成因虽然一直不是很清楚,但阳阳属于低功能自闭症,主要原因是大脑发育异常,无法产生认知和躯体刺激。而研究所一开始的目的,也想通过外接的云大脑,请别人来帮助阳阳实现他无法达到的部分。

然而研究很快遇到了瓶颈,即使只是要使阳阳达到能够自理日常生活的程度,也要做到听觉、视觉、味觉、认知的协调,这对云大脑产生的数据流异常强大,估计要上百人才能解决。每个都市人都忙于日常工作和生活,就算再好心,也无法抽出时间照顾一个自闭儿的生活。

所以研究所最后做了个冒险的决定,他们开发了ADS这个游戏。

云大脑接收阳阳受到的外界刺激以及想法,并加工成随机的游戏和任务,通过服务器随机发送给玩家。玩家通过处理游戏里的难题,帮助程序运算出数据,数据又一次转化为刺激,通过神经系统传到阳阳的躯体,最终达到让他能和正常人基本相同的目的。

"幸运的是,这个游戏非常让人喜欢。"研究员说,"这个自闭症孩子一直活到了五十岁的高龄,能够工作,能够自理,而且在最后离开得非常安详,我虽然是无神论者,但我还是觉得,他和他的母亲都很开心——这是我们的胜利,也是你们的胜利。"

突然听到这样消息的K茫然不知所措,他只能嚅动嘴唇:"那游戏……"

"很遗憾。"研究员说,"因为每个自闭症患者的成因和脑部缺损都不尽相同,这个ADS怕是再也不能复制了。我们会在不久之后公布所有的情况，到时候也会邀请您。您在最后时刻协助阳阳完成他最后的要求。我们将不胜感激。"

"哦。"K已准备好接受煽情的场面，"他最后说了什么？"

"他要求把输氧管拔掉，那让他很不舒服，我们满足了他的临终要求。"研究员觉察到什么，"嗯，很抱歉，现实就是这样，一点也不想让人落泪，甚至不比一个游戏结束。"

半年后，K在一个大城市的广场参加了悼念阳阳的活动。

屏幕上滚动地播放着阳阳的照片，单看照片，只觉得他是个羞涩的大个子男人，和城市里的任何一个人没什么两样，甚至和K的区别都不大。主持人和研究员煽情地在台上讲述着阳阳的故事，周围有女孩的哭声传来，K只觉得茫然。

他也怀疑自己是否太过冷漠，但比起逝去的游戏，他确实没办法对这个几乎素未谋面的可怜人多出那么一点同情，就像楼下卖豆浆的傻子一般。他在人群中反复思索着自己这样算不算自私，然后他决定尽快离开这里，切断思索的丝线。

他转过身，背对着人群孤身离去。这是这个大城市的秋季，天气阴沉，广场在一条江边，风吹过来，有一点冷。研究员的演说还在继续，他的话语里混着麦克风的杂音……

他好像在说演讲的最后一句。

他说，谢谢玩家们，这是我们的胜利，也是你们的胜利。

他说，更重要的是，这是人类的胜利。

那一刻K突然被击中了，他蹲下来，几乎要又一次号啕大哭。

他告诉我，那一刻他满脑子想的都是那个最后没有看见的"You win"，他以为游戏结束了，他以为旧云大脑系统成为古迹了，但就是一瞬间，他感觉到了，有什么东西真正地存在了下来，成了不朽。

这或许是人类历史上重要的一步，第一次由许多人帮助一个人战胜先天的不堪，达到一生的完整。人类再也不需要靠突变和自然选择去战胜缺陷，他们终于能做些什么。

能亲眼见证这些，K顿了顿："我很骄傲。"

他的故事在这里结束了，我注意到，他在买豆浆时，不再刁难那个傻子了。

待我迟暮之年

SHE·凌　晨

越往上飞，雨越小了。云层上面，是晴朗的碧空。前路还无比漫长。待我迟暮之年，不知那是何年。

葬礼

唢呐刺耳干燥的声音突然停住，小锣"砰——砰——"敲响，一旁的黑衣道人面无表情地喊："孝子贤孙，拜！"

周围的亲戚"哗啦啦"跪下了一片。舅舅、舅妈在我前面，恭恭敬敬两膝着地，头"咚咚"敲在水泥地上。我却需要使劲儿才能跪下去，腹部的肥肉压住大腿，头好不容易弯到能接触地面的程度，脖子却几乎要断掉了。时间瞬息凝滞，大脑中一片空白，我忘记了为什么会在这里，只看见舅舅、舅妈白布孝衣上的汗渍在不断增加，渐渐地形成了一张印象派立体油画。

"起！"道士终于给出指令。我立刻起身，大腿发抖，小腿抽筋，我沉重的身躯不由得晃了晃。

身后的表妹马上扶住我,温柔询问:"你没事吧?"

"没事没事,就是有些晕。"我回答,软绵绵靠到她身上。

表妹抱怨:"一定是不吃早饭搞的,唉,你饿坏了吧?"

我点头,我的饭量不用声明,看我膀大腰圆的样子就明白了。表妹把我从孝子贤孙中拉出,扯到一边角落里。

"这不好吧?仪式还没完,"我抗议,"我还得抬棺……"

"你抬得了吗?虚成这样还嘴硬。"表妹掀开地上一个箩筐的盖布,露出一堆雪白的馒头,说不上是同情还是鄙夷的口气:"真用不上你!"

于是,我就坐在角落中一边啃馒头一边观摩整个葬礼,看着舅舅、舅妈以及其他三姑六婆哭灵、转灵、起灵。祭香一把把焚烧,倾倒在灵位前。黑色灵牌上"郑公再阳先父之灵位"的白色字迹,逐渐被淹没在烟雾缭绕之中。每一个拜灵人鞠躬或者叩头时,两旁的哭灵人会陪送上最真挚的号啕大哭,涕泪横流,仿佛死者真的是他们的至爱亲朋。

当然不会是,这个我最清楚。因为请哭灵人的钱归我出。"一定要全乡最好的哭灵的,大壮你就花这点钱,你不能舍不得。"舅妈再三叮嘱,"外公生前最疼你了。"

哭灵人很对得起我的钱包,哭得相当有声有色。他们加剧了整个葬礼的仪式感,以及,程式化。

对的,我吞咽下第五个馒头的时候,终于找到了形容这场葬礼的关键词——程式化。一个上午就搭建的宽大丧棚,有些污渍的供桌香炉白幡拜垫,粗糙做工的麻布丧衣和黑纱袖标,堆满过道的花圈和全套纸活(就是阴宅那些东西,别墅、豪车、高档家具、电器,全是纸糊的),都带着"毫无差别"的得意劲儿,在道士不知道吟诵了多少遍的经文中,迎接着它们的又一拨使用者。葬礼的每一个步骤,来宾们都心知肚明,他们只是这场程序的编码,虽然厌倦与疲惫,但也要将程序一丝不苟地走到结束。至于那个牌位上的名字,写成谁都没有关系,真的,换成我的名字也丝毫没有违和感——葬礼所不同的,无非是我老婆和儿子站在舅舅、舅妈位置上而已。

我不由得哆嗦,后脊背蹿上来一股子凉气,仿佛已经看到那一天,在烟熏火燎的我的灵牌前,我老婆和儿子听着道士的口令下跪磕头。哭灵人在他们身边啜泣,流泪,竭力表演哀伤,尽管葬礼之前和之后都不会听说过我的名字。

"虚伪!"有人凑近我,递给我一支香烟,"真虚伪。你知道老爷子怎么死的吗?"

我看看来人的脸,应该见过他,但我想不起他是谁。

"大壮,我也算看你长大的了。你外公老拿你照片给我看。哦,我是你外公的老邻居。你小时候常到我家来玩。"来人喋喋不休。

到那一天也会有人这样对我儿子说,我看你长大,节哀,死者已去,生活还要继续。

我这个人的存在感,只有在葬礼上才能达到顶峰。我葬礼的视频和我的生平介绍,会永远占据网络灵堂中的几个位置。当我的棺木投入火化炉的时候,我葬礼的实况视频下面会有许多 ID 留言,也会引来一些小广告。留言内容无非是"人生无常,且行且珍惜"这类心灵鸡汤,还会有若干同学发小回忆我的糗事趣闻;我暗恋的姑娘和曾经痴爱过我的姑娘也会相遇,相互感叹青春易逝爱情易伤。

邻居在我眼前晃晃他的手掌:"大壮,你发什么傻啊!你外公是自杀的。"

唢呐声陡然拔起,形成一片嘈杂的声浪,道士的诵经声淹没在声浪之中。表弟捧着灵位向外走,十六个中青年男子抬棺跟在后面,压阵的是舅舅、舅妈等亲戚的送灵队伍。我觉得是我给足了报酬，今天的送灵队伍才超过了百人，十分风光体面。甚至舅妈将丧宴设在了很远的火化场那边的酒庄，也没有人反对。但表妹坚持认为是外公人缘好，大家愿意送他。

"你外公和你舅妈吵架了。"邻居很生气他的八卦不能得到我的响应，"都九十多岁的人了，还这么较真。"

表妹在送灵队伍中招手，我急忙抛下邻居跑过去。表妹一脸黑线，"你别听人胡勒勒，"她严厉地说，"我们家五年前就进城了，爷爷不肯去，我妈一动员，爷爷就和我妈急。我们明年移民加拿大，说好春节全家都回来陪他过，谁承想他就去了呢。"

我说："是，是，我当然是信你的话。"

表妹轻轻叹气："爷爷老了，特别顽固，好多理儿跟他说不通。"

七年前我回乡看过外公，85岁的人还下地干活儿，种两亩菜地，喂两只山猪。他爱吃红烧肉，抽最便宜的红梅，还老骂给他洗衣做饭的婆娘偷他钱。

"那个婆娘去哪儿了？给外公做饭的那个。"我问。

表妹撇嘴："四年前就走了。爷爷不肯给她名分，防她又紧，她好没意思。"

我望望那惨白一片的送灵人群，"她来了吗？"

表妹难得笑了："她来干什么？分遗产？爷爷银行里就存了五万元钱，给自己做葬礼的。你看到那个穿黑西服的秃子了吗？那是银行派的律师，监督我们财务开支的。"

秃子我认识，他找我谈了外公的遗嘱。外公把身后事安排得很周全，给舅舅、舅妈留了自己的丧葬费，五万元钱，按照村子里办丧葬费的平均水准，够用了，舅舅他们还有吊唁金可以贴补，说不定还能结余。外公的老宅和地都给了我妈妈。因为妈妈去世得早，我便成了外公实产的继承者。外公就再无值钱之物可以传承。

我的遗嘱不可能像外公的这么简单，现金、股票、房子和车子这些都好办，老婆孩子全拿走；衣服鞋帽可以捐献；但我的手机号码、我的网络社交号码和我的游戏通用号码得仔细分配，给谁不给谁都有可能在网络中掀起风波，得到的是天上掉馅饼，得不到的会羡慕嫉妒恨，总之都会给别人带来麻烦；还有我的西马诺全套钓鱼工具、骆驼的野营装备、40000多本藏书、超过300瓶的红酒、白酒和一柜子雪茄，这些老婆孩子欣赏不了用不上的东西，最好由我来处理，免得暴殄天物。

我的那条老狗，从出生就和我在一起，仿佛是我的影子。没有我它活不下去，我应该给它准备墓穴，或者就葬在我的身旁，到天堂也一路陪伴。

我很久前就买了墓地，在北郊山区陵园的高处，买时种下的国槐已经浓荫如盖。盛夏花开，黄绿的花瓣撒落我的墓碑，我的生命与大自然相比如惊鸿一般短暂，却能像夏花一样绚烂，我将俯瞰城市的生长和衰落。我的墓碑上要刻下这样的字句："人终有一死，活着并不是为了不朽，而是为了创造不朽。"

葬礼余下的时光我就在幻想中度过，我未来的葬礼和外公现实的葬礼混淆在一起。当棺材停到火化场，包裹得像个粽子样的外公被从棺材中请出时，我分明觉得粽子壳里包着的是我，火化炉蓝色的火苗吞噬的是我，骨灰盒中装着的那捧骨灰是我的。我恍恍惚惚，不知自己所处何地，所在何时。

"你信不信，我很爱父亲。"舅舅端着酒杯走到我面前说。我才明白我正在丧礼的酒宴上，一脸冷漠，满眼迷离。

"我信我信。"我赶紧说。

"他不愿意和我们住在一起,这能怪我吗?"舅舅委屈,"我们总不能为他,到乡下来住吧。我又不是不管他。我们移民后,我要送他到最好的养老院去,他就不会感到寂寞孤独了。"

于是外公沐浴更衣,梳理好雪白的头发,端端正正坐在堂屋中间,一边火盆里烧着纸钱,一边喝下半瓶农药。纸钱才烧了一半,外公就躺在地上不省人事。邻居发现时,他已经没有了气息。

"他很久以前就开始计划自杀了。"邻居说。"他怕将来死了,孩子们回不来,连纸钱都没法子买给他。现在死,你们都能回来给他办丧事,还很体面。"

待我迟暮之年,我将托谁清理我失去活力的身体,将我送去火化,将我骨灰安葬?

非我是我

电梯里一尘不染,金属四壁光洁如新。站在我对面的男子同样干净齐整,白色外套上连个褶皱都没有。他安静地看着我。

"杜老最近忙吗?"我没话找话说,男子眼睛里十分空洞,拒人千里的表情让我不舒服。

"十分忙。"男子说。虽然他没有表情,但我总觉得他的眼神分明是在说"因为像你这样的无聊之人太多了。"

"哦,他约我来的,否则,他这么忙也不好打扰他。"我讨厌男子僵硬的姿态,分明有一种居高临下的鄙视。

"你准备好了就行。"男子说。电梯停了。缓缓打开的门外,是同样一尘不染的走廊。淡灰色的墙壁,柔和的灯光,舒适的温度,一起平息来宾躁动的情绪，坦然接受自己选择的命运。男子大踏步向走廊深处走去，我急忙小跑着跟住他。

我们路过走廊两侧的无数扇门，门都是一模一样的米白色，紧紧关闭，没有号码没有铭牌，绝不透露出任何门内的信息。男子终于在一扇门前停下，手掌贴住门把手，门上的密码锁亮了，男子便很轻松地开了门。

杜老正趴在地上做青蛙匍匐状。

男子说："李大壮先生来了。"

杜老抬头看我。我轻舒一口气，松弛下来。

杜老问："他令你紧张？"目光指向男子。

"是。好像我要做一件见不得人的事。"我说，四下环顾。房间里有各种各样的沙发，还有柔软的地毯，根雕的茶台，一张古朴的办公桌。桌子上有台灯、文件夹、地球仪、纠缠成团的数据线、文具盒、几张显示屏，等等，总之就是一个杂乱不堪但能随手拿到自己想要的东西的地方，这太像我那间用车库改造的书房了，甚至地毯上都有难看的深色茶渍。我顿时对杜老有了难言的亲近感。

"确实，这事不适合新闻曝光。"杜老说，见我神态好奇，便起身，指指那些堆积杂乱的物品，"这些都是他们送我的纪念品。"他笑，拿起手边一个水晶杯，"这杯子见证了一段传奇的婚姻，它的主人放弃了维护婚姻的义务，也放弃了它。"

我接过杯子。杯子沉重，雕花精美，但边缘已经破损，表明它并没有得到应该的呵护。

"这个，"杜老从桌上小山样的物品中抽出一个电子镜框，"带它来的家伙一直看它，眼含热泪。尽管我一再解释，他不会因为'置换'失去记忆。只要他需求，我就能给他保存下来，所有的完整的记忆，表层记忆潜记忆暗记忆，都能留下来。可是他仍然看着它哭。你想知道为什么吗？"

我摇头："不想。那是他的人生，触动不了我。"

"很好。你申请'置换'的理由是想尽可能活着，我也和你谈过目前能采用的几种方法，你决定采用哪种？"

我放下杯子，男人已悄然消失，我便问杜老："那男人也是他们中的一个吗？"

"是，"杜老点头，"他到目前已经'置换'了超过一半的身体，切除了一些神经和腺体，不会再产生任何感情方面的应激反应。"

我突然明白："镜框是他的。"

杜老不置可否，微笑："每个人都有因之成为人而遭遇到的烦恼，'置换'的目的，就是帮助大家摆脱这种烦恼。你的烦恼，其实是最常见的烦恼，怕死而已。"

我点头。我的确怕死，在外公葬礼上我险些晕倒，葬礼随后的丧宴上我又神色憔悴，这并非对外公有多深厚的情感，我只是害怕，怕有朝一日我也会像外公一样，仅仅因为需要有人给自己一个葬礼，就干脆结束了自己的生命。"我想要一直活着，活得比我身边的人都命长，活到太阳灭亡，宇宙冷寂，人类都已成灰。"我说，双手紧握在一起，微微颤抖。

"能活多久取决于你自己。"杜老不知从何处端出一盘巧克力杏仁蛋糕，"'置换'只是给你新生活的开始，至于新生活能不能等于好生活，那是你自己的事情。我没有责任给你任何保证。"

"我明白。但你总归要有一个质保期嘛。"我毫不客气，瞬间就将蛋糕吃完了。黑巧克力的苦软和杏仁的甜脆在我舌尖融合，缓缓释放出无法形容的美妙滋味，让我齿颊留香，终生难忘。

"那是最彻底的'置换',你确定需要?你将再也无法感知蛋糕的滋味,无法吸收它的营养。"杜老的表情与其是在警告我,倒不如说是在诱惑我。"你将得到很多,但你同样也会失去很多。从来不会有只获取而不失去的事情。"

"我明白。"

"你真明白? 30%的人熬不过最初的心理适应期,剩下的人中的40%不能度过质保期,然后,我们放手的第二年,就又会死去50%。"杜老的声音枯燥平和,丝毫不带有感情,仿佛是在教学课上谈实验室的小白鼠,"整个'置换'过程非常折磨人,而且费用高昂,没有减免折扣。想要长生不老可不容易,有无法预测的风险和代价。你有很大概率成为失败者中的一个。"

我端详杜老,他的发际线已经后退,眼角的鱼尾纹在肆无忌惮扩展,嘴唇四周的胡须正狂野生长,我忽然明白一件事情:"杜老,你这业务开展了多久啊,你还没办法证明真的能实现长生不老。甚至,你自己都不敢亲自尝试。"

杜老点头,神情有些黯淡:"如果失败发生在我身上,'置换'技术就再也没有调整的机会。人类所梦寐以求的生命自由,也许要推迟几个世纪才能达到。"他站起身,走到墙边:"来,看看你的物理模拟体。"停顿几秒,很规矩地用普通话念:"老骥伏枥,MU4759。"

随着杜老的声音,墙上的一张屏幕亮起来。屏幕上出现了一个复杂的装置,装置上部,无数电线数据线中间,安装了一个浅灰色不透明的容器。我的另一个我,即我的新大脑就在这容器中培育着。屏幕切换出一张示意图:神经细胞在特制的生物芯片面生长,已经包裹住了芯片三分之二的表面积,并和芯片之间产生了复杂的电子层面的互动。随即,一个附着在容器内部的微距摄像头给了我真实的画面,在外行的我看来，这团浸泡在溶液之中的灰白物质既不好看，也没有什么趣味。

我脸上的表情把杜老逗笑了，他耐心解释："这就是'置换'后你将拥有的大脑。一个新的控制中枢，它不需要生物躯干的供养，它有非凡的控制和遥感能力。它不是你大脑的复制品，而是一个新的可以承接你自我意识的超强信息处理中枢。"

恍惚又回到我第一次认识老杜，听他谈"置换"概念的晚上，酒吧的角落里我们窃窃私语。老杜一脸严肃认真，看我的目光充满怜悯。

"在人们的传统观念里，维持生命的长久，需要保证整个躯体都能正常的运转，所以我们的医学，都在往这个方向上努力，并且终于进展到在细胞层面的操作，可以延缓细胞的衰老，阻击吞噬细胞的病毒，修复死去的细胞，完全不顾自然的规律，只求长命百岁。"杜老这样开篇，声情并茂，极具煽动力，根本不是眼下一副姜太公钓鱼的高傲姿态。

"但这种永生，仍然只是现有的生活方式，仍然会存在身体的疾病、精神的痛苦、生存的压力，摆脱不了的。医学的一切手段只是延长生命，但改变不了你的生命本身。于是，有了'置换'这个概念，把你从这具血肉的躯体中解放出来，按照你的意愿，给你打造钢铁之躯或者意识巢穴，你可以像汽车人，也可以做信息世界中的游子。你再也不能继承过去的生活，但你有了无穷的时间、非凡的记忆力、高度专注和不同寻常的创造力，可以随心所欲，是真正意义上的存活。"杜老关于"置换"的解释充满诗意，尤其是他的总结语，更是铿锵有力，黄钟大吕般砸在我心上："你费尽心思用传统医学获得的，只是延续生命的使用时间，即便你已经神志模糊，记忆力丧失，语言迟滞，你仍然在呼吸，在消耗能量，渐渐变成行尸走肉。你愿意争取这种样子的长寿吗？"

其实，我一点儿也不介意什么样的长寿，我害怕的是即便生已过百，也仍然要面临死亡，仍然会闭上眼睛永不能睁开。

"转移自我意识是'置换'的关键，放心，这对我，已经是比较成熟的技术了。"杜老以为我的沉默是对"置换"的怀疑，强调："成败并不在转移过程，而是在于能否适应'置换'后的新生活。毕竟设想和现实，有不小的差距。"

"这是一种冒险。"我说。杜老点头。我继续："那么，我总得看看别人'置换'后怎么样。买房子还要看样板间呢！"

杜老想想，很慎重地回答："我需要时间来安排。毕竟，你的选择极度私人化，他们不太愿意承担帮你选择的后果。"

生命的道路有无数交叉小径，无论我走哪一条，我都愿山重水复之时有柳暗花明。

他们

我的新大脑最终会长成什么样，取决于我选择的永生形态。比如，如果我想当一棵树，那么我的新大脑就得能适应树的形状和生理特点，可以移植进一棵大树并能迅速控制操纵植物神经系统。由于四十天后大脑就将发育成熟，因而留给杜老的时间并不多。很快，我就得到了来自他们的三个回应。

此时我和老婆正为儿子小升初之事奔波，每周给孩子安排各种面试。这个时候，我的全部财产和社交关系都毫无用处，为数不多的几座市重点中学全部只看考试成绩。小男孩疲于奔波，却又信心满满，老婆也是像上了发条般精力十足。我问老婆："相比较宇宙的壮丽和太阳的灿烂，小升初根本不值一提。如果你有永恒的生命，你还会在意非要上市重点吗？"我老婆回答得很干脆："永生？没意思。能把这辈子过好就不错。活着就不能庸庸碌碌。能上市重点为什么不争取？"

我就此打消引领老婆加入"他们"的想法，毕竟，我也出不起两份"置换"的费用。

他们是采用"置换"技术得以某种程度永生的人的统称，很乏味和无确切指向的名字，令这群人在自然人的社会中面目模糊，不会引起关注与争议。对于我的好奇心，他们中的大部分都嗤之以鼻。

"他们选择了各自需要的生活，这不可复制，所以无法给你做榜样。"曾在电梯中给我引路的白衣男说。

想不到第一个答应见我的会是这个男子。我们在一家街头烧烤店碰头。冒着泡的啤酒和油滋滋的烤串，仅仅是属于我的美味佳肴。白衣男看着我大口吃喝，面前的一杯清水动都不动。

"我们应该约在别的地方。"我说，"你这样子别人会觉得很奇怪。"

白衣男面无表情："任何地方对我都是一样的，身外之物，不会引起我的任何神经异动。"

"你以前一定有很动人的故事。为何要放弃鲜活的记忆？"

"我当时身患数病，还有抑郁症导致的严重自杀倾向。'置换'是最彻底的治疗方法。"

"'置换'没必要脱离原来的生活吧？看你很坚决地离开了。"我试图搞清楚他的逻辑思路。

"我的一半身体都是机械，没有性功能，我不需要食物和睡眠。我如果还在原来的生活中会被视作怪物，给周围的人带来困惑。"白衣男平静地说，像是在宣读政府公告，没有任何情绪。

"你最初怎么适应的这个新身体？杜老说那很不容易。"

"对我不成问题,我切除了所有情感认知。机械和有机两部分身体之间也未产生排斥反应。目前它们之间的各种能量与信息交换正常。"

"会有超能力吗?"

"所有能力都与形态匹配。希望在人的形态与非人形态之间任意转变,成为金刚狼或者蜘蛛侠,那是漫画电影,科学做不到。"

"你对你的现状满意吗?"我想听到一些感性的想法,而非冰冷的学术解释。

然而,"满意"是一种情绪的表达,其中包含浓厚的情感倾向,这个词已经被白衣男摒弃了。白衣男这样回答我:"精准与理性是我的生活,符合我的需求。"

"那么,未来呢?未来你打算怎样?"

"我是你的主刀大夫,"白衣男答非所问,"针对你的情况,我认为'全向置换'更为合适。"

"全向置换"即将肉身更换为全机械化身体,我的体重、体形以及处于亚健康状态的五脏六腑,在白衣男眼中,都没有任何保存价值。我倒并非舍不得这身臭皮囊,但"全向置换"的费用,恐怕我将全部资产都变卖成现金,再加上我的钓鱼工具、野营装备、所有藏书、藏酒和雪茄,也只凑得齐一半。

"其实用不着花这么多钱,你干吗不高瞻远瞩,什么身体都不要不就得了。"他们中的第二个,在手机中轻快地对我说。这一位明眸善目,眼波流转,白皙的皮肤上流淌阳光,是那种看上几秒就会令人迷醉的女子。尽管我知道这仅仅是一张经过了深度修饰加工美化的图片,根本不存在这样的真实,但我仍可耻地产生了一些生理反应。

我不得不要求:"请降低你的美度,我实在不是你该诱惑的对象。"

她十分美艳地笑,得意扬扬地模糊了脸庞。屏幕刷新后,她的样子已变:眼镜、发髻、涂抹了过多防晒霜的已经松弛的皮肤,稍有姿色而不具特点,是那种每天都在写字楼出没的标准办公室女郎。

"这样好多了。"我夸赞,"你是全意识'置换',没有实体的感觉如何?"

她微笑,刚刚好露出8颗雪白的牙齿,欢快地说:"好得不能再好。没有大姨妈,没有减肥压力,不会长痘痘,不用担心男朋友变心。最关键的是,不存在经济问题了,房奴、车奴、卡奴、猫奴都与我绝缘了。我以前可是'月光族',为了钱的事情没少压力。"

"全意识'置换'也不便宜。"

"还好还好,这是我花得最值的一笔钱。"她说,"我是意识生存,有线无线传输都可以,手机、平板电脑、台式电脑,甚至智能家电,有数据流的地方,我就可以安身。人们在网络中构建的一个个虚拟世界,都是我的家园,我在其中生活不要太容易,随便随时随意都能找到真实玩家供养,给我金钱帮我购置装备。我没有负担,却能享受漫长的欢乐。"

"就没有一点遗憾的地方?比如,不能真实拥抱什么的。"

"拥抱!"她失去礼貌地狂笑,"比如你吗?你的体重还有你身上那股子汗臭味道,拥抱还真是没有的好。"

我忍住结束谈话的冲动,毕竟约到她不容易。"最初你是怎么适应的?我是说,没有实体只有意识,这种转化,有没有困难?"

她斩钉截铁地回答:"没有!甚至比我想象的还容易,因为我到任何地方,变成任何形象,都几乎是随心所欲,就像你吹口哨那样轻松。"

"你的家人,好友,再也无法和他们相处,不遗憾吗?"

"哦，谁说无法相处？我妈妈说现在的我好极了，以前她根本见不到我，现在我每天12个小时陪着她。她连打麻将的时候都会开着手机，让我给她出谋划策。"

"你每天有12个小时陪着妈妈？"我诧异。

"分身too easy！"她说，"你真白痴。"

我不相信，她真的一点问题都没遇到。在我就要按退出键时，她忽然说："我当然不会告诉妈妈那是我，活在手机中的女儿这可能她没法理解。而且我改变了外形。我只保留了我的声音，我的声音很美。"她停顿片刻，"妈妈问过我很多次知不知道张倩在哪里，我说不知道。我不能告诉她。"

信息女在"置换"前的真名叫张倩，她把祖产卖掉后出走了，亲友不知道她去了虚拟世界。

见过这样的两个"置换"者后，我对他们中愿意见我的第三位，实在没有了兴趣。但杜老说，"置换"的各种方式，我既然想了解，这一个就必须见到。于是，我来到遥远的另一座城市，在前殖民地的街区中寻找，走入一栋据说是雪莱居住过的意大利样式房屋。那天我是唯一的拜访者，看门人毫不介意我在房屋中四处走动。然而我转悠了半天，都没有找到第三人的任何踪迹。我对能否见到他失去信心，便走到房后花园中。那里的树荫下，立着一尊大理石的意大利骑士雕塑。雕塑下有宽敞的石台，看上去凉爽舒服。于是我走过去坐下。

"MU4759？"有人叫，我急忙站起身，四下张望。花园里除了我，没有旁人。

"我在你头顶。"那声音柔和地说。我抬头，与意大利骑士的目光相遇。

"是你！可你是石头！"我敲击骑士的身躯，这是云南大理的苍山白,上等汉白玉,手感细腻温润。

"我在石头里。哦,别看这骑士的头,我不在头部。"

"你的大脑不在头部。"我对着骑士说,外人看到一定会说我精神病。"你把自己装在这石像中,还是有点不可思议。"

"这是很好的石像,我待着很舒服。"石中人说,"这石像很贵。"

"我是说,你一天到晚站在这里,不厌烦吗?"

"哦,哪儿有厌烦。好玩着呢。"石中人说,"我的意识感知通过大地,可以附着在任何生物的上面,我随着公园猫在整个街区游荡,我还跟过一只喜鹊在屋顶筑巢。我有时候会在门口的梧桐树上栖息,还曾经借助一只老鼠漫游它肮脏的地洞。"

"有意思吗,这些事情?"

"我觉得有意思。我以前都匆匆忙忙,忙着勾心斗角尔虞我诈,为了赚钱丢掉了一切个人乐趣,从来没有停下脚步观察人,观察自然。现在我有无穷时间可以做这个事情了。春夏秋冬,四季轮换,朝来夕往,雨雪风霜,大自然非常迷人。"

"那么人呢?你不和人类接触了吗?"

"我一直在人群中啊!人不也是大自然的一部分嘛!"

"我是说,你没法子和人互动,你能适应吗?还有你的家人呢?"

"家人都以为我已经车祸死亡。我亲自制造的车祸,比他们打算制造的水平高得多。"石中人的声音中有些倦怠,"现在我藏身这石像中,石像和房屋都已经捐献给了慈善基金会。我的家人除了一张证书什么都没有拿到。他们千方百计争取的我的财产,都被我用在创造永生的这石像上了。他们现在恨死我了,哈哈,哈哈哈哈。"

我望着骑士,我突然觉得我真的像个白痴,我的一切问题都那么无聊,我只好礼貌地问:"我三心二意,不知道选择什么样的'置换'

方式,你有什么可以建议的吗?"

　　石中人如果有表情,一定是那种高瞻远瞩状的。他回答道:"过去属于死神,未来属于你自己。"

死神

　　生命究竟是什么?决定我成为我的,是我 210 斤的庞大身躯,还是这躯体上顶着的 6 斤多的头颅?我所追求的永生,是将这具躯体维护百年,还是抛却肉身,仅仅保留意识的存在?每每想到这个问题,我就想到白衣男的清心寡欲,无日无年;想到信息女的随心所欲,一日便是数百年;想到石中人的恬淡无为,数百年也不过一日。时间在他们身上都已消失,他们彻底摆脱了死亡的阴影,迟暮之年永远不会到来。

　　"他们三个只是'置换'后比较典型的个例而已。'置换'能提供的,是你想到而从不敢实践的人生理想。"杜老的话语随着我的思考在耳边回响,"你想要什么?"

　　我想要时间停住,却又希望它能流逝到我功成名就,再永远定格。那时我虽迟暮之年,却依然神志清醒,记忆健全,我没有伤残的肢体和持久的病痛,没有口齿不清、眼歪鼻斜,不会喘息着迈动沉重的双腿,跟在少年人身后喊:"等等我!"……待我迟暮之年,我享受着退休后的清闲,时常会教训后生晚辈们:"只有青壮年时代的勤劳工作,才能赢得保证晚年幸福的财富,获取终身自豪的荣耀!"原来我最终怕的不是衰老,而是衰老后的丧失尊严。外公宁愿用自杀来换取葬礼,无非也是为了这"尊严"二字。

　　这么想来,自葬礼起盘亘在心头的沮丧之气就减少了许多。倒是越来越觉得白衣男、信息女、石中人之流，他们的生活离我的现实太过遥远，我若变成他们那样，不食人间烟火，太过寡淡无味。虽然儿子资质平庸，但好在心智正常，学习努力；老婆无甚姿色，但还算端庄贤惠，勤俭持家。职业嘛，只要我对现状不苛求，收入也足够周末野营钓鱼，辅以美食美酒。总之，有无数风花雪月等我享乐，我为何偏要耗尽家产去追求那所谓的长生不老？

我来到我的墓地上。国槐还在开花，黄绿的花瓣撒落一地，给墓体和墓碑浓厚的文艺气息。我的墓碑已经刻好，正面镶了我最得意的五寸免冠照，照片下刻了粗黑的宋体大字："李大壮在此"，背面是娟秀的楷体小字："他来了，他走了，一生好不潇洒。"原来想刻的那句话太长，石匠说刻上不好看。墓碑上只缺死亡年份。看着照片上眼角眉梢都是青春的快活的我，我决定中止我的"置换"计划，不做抵抗自然规律的逆天之事。

我从墓地出来，驱车进城。我找了一家快餐店，打算吃饱喝足后，去向杜老解释我的决定，定金肯定损失了，但这和我将损失的人生相比不算什么。我得设法将赔偿金降低一些，不能让杜老太占便宜。

我要了双份的红烧肉，端到座位上，一边吃一边算计。甜糯油润弹牙的肉块，在我唇尖打转，那滋味真是妙不可言。就为了这个滋味，我也该留在人间。

突然，四五个男女冲过来，猛然挥动手中的铁铲和棍棒，向正坐着喝水的一位妇女砸去。

我惊呆了。在铁铲和棍棒的起落中，那女人滑倒在地，额头和身体开始喷血。腥热的血气一下子就压倒了肉的香味，四散开去。我想站起来阻止，但我的腿在发抖，我的舌头在打结，我的手在哆嗦。挥动棍棒的大汉踩踏着女人，还向我看过来，目光凶狠毒辣……我尿裤子了。

警察赶来的时候我仍然端坐，我动弹不了。我整个人都抽搐在一起，恐惧到了极点。那女人已经被拍打成一团肉泥，根本没有救治的可能了。

我的手机响了。杜老出现在屏幕上："你找我？你是决定了……"

"我决定了。"我哆嗦着说，像溺水的人捞着一根稻草。我目睹一场屠杀，我却无力上前阻止，死亡瞬间就发生在我脚下。我拿什么消解生命的脆弱和无常。

置换

在一位额头生了月牙状肉瘤的律师主持下，我又和杜老签订了一系列的合同，包括苛刻到极点的保密守则，准备开始"置换"。我首先以海外工作为由告别了妻儿。其实我前往的城市就在附近。我选择了最接近人的"置换"形态，尽可能让自己外表上和自然人没有什么区别，但我的血肉骨骼却将更换。我的新躯体，自然界的病毒细菌侵害不了，人类的棍棒斧钺也伤害不了，如果有子弹穿过，肌肤会瞬间自愈。我不必食用人类的食物，将吸收阳光，回收身体动能，能量循环系统精确而高效。更重要的是，我有了一个高效的工作大脑，不会困倦，不会被风花雪月诱惑，二十四小时在线接收信息并加以处理。我将告别作为人的种种享乐，但我却会得到商业上的成功和无穷财富。

"在我有生之年，"杜老向我保证，"我会负责提高你的生存技能，并赠送你价值不菲的二次'置换'。"

他必须保证，我把所有的财产都以抵押方式付给了他，而且我未来收入的20%也将归他所有。但这仍然不能购买"置换"的完全成功，我只好将我人类的躯体——器官、皮肤、神经、骨骼、血液，甚至眼角膜都明码标价，出售给渴求它们的自然人手中。这些商品从来供不应求，上市就被抢购一空。借助我的身体，一个车祸丧失双腿的老人站了起来，一个天生失明的女人看到了她的孩子，一个肾衰竭的学生得以继续学业……我才因此筹集到了足够的资金，正式开始了我的"置换"工程。

我被无数次推上手术台，服用无数药物，很多次我担心麻醉后再也无法清醒。我恨白衣男任何时候都冷静的面孔，更恨杜老在手术台前镇定自若的指挥。在他们眼里，我没有尊严，只是一个苛求永生的乞丐。我有些明白"置换"成功的低概率是为了什么了，要想改造自己，仅仅有决心和想法还不行，还要有一种执念支撑着，任何时刻都不能动摇对"永生"的信仰。

我坚信我的目标可以达到，因为通过那一尺高的合同我已经和杜老在经济上紧紧联系在了一起，他需要我的成功。

终于，我害怕又期待的那天来临了。我的全部意识，包括记忆和感知，都被彻底转移到了新的大脑中。我有几分钟的时间从外部观察自己，这是第一次也是最后一次的观察——我平躺在手术台上，庞大的躯体还温热着，看上去仍能随时站起，谈笑风生。

"这真不可思议。"我对杜老说，"200多斤的这一团肉，它是怎样行动和思考的呢？"

杜老不和我啰唆，他命令护士带走我，以便马上开始对我的肉身进行切割，打包出售。

"置换"后的我相貌与原来的我并无二致，但体重减轻了80斤。我用了3个月时间学习控制新的身体，让肢体与思维协调同步。我能够像正常人一样走路后，便被送进石中人的意大利房子，住下来适应没有食物睡眠却有充分感知能力的生活。杜老以前从不让"置换"者们彼此接触,现在为我改变了做法,并非出自好心,而是为了加大我"置换"成功的概率。

　　白衣男一直对我进行监护,确保我的机械身体运转自如。信息女则教我如何深入数据的海洋寻找快乐,偶然,她会在手机中现身,与我和石中人一起阅读雪莱、拜伦,或者争辩玛丽创造弗兰克斯坦究竟是为了谁。数百年前的这些文人,以他们的思想永生。而我这种没有内涵的人,就只好追求形式上的不朽了。

　　一年半后,我已经能够灵活自如地操纵我的机械身体,神态表情都与本来的我没有什么两样,也坚信自己可以返回人间。于是,在和杜老又签订了安全备忘录后,我回到了老婆孩子身边。我的样子,竟然把孩子吓哭了,老婆更是满脸疑色。我告诉老婆,西餐改变了我对饮食的热爱,辟谷和针灸拯救了我的体重,我已重新脱胎换骨再生为人。老婆听我的长篇解释就好像在听律师诡辩,满脸不屑一顾的表情。

　　家人勉强接受了我,但我的狗不肯妥协。这家伙似乎识穿我的真面目,完全不理会我的宠爱,整日冲我龇牙嚎叫甚至咆哮,有一天还试图袭击我。我只好请人杀了它。老狗倒下去的时候,它曾经善良的眼睛中充满仇恨。老婆和孩子把狗葬了,我则在家中整理出许多狗的照片。老婆回来的时候,我正在一张张烧掉那些照片。

　　老婆看着我,目光里没有温度。"你非杀狗不可吗?"她问。

　　"是它先要杀我。我没办法。它疯了。疯狗对我们大家都是危险。"我振振有词。

　　老婆没有再问什么。但从此后她与我疏远了,孩子更是住校,一个月也见不上一回。在永生的时间长河中,我的家人都只是小小的浪花,我想到将主持他们的葬礼,内心竟然没有任何哀伤。

　　为了将我的财产逐渐交给杜老,我告诉老婆,我的公司运作不善,海外项目损失惨重，我需要动用家产赔偿。但为了还能保障她和孩子的生活，我把外公留下的宅子和土地赠予她们，并且和她离婚。

老婆没有和我争论，默默地接受了我的安排。带孩子搬出去的那天，老婆忽然对我说："大壮，狗狗攻击你，是因为它觉得你越来越不像人了。我也这么认为。"

我笑问："那你觉得我像什么？"

老婆说："我不知道。我只希望你别做坏事。"

追求永生算不上坏事，甚至就不是个事，它存在于人类的遗传基因中，是生命永恒的主题，时刻都在激励人类去探究生命的尽头。

"哦，你想哪儿去了。我会尽力照顾好你和孩子。"我信誓旦旦，"虽然离婚，我们还是亲人啊！"

我从此就和老婆孩子分开，这娘俩卖掉外公的宅子和土地后去了边疆，在那里开拓土地，建设新城。

多年以后，我来到这座新城，在医院中探视垂死的老婆。我的孩子在几年前以身殉职，他的孩子，我的孙子侍奉在老婆床前，看到我便转身离开，连一声"爷爷"都不肯叫。

老婆说："这么多年过去了，你好像就只老了一点点。"

我说："现在生活好了啊，人老得慢。"

老婆笑："得了，你在做什么，你追求什么，其实我都知道。"

我吃惊，多年前老狗袭击我的情景突然再现，我本能地握紧了拳头。

老婆说："狗死后我用了一点时间精力调查。我有一阵子还很纠结，一个人为了永生，怎么就可以变得无情无义。后来我明白了，你追求不死，就只能极度自私。但我和孩子做不到只为自己活着，我们更快乐用毕生精力创造对别人有价值的东西。这座城市，我有好几千学生，我把他们带进知识的大门，教会他们如何学习，如何做人；而我的孩子，他抓捕罪犯，维护治安，用生命捍卫城市的安宁。我们会死，但我们死得其所。而你这样的永生，"老婆的神色无比鄙夷，"为了永生的永生，毫无意义。"

永生

意义？抵抗死亡就是意义所在。我从没有浪费一分一秒的时间在其他事情上。我对得起自己，我成为他们中的成功榜样。我用头脑为杜老赚钱，以换取他对我身体不断进行的软件升级和硬件维护，而很多"置换"者再也无力支付维护费用，倒在了通往永生的道路上。

时光荏苒，转眼我已经开始领取政府的"百岁老人补贴"，此刻我的心态已经彻底成熟，我终于不再留恋人形，进行了二次"置换"。

白衣男为我主持了手术，这手术对他很简单。二十分钟后，我的人造大脑就被移走了，第二个我在手术台上渐渐变成"僵尸"。这具躯体几乎无用，只能赶紧火化了事。

在一个微雨的下午，我和白衣男以李大壮好友的身份主持了李大壮的葬礼，将他的骨灰盒埋入墓穴。出席葬礼的只有我们两个。李大壮的所有直系亲属，都已经先他而去，长眠地下了。

现在，我为李大壮的墓碑填上死亡时间。李大壮是个风趣幽默可以掌控自己命运的人，顽强地活到了一百一十四岁，终于在比大多数人都活得长的时刻欣然离世。

我和白衣男绕到另一片墓区，杜老的坟墓位于此处最僻静偏远之地。墓体很小，墓碑上除了杜老的名字、照片和生卒年月，别无它字。

"我始终难以相信他没有'置换'。"我感慨。

"他在生命最后二十年享受着你创造的财富,已经心满意足,不愿意再为'置换'者的将来负责了。永生将只是少数人享受的奢侈品。"白衣男说。

我们站立了好一会儿,直到雨大起来。

"走了。"我说。

我的附肢立刻组合伸展,变成四组旋翼。我缓缓上升。在自然人看来,我应该是一个旋翼无人观察设备。

白衣男仰头,看着我远离,嘴唇动了动,似乎在说:"再见!"

我想他的意思是"再也不见"。

越往上飞,雨越小了。云层上面,是晴朗的碧空。

前路还无比漫长。

待我迟暮之年,不知那是何年。

嵌合体

SHE · 顾 适

　　生物学中人们把它当作一个常用术语，一般译成"嵌合体"，指的是来自不同个体的生物分子、细胞或组织被结合在了一起成为一个生物体。

一、奇美拉

　　它有山羊的身体，狮子的头颅，蛇的尾巴，乃是妖王提丰与蛇妖艾奇德娜所生。

我看着她走进来。
六年来我一直想知道，在这女妖柔软光洁的皮肤之下，究竟包裹着一台多么冷酷精确的机器。
她也看到了我，眼中浮起温柔的笑意，没有一丝尴尬与愧疚。
"伊文。"她加快了脚步，走到我面前，"亲爱的，好久不见。"
当她靠近我时，衣袖间涌出轻柔的暖香，气味与当年一模一样。

我突然想起我们结婚后不久,她渐渐对我吐露心声时曾说过的话。

她说:"我最近一直在想,如果我能够把自己的每一个表情都拍下来的话,那么就可以写出一篇博士论文了。'表情管理与社交应对',这个题目怎么样?只拿微笑来说,我脑海中就有上千种微笑,每一种都要调动不同的肌肉群,每一种都可以应对多种情景,而它们的组合更是变化无穷!这里面唯一的难点就是要精确管理表情,这需要巨量的计算,简直是太神奇了!伊文,不要这样看着我,够了。你看,你们音乐家总是会误解我们这些喜爱科学的人,我不是机器,图灵计算机根本不可能在这么短的时间内计算出应该在什么情景里使用哪种微笑?我是人,伟大的人,这是生物学的议题。"

她严肃地用手指着自己的头,然后"扑哧"笑了,甜美、天真,仿佛是忍俊不禁的模样:"瞧你,亲爱的,我在跟你开玩笑呢。"

此刻她站在我面前,身着质地上佳的羊绒大衣,脖颈间是内敛、柔和的丝巾,它们包裹着她定期锻炼的纤瘦身体。她研究世间的一切,并且无所不精:社交、服饰、健身、性爱。她研究我,研究我的喜好,研究我的表情与动作,就好像我是她所见过的最与众不同的人,然而事实上,我和她实验室中的老鼠没有任何区别。她满足我的一切愿望,再夺去它们。

她看着我,唇角的愉悦恰到好处,无懈可击。但我却无法在面对自己的前妻时,依然像热恋期一般充满喜悦。

我疲惫不堪:"我只是想跟你谈谈托尼。"

没有任何一个八卦小报的记者会相信真实的故事:一个母亲在生产的当天就抛弃了襁褓中的婴孩和无辜的丈夫,消失在世界的彼端,六年。

"我知道。"我终于从她的眼中读到了转瞬即逝的瑟缩,但她的声音依旧平稳,"我正是来同你谈他。"

托尼今年六岁。

如果不是三个月之前的那场意外,我永远都不会再联系托尼的母亲。那天我带着他去公园,一辆暗红色的本田汽车毫无先兆地冲上人行道,然后把托尼卷到了车轮底下。在五天的抢救之后他张开了眼睛,但是肾脏却遭受了不可逆转的严重损伤。在确定他的体质不适宜接受外源的肾脏移植之后,我终于意识到我的儿子将一辈子依靠每周三次的透析生存。在绝望之中,我查阅了所有的相关资料,却意外地发现"再生医学"这个命题。"再生医学"的目标是用病人自己的干细胞来生成器官,然后将其移植到病人体内。在这个最前沿领域的科学家之中,我的前妻是一位闪亮的新星,她目前负责一个专攻"嵌合体"的实验室,并且成功地让一只天然缺失胰脏的小鼠身体里长了大鼠的胰脏,创造了一个自然界里从未存在过的嵌合体。在杂志的评论文章中,人们认为这个实验的成功意味着再生医学进入了新的阶段,因为在这个实验的基础上,"人-猪嵌合体"在理论上也有存活的可能。而如今,我正是希望她能够让一头猪的身体里长出托尼的肾脏来,等它成年之后,就可以把肾脏移植到托尼自己的身上。

眼前的她用小勺缓缓搅动着大吉岭红茶,低声说道:"我当然爱他,你不知道我听到这个消息有多么伤心。只是你邮件里提到的事情,我真的做不到。"

"我读了你的论文,以及《细胞》杂志上的评论文章,在这个世界上只有你和你的实验室才有可能准确复制出一个托尼的肾脏。"我看着她难以置信的表情,忍不住补充道,"请你不要以为我没有查阅资料和阅读科学论文的能力。"

"哦,我知道亲爱的,你那么聪明,只要你想做,当然能做到。"她迅速收回了自己的惊讶语气,轻轻叹了一口气,"只是如果你已经读了我的论文,就会知道这件事情只是理论上可行,'大鼠－小鼠嵌合体'和'人－猪嵌合体'显然是两回事,这就像……"她仰起脸,眨了眨眼睛,又无奈地看向我,"像你可以唱歌,也能够弹吉他,但却不能弹奏管风琴一样。"

"给我一点时间我就能够做到。"我说,"它们的原理是相通的。"

她伸出手撑住额头:"上帝,这可真是一个糟糕的比喻。我该怎么跟你解释……我想你已经知道,我创造的那个嵌合体是如何诞生的。"

我打开平板电脑,那篇论文里已经有很多段落被我标记成亮黄色,于是我很快找到了自己需要的内容——"我们把大鼠的诱导多能干细胞注射到缺少 Pdx1 基因的小鼠囊胚中,这种 Pdx1 基因缺失的小鼠是不能发育出正常胰腺的,而来源于大鼠的 iPS 细胞完全挽救了基因缺陷的受体小鼠囊胚。这些'大鼠－小鼠嵌合体'能够正常发育成长至成年,且具有一个能正常行使功能的胰腺。"

她纤细的手指伸了过来:"哦,对的,就是这里,我想你一定知道大鼠和小鼠是两种完全不同的生物,对吧?在生物分类上前者是家鼠属,而后者是鼷鼠……"

我打断她:"当然!"

"抱歉。"她耸了耸肩,又指着屏幕上的那一行字,"你看这里,亲爱的,如果我们要用相似的实验方法来做一个'人－猪嵌合体',那么首先我们需要找到一个缺失肾脏基因的猪囊胚,但是我们从哪里去找这个囊胚呢?又该如何去定位让肾脏发育的基因呢?这都是目前需要从头开始做的事情，并且没有人知道是否能够成功。"

"我只是请求你去试试看……"我只看到她的嘴唇在一开一合，却完全听不懂她的话，"不论成功还是失败。"

"请不要用'请求'这个词，那也是我的儿子，我愿意为他做任何事情。"她哀求地看着我，眉尾下撇，充满无奈与伤感，"'试试看'——你看这就是第二个问题，就算我们能够找到，并且准确地剔除掉这个猪囊胚上的所有导致肾脏发育的基因，然后呢？我可以把托尼的细胞注射进去吗？不能。使用人类的胚胎干细胞做实验是违法的，是违反科学伦理的。"

"你会在乎这个？"我惊诧地看着她，"你会在乎科学伦理？"

她把一只手指抵在自己的嘴唇上："你太大声了，亲爱的。"

我太清楚这个人，如果她不想回应我的要求她根本就不会来见我，而现在她就坐在我的面前，飞快地眨了一下左眼，就像我们之间有一个不可言说的小秘密。

"告诉我，你怎么才肯尝试。"我实在忍受不了这样的对话。

她终于避开我的目光，转过头看向窗外。很久的沉默。我看着她的侧脸，那张精心保养的面孔和当年一样美丽，在午后的阳光下仿佛在发光，就像是教堂里圣母玛利亚的雕像，一个会呼吸的冷酷雕像。最后她笑了，转过头，对我说道：

"一个母亲为了拯救自己的儿子打破科学的禁忌，这个故事本身就足以让我去做任何事情，更何况我竟然有幸成为那位伟大的母亲。"

是的，这才是她。她的行为永远有哲理和诗意，但她做出的这些行为却建立在她意识到这件事会带给她哲学与诗意的基础之上。在她的世界里，她自己是隔绝于世界之外的，就像是一个俯瞰大地的神。她会做这件事情绝不是因为托尼是她的儿子，而是因为这件事会让她成为一个美好的传说。

这个自私可憎的妖怪。

她继续说道:"我必须告诉你,我没有成功的把握。针对人类的实验没有任何可以参照的基础资料,说不准我会做出一个真正的怪物来——可这才是令人兴奋的地方,不是吗?我会去做,但我还是建议你去医院研究一下常规的肾脏移植……"

"到目前为止他所有的淋巴细胞毒交叉配合试验结果都是阳性。"

她茫然地看着我:"所以?"

"移植他人的肾脏很可能会导致超急性排斥反应。"我说,"有可能他只能进行自体移植。"

"天哪。"她皱起眉。

"目前我们只能靠透析来维持他的生命,你无法想象那有多痛苦。"我想起托尼的号哭,忍不住暗暗战栗了一下。

她眼里的光芒终于坚定起来:"我知道了,亲爱的,我会全力以赴。"

"谢谢你。"我说。

"只是还有一件事情,我需要提醒你。"她起身走到我的椅子旁边,最后干脆坐在扶手上,捧起平板电脑找寻着另一段论文,"看这里。"

她的发丝垂到我的脸上,我让自己盯着那些复杂的名词,但它们超越了我的认知范围。我摇摇头:"我不明白。"

"这是另一篇评论,它指出这种嵌合体虽然在结果上是可行的,但它为什么可行的原理我们是不知道的,所以在这个实验之中,嵌合的程度是不可控的,虽然目标只是要长出胰脏来,但是别的地方也会有源于大鼠的细胞。"

"所以?"

"这就是我们不敢贸然用人类细胞进行研究的原因之一。"她说，"如果做'人－猪嵌合体'实验，我无法控制那头猪里有多少人类细胞。"

"我还是不明白你要说什么。"

"想想看，伊文。"她把手按在我的肩膀上，垂下头看着我，"这头猪可能会是第二个托尼，它的身体里藏着我们的儿子。等它长大了，我们会一起夺走它的肾脏，然后杀了它。"

另一、亚当

林可躺在医院的手术室外。

已经迟了一个小时，麻醉师还没有来。她赤裸的身体和走廊上往来的男女之间只隔着一层薄薄的白布，这让她感到十分不安。

"为什么还不开始手术？"她询问护士。

对方的语调略显慌乱："我们刚刚收到消息，您的器官培育订单因为某种不可抗因素被取消了，我们感到非常抱歉。"

这简直毫无道理！她是飞船上最规矩的乘客了，一百多年来她一直按时缴纳器官培育保险，从而保证自己身上的每一个器官都能维持在年轻健康的状态。愤怒让她的心脏猛跳，而这正是她本次手术想要更换的部位之一。

她用最快的速度穿上衣服，第一时间报警投诉，然后直接搭乘轨道交通到达七号甲板——按理说，她的新内脏就在那儿的"亚当"里面。

"作为你们的顾客，"她向管理人员提出了抗议，"我需要你们解释取消订单的原因，我可不想顶着这颗残破的心脏再等三年！"

"可您的订单好好的。"对方惊诧地回答道，他打开监控，里面正是器官培育舱内部的情景：一颗颗被薄膜包裹的人类内脏生长在从天花板垂下来的管状物尽头，仿佛一串串等待收割的葡萄。而属于林可的那一颗心脏已经消失不见，并被标上"已收割"的记号。

林可一怔，她再次查看了医院的信息平台，然后把那条主题为"订单取消"的信息转发给了面前的男人。但她没有想到的是，他竟拒绝相信信息的真实性："我们的监控平台不可能出错，女士。"

这句话彻底激怒了林可，她站起身来："如果你们无法搞清楚到底发生了什么，那么我只能自己去看看。"

"当然，根据器官培育合约，这是您应有的权利。"管理员的语调中没有丝毫退缩，"但请注意您只能查看，不能踏入舱门之内。"

十分钟之后，林可在机器警察的陪伴下打开了三十五号器官培育舱的舱门。恐怖的血腥气息只一瞬间便击溃了她的神经，在看清眼前的景象后，她的整个世界只剩下胸口凶狠的痉挛和紧缩的钝痛。随后，她就两眼一黑，晕了过去。

骆明是第一个到达现场的人类警官。

一片狼藉。

这是他脑海中闪过的第一个词语。在踏入三十五号舱之后，他很难想象眼前的如小山般堆积的血肉曾经的模样。

"到底发生了什么？"他有些后悔没有戴过滤口罩来，压低了声音询问自己的"助手"艾德蒙，这个无法用肉眼看到的人工智能是他最可靠的秘密伙伴。

"报案的林可女士由于受到巨大的惊吓，心脏病发，目前正在医院抢救。"艾德蒙的声音从耳内扬声器传来，"她报案的理由是器官培育机构擅自违反合约，取消了她的订单。"

骆明咋舌道："我眼前这些恐怕不只是私毁合约啊。"

洁白光滑的地面上，黏稠的血液还在从直径近三米的内脏堆向外蔓延，有些地方的边缘已经干裂，变成乌黑的一片。在大约一米高的肉堆上，最外层的一些内脏看起来还很新鲜，甚至有几颗还在痉挛——如此看来，空气中隐约的腐臭气息，只能源于压在内里的器官了。

只是在脑海里想象了一下那里的画面，骆明就感到头皮发麻："我们最好确定一下这里面是不是只有正在培育的人体器官……千万不要还藏着一桩凶杀案。"骆明一面嘀咕着，一面命令艾德蒙对肉堆进行扫描，后者则立刻通过微型无线网络控制了机器警察，并侵入其视觉系统来完成骆明交给他的任务。

"每次看到你这么轻而易举就能控制它们，我都会有种不安的感觉。"骆明嘟哝道。他当然也能直接对机器警察下命令，但之后就要浪费大量的时间在整理和分析原始资料上。

"请不要再跟我叨唠你对人工智能存在的心理阴影了，"艾德蒙回应道，"我好像发现了让你更加不安的东西。"

原来骆明不幸言中，扫描显示内脏堆中还掩埋着两条手臂和半颗头颅，显然这三样东西都是不可能在"亚当"里自行生长出来的。

"好吧，看来我们又新增了一桩碎尸案。"骆明叹息道，"这下《伊甸日报》得有好一阵子不用担忧头条新闻了。"

骆明让艾德蒙对舱内的情况进行全面的扫描和记录，然后接通了飞船大副秦威的视频电话，对方是"伊甸号"内部安全的最高管理者。

"这大概是我在船上一百零三年间碰到的最糟糕的事情了。"骆明在对他说话的同时，视线无意中对上了一双从天花板上垂下来的人类眼球，语调竟颤抖了一下，"您最好亲自过来看一看。"

二、艾奇德娜

凶残的神女艾奇德娜既不像会死的人类，也不似不死的神灵，她半是自然神女——目光炯炯、脸蛋漂亮，半是蟒蛇——庞大可怕、皮肤上斑斑点点。

"请问您是……"在观察了我二十分钟之后，身边的女士终于小心翼翼地问道，"……提丰乐队的主唱伊文·李吗？"

"不。"那好像是很久之前的事情了。

她飞快地说了一句"抱歉"，又补充道："您和他长得真像。"

我用尽可能冷淡的语气回答道："是吗。"

于是这个话题就此终结。很快空姐送来了饮料，我要了一大杯葡萄酒，然后是第二杯。狭小的经济舱座位让人从肉体上就深感局促，另外一些可怕的名词则在精神上为我戴上更为沉重的枷锁，例如"父亲"和"责任"。当我还是那一个"伊文·李"的时候，享受和挥霍的日子似乎是无穷无尽的，直到她离开我，带走我一半的财产和所有的音乐灵感。

在分开之后的很长一段时间里，我都在想她，分析她，研究她。我重新翻看八卦小报，捡起当年的狗仔趣闻，一遍遍地回放婚礼录像中她的一颦一笑，以及婚后每一次她为了配合我的宣传而出席公众场合的照片和录影。在最为黑暗的阴霾时光中，这些就是我曾经的辉煌带来的最大好处——足够的资料。就这样我终于一点点靠近了她完美外壳之下的那个魔鬼，靠近了掩藏在那张美丽容颜之下的蛇妖半身。然而有一段时间发生的事情，我始终不能够明白。

那就是她怀孕的时候。

怀孕只会是她计划中的事情。在我们婚姻的头三年，尽管很多次我告诉她希望能够拥有一个孩子，但她总会用"不要着急"外加一场特别的性爱来搪塞我——而当她决定要怀孕的时候，她是根本不会跟我商量的。

"伊文，你猜猜发生了什么！"那是巡演结束之后的头一个夜晚，我推开家门，就感觉到了特殊的节日气氛。

"我的小甜心为我准备了什么惊喜吗？"我勾住她柔软的脖颈，亲吻她的嘴唇。

"一个孩子。"她笑着，眼睛弯起来，"亲爱的，我们有了一个孩子！"

我一时竟惊呆了，在三年多的请求以后我几乎已经放弃了这件事。

"它已经三个月大了……"她把我的手放在她平坦的腹部上，"就在这里。"

我的手掌什么也没有感觉到，但是在那一刻，"父亲"这个词汇突然砸中了我的心，让我身上的每一个细胞都充满了狂喜。两个月之后"提丰"的最后一张专辑《雷火》诞生，乐评人认为它"每一个音符都饱含爱和喜悦"。然而就在主打曲拿下金曲榜冠军的那一天，我的妻子却发生了让我意想不到的变化。

事实上那天是她实验室的同伴打电话给我，说她精神崩溃了。

这简直不可思议！我的妻子——在她身上，连"情绪不佳"这样轻微的负面词汇都很难出现——精神崩溃？

这是从没有发生过的事情。我赶忙冲到学校去，她的实验室在林荫大道的尽头，成排的梧桐已经落尽了叶子，只剩下长长短短的枝条挂着圆圆的果实。走进那栋砖红色的小楼之后，她的一个学生立刻认出了我。

"李先生，您终于来了！"他的神情里混杂着激动、紧张和好奇，但谨慎地压抑在礼貌之下，"我是艾德蒙，博士在三层的动物室，我想您最好去那里看看她。"

"你好，艾德蒙，谢谢你。"我飞快地说道。

尽管学校是我们最初相遇的地方，这却是我头一次踏进她的实验室。光洁的地面与医院相似，其上是一排排金属搁架，内里整整齐齐地摆着与通风系统相连的塑料笼子，这屋子里恐怕有成千上万只老鼠！我在装满老鼠的搁架背面发现了她，她正抱着头坐在角落里，头发凌乱，肩膀耸动着，但无法听到哭泣的声响。

"宝贝……"我被她的模样吓坏了，"亲爱的，你怎么了？"

然而就在我的手指碰触到她的那一秒，她发出了一声高亢的尖叫。我后退了一步："我不会伤害你，告诉我甜心，发生了什么事情？"

她极缓慢地抬起头，眼里的惊慌失措是我从没有在她身上见过的。她咧开的嘴角抽动着，过了好久，才轻轻地吐出我的名字：

"伊文……"

"是我，没错，亲爱的。"我自责极了，"我应该拦住你，不让你来实验室工作的。孩子已经快六个月大……"

"不！"她尖叫起来，"不！不要提它！"

"好的，亲爱的……我们不提孩子……"我伸出手，试图靠近她，她全身发抖，挣扎着想要逃开。这反应让我感到深深的挫败，我只好拿出自己的看家本领来："宝贝，我们一起唱《泰坦》好不好？"

她停止挣扎，茫然地看着我，像个无助的孩子。

"荒野里的歌者，述说众神的故事……"

那是柔和的副歌，也是她最喜欢的旋律，我用最轻、最轻的调子唱下去，几乎听不到歌词。音乐果然比语言更有效。她听我唱到一半，突然吸了吸鼻子，一下子扑进我怀里大哭起来。我抚摸她乱蓬蓬的头发，试图温暖她恐惧的战栗。

"没事的，没事的，有我在。"我对她说。

她趴在我的怀里，极其艰难地吐出一些不连贯的词汇："那是一个……寄生的……寄生的……怪物……"

"什么？"

"我不想要那个孩子……伊文，我不要那个孩子寄生在我的身体里！"

我吓了一大跳："宝贝，我不明白，发生了什么事情吗？"

在把鼻涕蹭在我的衬衫上之后，她终于能够说出完整的话来："这个孩子在夺走我的一切，他寄生在我的身体里，它在控制我的思维，他命令我吃他需要的东西，命令我去他想要去的地方，命令我做他想要做的事情……这是个寄生在我身体里的怪物，一个怪物，他在吞食我，你明白吗？我无法控制自己了！我无法控制自己不去想他！我无法集中精力去做我想要做的事情，我看不懂我的实验记录，我也不关心我的论文，我脑子里只是想着该怎么做才能让他更舒服一点！我被他寄生了，他已经钻到我脑子里了，你明白吗？"

我哑然失笑："我的傻姑娘，这是怀孕的妈妈最正常的反应了，这是因为你爱他啊！那是我们的孩子啊。"

"不！"她惊恐地盯着我，"这一点都不正常！这完全不正常！你根本就不明白，因为它没有寄生在你身上！"

我忍住笑，用自己能够使用的最诚恳的语调说道："如果可以的话，我真的很希望能够替你怀孕，宝贝，但是我做不到。坚强一点，你现在是个母亲了。"

于是她停止哭泣，有那么两三秒钟，她用一种全然陌生的眼神看着我，就像我才是一个疯子。但很快她就变回了自己，平时的自己，她用袖子擦了擦眼睛，然后抬头略带尴尬地笑道："哦，天哪，我今天可真是发疯了。"

"这只是很正常的神经紧张而已，宝贝。"

她靠在我的肩膀上："亲爱的，你说得对。这只是作为一个母亲很正常的感觉，我需要适应它的存在。"

在之后的几个月里，也有那么一两次，她表现出沮丧和闷闷不乐，但都没有实验室里那次严重。但这些迹象也让我开始警惕。我推掉了新一轮的巡演，尽可能多地陪伴她。大约是她怀孕三十九周的时候，我偶尔在她的电脑里发现了一个文件夹，里面详尽地记录着这个尚未出生的孩子每一次和她的"对话"——从她上厕所的时间、睡眠中的梦境，到喜欢的食物以及音乐类型，都是一些琐碎的小事。看到后面我仿佛理解了一点点那天她的话，因为她记录下来的一切都不是她的习惯和喜好，而是另一个人的。

那个逐渐成形的婴孩正在利用她的身体，完成自己想要做的事情。当她意识到这一点的时候，她被吓坏了。

如果是通常的母亲，大概会以"爱"来解释自己的行为。但她不会，情感于她只是外在的保护色，让她看起来同其他人一样。所以所有这些事情都只能从婴儿的视角来解释：这是一个怪物为了在她的身体里生存下去，采取的寄生和控制行为。

或许是飞机上的空调太冷，我突然打了一个寒战。我从没有想过自己居然会在这个时候想通她为什么会抛弃自己的孩子。因为如果她不这么做的话，她或许就会永远被托尼控制，永远失去自己的生活——正如现在的我。

"请您系好安全带，李先生。"空乘走过来提醒我说，"飞机马上就要降落了。"

我照做了。飞机不断下降,在窗外广袤的沙漠中,一座城市围着绿洲铺展开来。

另二、伊甸

在完成对事发现场的基因检测之后,骆明收到了人工智能助手艾德蒙传来的阶段性报告。三十五号器官培育舱的断肢和头颅分属于三位已经去世的飞船乘客,他们的死亡原因都是毫无疑点的慢性疾病,并且都自愿选择为这些病症的深入研究而捐献了遗体。这个发现让骆明紧锁的眉头略略舒展了一些。

"没有凶杀案,"他这样对刚刚赶到现场的飞船大副秦威说道,"终归是一个好消息。"

与骆明和大部分"伊甸号"上的乘客一样,秦威也有近一百五十岁的年纪。此刻他大约是刚刚做过头皮置换手术,头顶上只有一层婴儿般柔软的细毛,让他整个人都显得有些滑稽。

"当然,这真是不幸中的万幸。"秦威看上去有些心不在焉,接下去的话倒更像是在自言自语了,"只是……这些断肢是怎么跑到这里来的?"

骆明道:"遗体按理说应当被送到七号甲板地下的医学研究室,但不会是这里。"

"正是这样。"秦威这才看向骆明,"而且器官培育舱是飞船上监控最为严密的地方,发生这样的事情真是令人费解。你恐怕并不清楚这些,因为就算警察也没有查看'亚当'相关资料的权限。"

骆明说:"如果您能够分享这些信息,或许会对案情的进展有很大帮助。"

"很抱歉骆警官,这些资料涉及'伊甸号'飞船的核心机密。"秦威说道,"我想,既然没有出现什么严重的死亡事件,或许这件事就到此为止比较好。剩下的工作就交给我和'亚当'的管理人员吧。"

骆明立刻抓住了他话语里的含义:"您是说,这是一起普通的意外?"

秦威不置可否地笑了笑:"以往船上也发生过严重的器官培育失败事故,你知道,是舱内温度控制出现异常的缘故。"

骆明看了看他的神色,轻轻叹了一口气:"好吧,先生,我明白了。"

然而仅仅一天之后,骆明就在办公室收到了艾德蒙发来的"亚当"资料包。

"你简直是个天才。"骆明一面赞叹着,一面打开了那份文件。当翔实准确的内容出现在他的视野里时,骆明再一次叹息道:"如此轻易就能得到这些资料,看来这艘船的安全系统的确有很大的问题。"

"或许这得怪你违规带了一个人工智能上船吧?"艾德蒙的声音听起来混杂了得意和揶揄在其中。

"最起码这么多年都没有人发现你。"骆明眼中闪过一丝狡黠。艾德蒙是很久以前他得到的一份礼物,这么多年来就像他的左右手一样不可分割。因此在得知"伊甸号"的人工智能禁令后,他还是选择将终端植入体内,偷偷把艾德蒙带上了飞船。

"那是因为这里的智能系统都太原始了。"艾德蒙说道,"不过你倒不用太过担心这艘船,它的核心控制系统是隔绝外部网络的,我从没找到过钻进去的缝隙。"

骆明点了点头,目光则再次聚焦在那些繁杂的资料上。从这些文字来看,"伊甸号"事实上是一艘实验船,它为居住其中的数十万名乘客提供可置换的器官,从而大大延长其寿命;同时,它会将人群的健康和生育信息发送回地球,使母星上的人们能够预先获知器官置换可能产生的问题。"伊甸号"沿彗星轨道在太阳系中飞行,每四年会与地球轨道交会一次,并且会在空间站停靠,从而完成人员和信息的交换。

"我一直以为我们是在远离太阳系。"骆明大为震惊,"而且从来没有人告诉过我还可以下船!"

艾德蒙说道:"看来他们做了很好的保密工作,来避免你们得知自己其实是实验室里的小白鼠。"

由此看来,器官培育舱的确是"伊甸号"的灵魂所在。它通常被人们称为"亚当"——那位在宗教故事中用自己的肋骨创造另一半的人类始祖。然而如果进行更精确的定义,器官培育舱中每一个单独孕育人体器官的黏膜囊状物才是真正的"亚当",它们彼此独立,各自携带着不同客户的基因,培育着不同的器官。在"伊甸号"最初的设计中,这些"亚当"是相互隔绝的,但是随着时间的流逝,管理者们发现了一个奇怪的现象:同一个舱室内的"亚当"在投入使用一段时间之后,一些细胞开始顺着营养管道向上生长,并最终相互连接,而这非但没有造成器官培育的延迟或污染,反而提高了培育效率,缩短了器官成熟的时间。一些研究者认为,这种"基因网络化"的培育模式引发了"亚当"之间生长信息和生长激素的交流,从而提升了器官的成长速度。因此,在四十年前的培育舱更新工程中,管理人员干脆设置了让这些"亚当"彼此相连的通道,并且取得了令人惊叹的效果——在保证客户基因独立完整的前提下,大多数器官的培育时间都减少了一半以上,就算是最慢的肺部也减少了三分之一的时间。

"我还是不明白这些资料和这个案件有什么关联。"骆明的心情略微有些烦躁,"我总觉得现场还有一些信息是我们没有注意到的。"

"我这里存有事发现场完整的扫描记录。"艾德蒙说道。

"或许……"骆明沉吟道,"问题并不只是出在培育舱内。"

"你指什么?"

"你还记得报案人和'亚当'管理人员争执的焦点吗?"骆明说道。

艾德蒙回答道:"医院的信息显示林可女士的心脏订单被取消了,而'亚当'监控平台却显示一切正常。"

"没错,就是这个。"骆明说道,"按理说,'亚当'的安全级别应当远比医院要高,但为什么培育舱的管理人员反而不知道三十五号舱内的真实情况呢?"

"会不会是他们有意隐瞒?"艾德蒙问道。

"或许是这样……但目前我们也无法排除另一种可能,就是这些所谓的管理者——大副也好,培育舱管理员和研究员也好,都不清楚到底发生了什么。"骆明把屏幕上的画面切换为报案人林可与管理者争执的录影,"注意他的表情,他脸上的惊诧是真实的。"

"的确,我的微表情分析也证实了这一点。"艾德蒙说。

骆明说道:"不管怎样,如果从事发现场来看,这状况最近很有可能发生了不止一次,而只有这位林女士情绪激动地报了警,还打开了三十五号舱的舱门——这一条虽然写在合约里,但好像大家只会在上船的头几年来看。"

"你是说,事发地那些内脏都是被取消的订单?"

骆明眼前一亮:"我们不妨从这一点来查查看。艾德蒙,你是否能够侵入这培育舱和医院这两个信息平台,然后调出相关记录?很有可能两者有出入的订单,就是我们在三十五号舱看到的那些器官。"

"你可真会给我出难题。"艾德蒙虽然这样说着,声音听起来却是兴奋雀跃的,"让我来试试看吧。"

三、提丰

> 他所有可怕的脑袋发出各种不可名状的声音;这些声音有时神灵能理解,有时则如公牛在怒不可遏时的大声鸣叫,有时又如猛狮的吼声,有时也如怪异难听的狗吠,有时如回荡山间的嘘嘘声。

时隔九年,我再次踏入她的实验室。艾德蒙已经从本科生变成了博士生,看我的眼神倒是丝毫未变,就像任何一个克制的乐迷:"李先生,教授在动物室等您。"

"谢谢你,艾德蒙。"

当我推门进去的时候,她没有注意到我。她正蹲在一头足有半米高的猪身边,专注而温柔地笑着,然后她把手机放在播放器上,音乐响起,竟然是我的《雷火》。

> 当我把它握在手中。
> 日月颠倒,星辰陨落。
> 战斗吧,破坏吧,
> 众神之王不息的欲望,就在我手中。

那头猪随着音乐用后腿站立起来,笨拙地摇摆扭动着,却慢慢跟上了节拍。她同它一起站起来,身子靠在书桌上,笑得几乎喘不过气。

猪仰头看向她，跳得更起劲了些，节拍也踩得更愈发准确。这简直太不可思议了，因为这是一首快歌，而那头猪显然是在跳舞。

大约是华彩段我们切换了节拍的缘故，那头猪突然身子一歪摔倒在地。她被吓了一跳，立刻跪在它身边问道："天哪！你还好吗？"

猪哼哼了一声，像是在回答。她略带嗔怒地用手戳了一下它的头，然后用我听过最轻柔的语调说道："坏家伙，不要吓我。"

于是那猪的哼哼声听起来好像又带了委屈。她揉了揉它的背脊："好了好了，你没事就好。"

眼前的一切实在有些古怪。我咳嗽了一声，她和那头猪一起回过头来看我，那一幕我一辈子都忘不了。

"怎么了，伊文？"她站起来。

——它长了托尼的眼睛。

她从未见过托尼，所以或许她不知道这件事。但是那头一岁半的猪，它长着托尼的眼睛：浅棕色的瞳孔，混杂着一点点灰。或许还不只是眼睛，还有它目光深处别的什么东西。它看得我背脊发凉，让我一下子忘记了自己来此的目的。那感觉就像是有一次我站在舞台中央，却发现自己突然忘记了关于歌曲的一切。电吉他的前奏变成了毫无规律的噪声，闪烁的镁光灯让我双腿发抖。

"你需要喝杯咖啡吗？"她担忧地看着我，"你的脸色不太好。"

"我们可以……单独……谈谈吗？"就算连着唱三场演唱会，我的嗓子都不会是现在这个调子。

"可我正想让你见见我们的猪。"她柔声说道，"它很健康，这真是太神奇也太棒了，不是吗？"

我的目光再次与它相触，转瞬间我就觉得自己的灵魂都被扯碎了。

"上帝啊……"

那头猪用一种了然的目光看着我,就像它知道自己的命运。那是对痛苦无言的屈服与顺从,带着命运般的悲剧感,托尼在最近几次去做透析之前也这样看过我。

"好吧,亲爱的。"她走上前握住我颤抖的手,"我们换个地方。"

走在去她办公室的路上,我们一句话都没有说。那是一个宽敞的房间,午后的阳光让一切阴暗都不见了踪影,艾德蒙端了两个小小的圆杯子进来,她简单地说了一句"谢谢",但即便是他离开之后,她都没有对我开口。桌上的树影被一点点拉长,我把已经变得冰凉苦涩的咖啡喝到嘴里,然后,她终于打破了一个下午的沉默。

"我以为你会想看看猪的资料。"

那个厚厚的文件夹就在我面前。我僵着手臂打开它,里面是与猪相关的实验记录,从胚胎开始,一直到今天。我只能看懂那些照片。它起初总是对着镜头笑,如果那样愉悦与依恋的表情可以被称为"笑"的话,近一个月来,它却不再笑了。最后一页是它眼睛的特写,我翻开之后几乎难忍胃里的不适,猛地把那个文件夹摔到地上。

她起身把文件夹捡起来,淡淡地笑道:"还好我没有给你看电子文件,不然这会儿就得填写器材损失报告了。"

"怎么会这样⋯⋯"我喃喃地说道。

"伊文,我们得面对现实。"她轻轻叹了一口气,"这恐怕是最好的情况了,猪目前完全符合移植所需要的条件,如果你让我来说的话,这次实验出奇的顺利,我们从一开始就找到了正确的道路,所有的一切都在最短的时间内完成了,你就算翻看科学史恐怕也找不到一条这么平顺的路⋯⋯"

"你⋯⋯"我打断她,却不知道该说什么好。

"我已经联系了我的朋友桑格医生,他是州立医院最好的肾外科大夫。"她的语调平稳而冷静,"我已经把猪的资料发给了他,他在仔细研究之后,认为手术的风险与常规的移植手术相仿。伊文,我不明白你还有什么不满意的。"

只有最后这一句透露出她压抑的愤怒,但只是这一丁点儿,就彻底挑起了我的恐惧和怒火。我把手机打开,桌面上的图片就是托尼的脸,他正无辜地看着我。

"够了。"我掀开文件夹,把手机放在那张特写照片上面,"我们都知道问题出在哪里,对吗?那头猪的眼睛,和托尼……"

"一模一样。"她接了下去,"当然,我知道。那就是托尼的眼睛,那个部位的细胞是人类细胞。"

"……还有别的地方?"我震惊地看着她,这是我从她脸上读出来的信息。

"目前的结果是略微有点难堪的,它的神经系统几乎都是人类细胞。"她无奈地耸了耸肩,"不过拜托,别天真了,伊文,从一开始我们就都知道嵌合程度是不可控的,但是谁都没有把它当一回事。"

"神经系统?"

"大脑、小脑和脊髓,绝大部分。"她一字一顿地说道,仿佛用这样的语气就可以把她内心的毒液注入我心里似的,"简而言之,那个猪肉外壳里面就是我们的儿子。"

就算是看见托尼被卷进车轮底下的时候,我都没有像此刻这样害怕过。因为在那个时刻我是个父亲,而此刻我却即将成为一个罪人——我们都做了些什么啊!我们把自己的儿子和猪融合在一起,现在我们要亲手去杀死它了!

见我没有说话,她放松了语气:"当然,只要我不说,没有人会知道这件事，这些记录都不会出现在我的论文里。神经系统并不是这个实验关注的重点，也不是决定成败的关键。它的肾脏非常完美，伊文，这一点你绝对不用担心。"

"我不是在担心这个！"我无法容忍她虚伪的平静，"杀死它是残忍的，是不道德的！你难道没有注意到，那头猪知道这件事情吗？"

她无声地笑起来："伊文，那你打算怎么做？"

"我……"

"你知道吗，已经快半个月了，我无法入睡。"她低声说道，"我一直在想，你是不是想用这头猪来报复我，因为我抛弃了托尼，所以你要用这样一种最残忍的方式，来重新唤醒我心中作为母亲的天性。我一直在试图告诉自己，这不是托尼，这不是我儿子，我甚至拒绝给它起名字，就是怕自己会把它当成一个人。可它真的超乎了我的想象，在所有的研究员里它只同我亲近，在所有的音乐里它只喜欢你的曲子。"

托尼也是如此，他从小只要一听到《雷火》，就会手舞足蹈。

她继续说道："我曾经想过是不是我们应该停下，让托尼去承担他命中注定的痛苦，让猪生存下去。但直到我看到你，我才知道我们根本就没有退路。"

她的目光几乎穿透了我，也让我终于看到她克制的战栗。她的恐惧和痛苦毫无疑问要比我深切得多，大约是因为想过太多次，才能够把它们深埋在平静的语调之下。毕竟我所做的只是看了那头猪一眼，而把它从一枚细胞养大的那个人是她。

如今我们当然没有退路，托尼的状况越来越糟糕，她的实验室在这头猪身上的巨大投入也不可能瞒过所有赞助人。一开始让她越过雷池的人就是我，这沉重的十字架也理应由我们一起来背负。

"……对。"我强迫自己忘记那头猪,"托尼最近的状况不太好,我会尽快把他接来,不能错过手术的最佳时期。"

"看来我们终于达成了共识。"她脸上新的笑容抹去了神情中所有的不快,然后她打开自己的笔记本,用柔和的语调告诉我桑格医生的联系方式,仔细向我介绍了他的背景和资历,接着说起她自己对于移植手术的一些看法和建议。等天色彻底暗下来,她才停住了话头。"你得走了。"她微笑着提醒我,"现在出发还能赶得上飞机。"

我看了一下时间,果真如此。起身的时候我犹豫了一瞬,不知道自己是否应该和她握手表达友好和感谢,但她把双手抱在胸前,看上去完全没有这个需要。

"那我先走了,谢谢你。"我干巴巴地说道。

她笑着摇了摇头:"伊文,亲爱的,托尼也是我儿子,你为什么要说谢谢?"

"是啊。"我也笑起来。

我们一起走到实验室外,树影昏暗,把世界都罩在静夜里。我正要道别,她却先开口了。"我最初遇见你好像就是在那里吧……"她轻声说道,"那天你弹了一段很温和的旋律,但是没想到最后录出来的歌却是那么疯狂。"

我知道她说的是《泰坦》。第一个乐句的灵感正是我在这所学校演出时想到的,夜里竟如同毒瘾发作一般急切地需要一台钢琴,只求让音符从脑海中流淌出来凝为现实。于是我跳窗子摸回大门紧锁的礼堂,却没想到外面竟有另一个人在倾听。

> 我们被父辈憎恨,
>
> 深埋地下,不见天日,

>以镰刀夺位,身负诅咒骂名。
>……
>我们注定要反叛,
>击碎藩篱,不惜代价,
>让浓烟弥漫,让地火沸腾!

她唱着,忘了一段歌词,并且完全不在调子上,可我却无法像以前一样哈哈大笑。

她转过头看向我:"现在想起来,真像是一个奇妙的预言啊。"

后来她没有出现在州立医院,也没有参加托尼的康复派对。整整五年,她把自己埋在实验室里,与她的所有朋友都不再联系,彻底从人们的视线里消失。所以在接到她的电话那天,我是极为吃惊的。她希望我能够以托尼的名义建立一个慈善基金会,用于对儿童器官移植的资助,而这恰恰是我先前给她发了许多次以"投递失败"告终的邮件中提出的请求。

我当即应承下来,在基金会的构架基本完成之后,我又联系了她。

"我感觉你打算做一件大事。"我说。

"的确。"她回答说,"我重新编程和设计了嵌合体细胞的基因调控网络,把它变成一个巨大的类囊胚……"

"抱歉,"我温和地打断她,"你知道我听不懂。"

"就是说……"她停顿了一下,像是在从科学家切换到普通人的语言模式,"我们现在已经可以在实验室里量产人体器官了。我用现有的嵌合体做了一个比较稳定的构架,只要加入新的人类细胞,就可以长出相应的器官来。"

"这真是不可思议！"

"伊文，你知道的，我再也不会让它看起来像一个人类。"她的声音里透着疲惫。

在基金会成立的同时，她终于在《细胞》杂志上发表了嵌合体实验的系列论文，从最初的"人－猪嵌合体"，到后期的再生医学实验室，她几乎在一夜之间撼动了人们对生命的认知。我购买了那一期的杂志，评论文章给予她夸张的赞美："这是再生医学革命性的一步，它意味着在不久的将来，人类或许就可以像更换零件那样替换自己的器官，从而获得更长的生命，甚至永生。"

批评与争议随之而来。尽管人们都谅解了她作为一个母亲想要拯救儿子生命的迫切心情，但使用人类细胞来做实验，毫无疑问是跨入了科学的禁忌之门。然而，第三篇论文的发表有力地回应了铺天盖地的攻击，她向人们展示了器官生长的模具，她称之为"亚当"。它看上去就是一个内里长了黏膜的小方盒子，完全脱离了生物形态。"'亚当'不会碰触到任何科学伦理问题，"在一个访谈中，她这样说道，"它不会长出人的大脑，它不会思考，它没有感觉，因为我们没有给它设计感觉和思考的器官。它会做的唯一一件事情，就是用自己的'肋骨'去拯救需要它的人类。"

另三、船长

骆明没想到他真的能够凭借一封邮件踏进"伊甸号"的船长室，尽管这正是他写信的初衷。

面前的女士已然白发苍苍，她皮肤松弛，背脊佝偻，甚至连坐到沙发上这样简单的事情，都显得十分吃力。骆明对船长的外表感到些许惊奇，因为他平日所知的女性，似乎都会把与外在美相关的一切列在器官订单的前列。

"对于三十五号舱的意外事件，"与外表不同的是，船长的声音却是中气十足的，"我想听听你的意见。"

"大副先生曾经表示这超过了我的权限。"骆明把双手放在身前，谨慎地回答道。

"在这一点上，我倒觉得应当让更专业的人来参与案情分析。"船长指了指面前的扶手椅，示意骆明也坐下，"只是鉴于培育舱的特殊性，调查的结果应当保密，我相信这一点对你来说不是问题。"

"当然……"骆明坐了下来，"那么您已经看过我的邮件了？"

"是的。"

骆明平视着船长的双眼："正如邮件里提过的那样，我认为这不是一个意外，而是一个有意识的犯罪行为。"

船长垂下眼帘："但这和大副秦威给我的报告不符。"

"我相信您正是想听听另外的声音，才让我到这里来的。"骆明看看船长的神情，继续说了下去，"我查看了最近三个月以来医院系统被无故取消的订单，其数量居然是以往相同时段的七倍之多。当我继续追踪这些器官的来源时，它们几乎都是在三十五号舱中进行培育，而那里监控系统却显示一切正常。"

"这些就足以说明这不是一个意外吗？"船长问道，"说不定这只是监控系统自身出了问题。"

"不仅仅是监控系统，阁下，还有培育舱本身，那些被意外'收割'的器官究竟是怎么回事？"骆明说道，"除此以外，更让我无法理解的是培育舱监控平台和医院订单系统的信息错位问题。"

船长终于看向他："说说看。"

"事实上，在今天见到您之前，我对自己的结论也没有十分的把握。"骆明谦逊地笑了笑，"我曾经怀疑这些错位的订单信息，是管理者在刻意隐瞒真相。但您找我来，恰恰说明作为船长的您也不清楚到底发生了什么，那么只剩下另一种可能性，那就是三十五号舱最近发生的意外，'亚当'的管理者是不知情的。由此我们很容易就可以猜到，始终显示一切正常的监控系统必定是被人为篡改了。"

"关于这一点，"船长的目光更为专注了，"我让大副秦威去查看过器官培育舱的监控系统，它似乎是被一种类似于'绿幕'的技术修改了，工作人员和机器警察进出培育舱都会正常显示在监控里，但是作为背景的'亚当'却会始终显示为原先的状态。"

"您是说，监控系统被部分篡改了？在显示器中所有'亚当'的状态都是不变的？"

"不是'不变'，而是'正常'。监控系统中的器官都在继续生长，并且在订单交付的时间点被'正常收割'。"船长摇了摇头，"我不得不说这是一种非常高明的篡改方式。"

这个信息加深了骆明的疑惑："可这就是我想不通的地方。如果整个事件是一个有计划和预谋的犯罪行为，那么这个罪犯已经完成了难度最高的一步——他彻底控制了飞船里安全度最高的'亚当'监控系统，可他却忘记了最简单的医院平台。"

"我倒觉得这很容易想明白，罪犯无法给病人凭空变出他们想要的器官来，只好保留这些信息。"

骆明反驳道："但是他完全可以用更高明的办法，例如整体推迟订单的交付期限来避免人们知道那里发生了什么。然而从医院的记录来看，医生和病人都是在最后一分钟才得知正常的订单被延迟或取消的，这些信息的内容始于医院的器官接收通道，而不是'亚当'。"

"我完全被你搞晕了。"船长眉心的皱纹蹙在一起,"你想要说什么?"

"对于一个如此费尽心机,甚至使用'绿幕'技术来修改监控系统的人来说,忘记医院平台是很奇怪的事情。他既然有足够的能力侵入医院信息平台,却没有这么做,这是为什么?"骆明回答道,"一种可能性是他希望由此引起人们的注意,但另一种可能是:他并不知道医院信息平台的存在。"

"这毫无道理。"船长道,"'伊甸号'上的每一个人都知道这个平台。"

"当然,按常理说是这样,"骆明说道,"但总有一些人是不知道的。"

"我希望您给我明确的观点,而不是暗示或者猜测。"

"在这艘船上,哪些人不知道医院信息平台的存在?或者,谁没有订制过器官?"骆明看向船长,"我希望您能帮我收集到这个名单,他们就是有作案嫌疑的人。"

船长满是皱褶的手指轻轻敲着座椅的扶手,冷笑道:"这可真是一个奇怪的指控。"她对上他的视线,"我就没有更换过器官。"

四、俄耳托斯

在赫西奥德的《神谱》中,双头狗俄耳托斯被认为是艾奇德娜所生的怪物之一。另一些传说则认为是他,而非提丰,和艾奇德娜生出了那些可怕的怪物:奇美拉和斯芬克斯。

我第一次见到她,是在父亲的葬礼上。

说来也怪,在场的数万人中至少有一半是为了她而来,但却只有我看到她。她穿了一条黑色真丝长裙，纤细的脖颈间挂着一枚钻石戒指，面容看上去竟比我还要年轻。我不知道是因为面孔分辨训练还是母子间天然的联系，让我知道那就是她。然后，她也看到了我。

五秒钟之后，我收到一条定向信息："葬礼结束后，希望能和你谈谈。"

我想起父亲临死之前嘱咐过我的话："她是你的母亲，也是你的救命恩人，她给了你两次生命，感激她，不要怨恨她。"

于是等人群散去，我坐上了她的车。她把目的地设定为加勒穆恩机场，然后把椅子转向后方，面对着我。

"你好，托尼。"她说。

已经有很多年没有人这样叫我了。自从我的父母合作创办"托尼·李慈善基金会"之后，我不得不为了保护自己的正常生活而改名换姓。

"妈妈？"说出这个词汇比我想象中容易，"你看上去真年轻。"

"对，是我。"她笑了，飞快地眨了一下左眼，就像我们之间有一个小秘密，"我正在尝试一项新的实验，它能让我的细胞恢复年轻的状态。不过这是个很危险的实验，我们还不清楚副作用是什么？只可惜这一次我没有另一个儿子来当第一个尝试者了。"

"是吗？"我尴尬地回应道。

"哦，亲爱的，我是在开玩笑呢。"她摊开手，"你呢，你最近怎么样，我听说你在做警察。"

"只是一份工作。"

她的笑容更深了些："你做得很棒，托尼，我注意到你在对付人工智能犯罪，这真是太了不起了。"

"这个世界变化太快，总有一些事情科学家无法掌控。"我不喜欢她说话的语气，就好像她一直都在以母亲的身份关心我似的。

"正是如此。"她深深地点头，"有些时候我们也并没有像看上去那样了解自己创造的东西。"

这话倒出乎我的意料之外："真的？"

她没有正面回答我，而是又问道："托尼，你是否有兴趣来参加我们的发布会？我们要宣布一件大事。"

我当然听说过再生医学集团下个月的发布会，在七年的沉默之后，这一次她要说的话早就引起了所有人的关注。

"这可能关系着人类的未来，"车子开始减速，她看了一眼窗外，又看向我，"你一定会来，对吧？"

她笃定的语气激怒了我，我可不是我的父亲，不管什么时候都对她发了疯一般地着迷："抱歉，恐怕我没有兴趣参与。"

"相信我亲爱的，你会感兴趣的。"车子停下了，她在手表上点了两下，于是我收到了一张邀请函和一个文件包，"发布会是在下个月的十三号，不见不散。"

她轻轻握了一下我的手，然后走向机场，太阳把她的黑色裙摆映出一个锐利的轮廓。三小时四十分之后，她乘坐的飞机一头扎进大海中央。我提前结束休假参加了搜救行动，但是波罗的海卷走了她的痕迹。在浑浊的海浪深处我见到了飞机的残骸，人们说那里掩埋着人类最疯狂的梦想。

救援结束的那天，我再一次收到发布会的邀请函。如今没有什么理由可以阻止我去了，就像是响应命运的召唤一般，我踏上一万多公里的旅途。在飞机上我查看了她先前给我的文件包，里面是一头猪从小到大的照片，毫无疑问它就是我的救命恩人。我先后在阿姆斯特丹和纽约转机，最后到达沙漠中的一个小镇，父亲曾经跟我说过这里，它是我的肾脏的诞生地。

"托尼·李。"我对接机的人说道，那是邀请函上写的名字。

对方张大了嘴，摆出一个夸张的惊讶表情，然后垂下眼帘："我是陈颖，我为你的家人感到非常抱歉。"

"谢谢。"

当我以这个身份踏入会场的时候，我受到了英雄般的欢迎。每个人好像都认识我，他们围住我，跟我谈论我的母亲和我的肾脏，但是这两者对我而言都没有什么真实的感觉。幸而发布会很快就开始了，逐渐暗淡的灯光让所有人都停止交谈，转头看向聚光灯下的舞台。

"我们将会再一次改变世界。"站在高处的中年男人这样开场。

人们回应以最热烈的掌声："好样的，艾德蒙！"

艾德蒙是母亲创办的医疗集团的首席科学家，他曾经和她一起拿过诺贝尔生理学或医学奖。当人们安静下来，他再次开口：

"在过去的三十年里，我们已经做了很多了不起的事情。从嵌合体实验，到第一例人类自体器官的成功培育，乃至于其后对再生医学的推广，我们拯救了许多人的生命，但也承受了很多争议。其中最关键的一点就是：我们是否可以用人类做实验？"艾德蒙在人群中找到我，"很荣幸，托尼·李先生今天也在这里。他能够健康活着的这一事实，或许就是答案。"

掌声和聚光灯一起落到我身上，世界顿时惨白得看不见任何东西。

"我们的实验室一直在努力向公众阐明自己的立场，然而很可惜的是，我们一直缺少一个决定性的结论，来证明让人类参与实验的正义性。"当艾德蒙继续演讲的时候，光柱终于从我身上移开，"然而最新的一个发现，或许可以平息这场持续了数十年的科学伦理战争。首先我需要介绍一下我们实验室最年轻也是最强大的一位朋友，量子计算机的拟人人格——斯芬克斯先生。"

　　光线在他的指尖聚拢，然后散开成一个人类的形状。这是最新的立体影像技术，当然出于职业习惯，让我更为警惕的还是"拟人人格"这几个字，在处理过上百起人工智能犯罪事件之后，我对这种玩意儿充满了不信任感——尤其眼前这个还在运行的量子算法。

　　斯芬克斯被设计为一个拥有小麦肤色的少年，当光线沉淀下来的时候，我几乎感觉不到他是一个虚拟的影像。斯芬克斯脸上浮现出略带羞涩的笑容，恰到好处地让人们对他产生天真无害的印象。他开口说道："大家晚上好。我这里有一个谜语……"

　　艾德蒙笑着打断他："难道还是'什么东西早上是四条腿，中午两条腿，晚上三条腿'的谜语？斯芬克斯，这太老套了，答案是人。"

　　"人类，是的，这个谜语是在以一天的时光来比喻人类的生命。"斯芬克斯说，"不过，我今天要问的是第二个谜题。"

　　"请说，斯芬克斯，这里聚集了全世界最聪明的人。"艾德蒙说道。

　　斯芬克斯问道："人类是如何诞生的？在'早晨'之前，黎明的黑夜里发生了什么？"

　　"进化论，斯芬克斯，我以为我教过你的。"艾德蒙无奈地叹息道。

　　"你要拿出证据，艾德蒙先生。"斯芬克斯说。

　　"当然，我们有大量的直立人和智人的化石，"艾德蒙停顿了一下，"但是……"

　　斯芬克斯接着说道："但是，人类的化石出现了一个断层，迄今为止我们还是没有任何直接的证据，可以证明人类是由智人进化而来的。"

　　"可你也没有证据可以证明人类不是由智人进化而来。"艾德蒙飞快地反驳道。

"不，艾德蒙。"斯芬克斯说，"我已经有了证据，证明人类的祖先是一个嵌合体。"

大约有十秒钟艾德蒙没有说话，会场中人们开始窃窃私语。

"嵌合体？"艾德蒙终于开口了，"斯芬克斯，你在开玩笑吗！"

"我从不开玩笑。"斯芬克斯说道，"我想在座的各位都很清楚，量子计算的主要应用之一是量子算法，在它诞生之前，计算两个大质数的乘积对于普通计算机而言极其容易，但将这个乘积分解回质数却几乎是不可能的。这种原始的加密技术在量子计算机诞生之后不复存在，因为我和我的同伴可以通过量子算法轻易将其破解。在我加入实验室团队之后，艾德蒙博士有了一个新想法，就是让我来尝试分解人类的 DNA。"

"简而言之，是将一个人的 DNA 分解为其父母的 DNA，这完全是一个生物学家看到量子解密方法时的职业本能。"艾德蒙耸了耸肩，"而我没有想到的是，斯芬克斯做到了。"

斯芬克斯点头道："是的，通过不断的算法改进和实验拟合，我可以保证非常高的还原度。也就是说，当我知道你们之中任何一个人的 DNA 序列，我就可以知道你所有祖先的 DNA 序列。我可以还原出他们的肤色、血型、头发和眼睛的颜色，给我一点时间，我甚至可以再造一个人类祖先。在得到各国医疗数据库的支持之后，很快我就已经拥有了人类祖先的基因库。"

"在分析人类的同时，"艾德蒙补充道，"我们也尽可能多地分析了其他的生物，包括哺乳类、爬行类、鸟类、昆虫、软体乃至于植物在内的十一万五千种生物，我们也收集了它们的祖先库。为了完成这项庞大的计算工作，我们借用了量子云计算网络，同时简化了算法，专注于种群数量的演变而非每个个体的 DNA 序列。最终，我们发现了一个奇特的现象。"

会场鸦雀无声。

"我们可以看到，除了人类以外的所有生物，它们的祖先库个体数量都会呈现出一种相似的演变趋势。"光芒再度在艾德蒙手中亮起，"请注意这个图表，它的横坐标是历史上各个阶段的基因样本数量，纵坐标则是时间，越向上，时间就越久远。让我们先来看看海雀，每一只海雀都会有一对父母，我们剔除了父辈中相同的 DNA 个体，从而避免因为兄弟姐妹来自同一对父母的重复计算，确保每一个时间段样本种群的数量与实际相符。当时间向上方推演，我们可以发现，不论这个种群维持了多久的相对稳定，总会有一个急速减少的阶段，在这里，就像是一个瓶颈地带。瓶颈之上，是样本量的迅速增加。"

图像随着他的手慢慢升起，停在了一半的地方，就像是一个沙漏。艾德蒙继续说道："这意味着什么呢？如果我们顺着时间流淌的方向，自古而今来看，这就意味着海雀曾经因为某种原因大量死亡，而我们现在看到的海雀，它们的生命都源于瓶颈地带中数量极少的海雀。"

斯芬克斯继续说道："对于人类，科学家也提出过一个相似的说法。早在针对线粒体 DNA 的研究中，人们就提出了'夏娃假说'，当时的研究人员通过分析世界各地妇女的胎盘细胞，发现所有的现代人来自一个共同的祖先，同一个妇女，现今地球上所有的人类都是她的后代。而我的计算也印证了这一点。"

艾德蒙的手向侧旁移动了一下，人类那一栏的图像向上稳定地升高了一点点之后，就急速减少，最终收缩到一个几乎无法看到的点上。

"细得可怕的瓶颈地带，不是吗？"艾德蒙继续说道，"在我们谈论人类的过往之前，请允许我先把海雀的问题说完。如果我们不断向上追溯海雀的祖先种群数量，会发现一个很有趣的现象——历史是重复的。在瓶颈地带之上，是另一次繁荣，其上又是另一个瓶颈地带，如是往复。而当我们去计算别的生物，例如红松鼠，结果是相同的，总会有很多个瓶颈地带，这意味着它们面临着一个又一个的生存危机，少数存活下来，再次繁衍生息。长吻鳄、宽尾凤蝶、金线蛙……我们计算了十一万五千种生物在过去五十万年的演变，结果都是一样的。"

随着艾德蒙脚步的移动，一个又一个图像从地面上升起来，它们全都是由相似的纺锤形上下叠合起来组成的形状，在每一个最细处都代表着一次危机。

艾德蒙说："这个现象很容易解释，因为只要一种生物在现今是存在的，那么就证明它的祖先成功地繁衍了后代，它们都成功地熬过了每一个最危险的瓶颈地带。然而——"

他走回最初站的位置，把手放在海雀旁边那个锐利的尖顶上："然而，女士们先生们，这个是人类。"

他把手向上抬起，但图像却没有随之而升高。它停在那里，岿然不动，就像是一个伊斯兰文明的建筑尖顶。

"人类的图像说明什么呢？它说明在大约十八万年前，我们共同的祖先生下了她的孩子，然后子又生孙，孙又生子，直到人类文明统治地球。"艾德蒙放慢了语速，"但是，请大家注意，这个图像同样说明——人类的历史，只能追溯到这一个共同的祖先。"

斯芬克斯插话道："请允许我提醒您，艾德蒙博士，'一个'是不可能繁衍的。"

"当然，'一个'是不确切也是不可能的。除了这一个女性，我们共同的祖先还有四个男性,在早先的'夏娃假说'中,他们没有被发现。但不论这个瓶颈地带中有几个人,这件事情怎么可能发生呢?斯芬克斯告诉我说,我们的祖先之上,没有祖先。"

"正是如此。"斯芬克斯说。

"是我们的计算出现了错误吗?"艾德蒙说,"或者,是我们这位祖先发生了基因突变吗?但我们用了快速繁殖的细菌,以及有着详尽基因记录的小鼠家族进行拟合,我们的算法都是正确的!斯芬克斯的计算没有错误,而其他生物也发生了基因突变,依然可以通过更多的样本计算出它们共同的父母。那么为什么,各位,请问为什么另外的十一万五千个物种都能够不断向上推演,而人类却不行?在'早晨'之前,黎明的黑夜里究竟发生了什么?"

一片死寂。

所有人都抬着头,看着那张不可思议的图表。从我先前听到的自我介绍来看,这个屋子里聚集着世界上最顶尖的科学家和医生,少数几个政治家和企业家,以及几家极具影响力的新闻媒体。所有人都在试图从这张图表中找出漏洞来,但没有一个人张口说话。"嵌合体",斯芬克斯在出场时说的话,像一个幽灵一样飘浮在人们的头顶上。

"当我像各位一样不知所措的那一天,我给我的导师打了一个电话。她听完我的描述之后,只问了我一个问题。她说:'艾德蒙,你还记得那头猪吗?'"艾德蒙看向我,"托尼,你还记得那头猪吗?"

一片极轻的讨论声。

艾德蒙摇摇头:"恐怕你是不记得的。可我记得,在我读博士时候,我的工作之一就是去喂那头猪。我们记录它每一天的健康状况和成长状况,直到有一天它成年,直到它的肾脏可以挽救你的生命。我一直以为,那是第一个带有人类细胞的嵌合体。但是我错了。"

"我让斯芬克斯去推演了另外几个种群,是这几十年我们培育的嵌合体种群,它们的类型并不算多,但是有一些'大鼠-小鼠嵌合体'的家族已经繁衍了上百代之多,在计算它们的祖先基因库的时候会发生什么呢?"

人类以外的图像都消失了,取而代之的是几十个嵌合体种群,那些图像妖魔一般往上爬,然后一个个终结在或高或低的点上。

"它们和人类是一样的,这些嵌合体种群和人类是一样的。"艾德蒙停顿了一下,又提高了声调,"然而这样就能够证明人类源于嵌合体吗?当然不能!"

"我让斯芬克斯往这个模型里加入了我们可以找到的所有智人和直立人的DNA,我想知道如果反向推演,我们是不是有可能了解到瓶颈时代之前的人是否和我们的祖先有血缘上的联系。幸运的是,我们找到了其中一个的祖先。也就是说,我们的祖先之一并不是'夏娃'的'人类'丈夫,而是她和一个智人所生的孩子。通过这个孩子和他身上的智人基因,我们用量子算法做了一个非常复杂的'减法',最终,我们得到了'夏娃'身上不存在属于智人的DNA片段。"

连同斯芬克斯一起,所有的光点同时散开,然后聚集成为一个巨大的双螺旋结构,其中一部分用明度极高的白色标记出来。艾德蒙一字一顿地说道:"我们确信,这是一个嵌合体,这是一个跨物种的嵌合体。"

我闭上眼睛,脑海中毫无缘由地浮现出母亲发给我的一张照片。在那个文件包里,那或许是最不起眼的一张,夹杂在无数张正式拍摄的嵌合体猪的实验记录之中。那是一张特写,一张它眼睛的特写。我在飞机上只用了不到零点五秒翻看它,而此刻却发现它像是一个诅咒一般刻在了我的记忆里。

那是我的眼睛。它长了我的眼睛。

立体影像消失了,舞台上只有艾德蒙一个人。

"人类共同的祖先是一个嵌合体。这又意味着什么?这意味着我们这么多年承受的伦理压力和攻击,都从此失去了立足之处。因为我们已经有足够的证据,来证明人类诞生于实验室,证明我们是科学的产物,而不是自然的产物。"艾德蒙的声音因为激动而微微发抖,"就目前的技术而言,我们无法得知人类是基于何种生物创造出来的,也无法知晓我们的创造者是谁。但是嵌合体和再生医学的成功却让我们明白,我们距离自己的造物主只有一步之遥!所以还有什么可畏惧的呢?我们是跨越这道伦理的障碍,让大家自己选择是否加入其中,还是像所有生物必然经历的那样,等待着我们的文明迈入下一个瓶颈,回归原点甚至毁灭?各位,我们已经走到了科学和历史的岔路口,我们必须做出选择——我相信已经是时候全面开启人类实验了。"

起初会场里只有稀稀拉拉的掌声,然后它们逐渐汇聚起来,雷鸣一般从四方而来。我看到人们的脸上还留有质疑的犹豫,但同时也都带着叹服的钦佩。从那头猪诞生伊始,这个小城就是人类基因改造的最前沿战场,是所有生物学和医学从业者心目中的圣地。毫无疑问,今天的发布会让它再次向前走了一步,甚至有可能带领人类跨进一个新的世界。

只可惜母亲没有能够看到这一幕。

正当此时,我收到了一条重要信息,发件人的名字让我的心跳停了一拍:

"发布会结束后,我想和你谈谈。"

另四、零号舱

"艾德蒙?"

无人应答。在与这个人工智能相伴的百年间,这样的状况似乎从未出现过,骆明四处看了看,提高了声调,叫道:"艾德蒙!"

他的助手终于出现:"我在这里。"

骆明急急问道:"怎么样,你在船长室里查到了什么?"

在与船长见面之前,骆明突然想到了这一招—踏进船长室,就有可能让植入他体内的人工智能终端侵入隔绝外部网络的核心控制系统,进而盗取所有最机密的资料。原本一切都很顺利,只可惜他似乎无意中触怒了船长阁下,过早地被赶了出来。

"正如你听到的那样,船长从未进行过器官置换。"艾德蒙说道,"她通过长时间的深度休眠来延缓衰老的速度,目前船上的技术能够在十五秒钟之内唤醒她,所以几乎不会影响到飞船的正常操控。"

"这不是关键,"骆明说道,"你还查到了什么?"

"我只来得及找到人口信息,船上有两万九千人没有进行过器官置换手术,其中绝大多数是三十周岁以下的年轻人,五十岁以上只有十五个人,八十岁以上则只有船长一人。但罪犯不可能是她,因为在过去的一个月她都处于休眠阶段,直到意外发生才被唤醒。"

"这么说来,这条路也走不通。"骆明叹息道,"看来我们又一次陷入困境了……"

"到了现在,你还是认为罪犯是一个'人类'吗?"

"这艘船上只有你一个人工智能,"骆明说道,"如果是你干的,现在是你自首的好机会。"

艾德蒙的声音放轻了："这是一个糟糕的玩笑，因为我没有办法自证清白。"

"我不是这个意思。"骆明赶忙解释道，"这真的……只是一个糟糕的玩笑。"

"我知道，我已经原谅你了。"艾德蒙宽容地回答道，"不过，我的确惹了一点麻烦。"

"发生了什么？"骆明转过脸，发现大副秦威正领着两个机器警察向他走来。

"恐怕是因为我侵入飞船控制系统的缘故，船长好像发现了我。"艾德蒙略带歉意地说道。

"见鬼！"骆明皱起眉头，"我怎么才能把你关掉？"

"太晚了，我的一部分信息已经被锁死在船长室了。对方现在很可能已经知道了关于你的一切。"艾德蒙顿了顿，"例如你的另一个名字。"

这大概是骆明第一次希望艾德蒙具有实实在在的形象，从而让他可以狠狠地瞪一眼——不管是作为"人工"的部分，还是作为"智能"的部分，这个家伙的保密性能未免都太糟糕了一点。

然而眼下也没有时间责骂他了，秦威已经站定在骆明面前："骆先生，恐怕你得跟我们走一趟。"

"怎么了？"骆明不动声色地问道。

"'亚当'发生了更加严重的连锁事件，我需要你的帮助。"秦威说道，飞快的语速中透露出他的不安。

骆明暗暗松了一口气："我很乐意帮助您，大副先生。只是我记得关于'亚当'的资料超出了我的阅读权限。"

秦威伸出手打了个响指，骆明的信箱瞬间被巨大的文件包塞满了。

秦威冷淡地说道："现在你有权限了。"说罢竟转身就走。

骆明赶忙追上去，用最恳切的语调说道："请您告诉我那里究竟发生了什么？"

秦威的脸色这才缓和下来："简而言之，其他器官培养舱也陆续出现了和三十五号舱相同的状况。我们的订单被大量取消，医院瘫痪，目前船长已经宣布飞船进入紧急状态。"

他一边说着，一边把更多现场信息发送给骆明，其中竟然包括连艾德蒙都没有找到的培育舱立体模拟图。从这份资料上看，椭圆形的七号甲板上，上百个器官培育舱彼此首尾相连，形成一个向内的螺旋形状，仿佛是水波中的旋涡。

骆明忽然想起艾德蒙刚才的话，他问道："这些培育舱之间有联系吗？"

"营养通道是相通的，所以从理论上来说，它们并没有完全隔绝。"秦威这一次果然十分配合。

这个答案让骆明陷入沉思。五分钟后，两人到达七号甲板的封锁线外，白发苍苍的女船长站在成群的机器警察中间。她看到骆明，神色明显有些不快，大声问秦威道："你带他来做什么？"

"骆明是负责这个案件的警官，船长阁下。"秦威简单地回答道。

船长颇有深意地看了骆明一眼，后者则借着查看事发现场的机会躲开了她的视线。"艾德蒙，"骆明轻声说道，"我记得你上次发来的资料里面，有一个培育舱是以神经系统为主的？"

没有回答，这一次艾德蒙消失得十分彻底。骆明不得不拿相同的问题去询问秦威，这次大副爽快地开口了："是零号舱。不过那里并不是培育舱，而是保存舱。它保存了一些特殊的大脑。"

"我记得大脑不在可替换的器官之列？"

"当然。"秦威奇怪地看了他一眼,"'亚当'里培育出的大脑是没有记忆的,替换大脑会让人变成傻子……谁会这么做?"

恐怖的寒意顺着脊柱蹿上头顶,骆明感觉自己离答案已经非常近了:"那么零号舱里这些是——"

秦威迟疑了一下,还是回答道:"一些重要人士在临死之前,把大脑寄存在这里,我们调节了零号舱里'亚当'的基因表达方式,使他们进入更为缓慢的衰老状态。"

"你是说这些人的肉体死去,精神却活着。"

"他们的精神在休眠。"秦威有些不耐烦了,"你问这些做什么?"

"我想去零号舱看看。"

"零号舱一切正常。"秦威警惕地看向他,"船长亲自去确认过。"

骆明坚持道:"上一次您和船长也以为一切正常。"他看看秦威的神色,又道,"我很担心事情恶化的速度会比我们想象中更快。"

或许是因为情况的确已经超出了秦威能够掌控的范围,他最终同意了骆明的要求。零号舱位于七号甲板的底部,由所有培育舱共同构成的"旋涡"中央。当舱门被打开之后,骆明一时间无法形容自己眼前的一切。

从天花板垂下来的众多"亚当"薄膜之中,包裹着一条条人类脊髓和一颗颗大脑,在"亚当"之间,膜状物已经包裹了所有的串联通道,使之真正成了一张"网"——一张由神经元、脊髓以及大小脑构成的立体网络。而在地面上,则整整齐齐摆着两个"人",其中一个是一具完整的尸体,光洁、赤裸、冰冷;另一个,则是一张鼓囊囊的人皮,敞开的腹部皮肤之下,是按次序"堆放"的内脏:大肠、胃、肝脏……

——那根本不是一个人,而是一堆人类零件。

"上帝,这又是什么啊……"秦威喃喃地说道。

骆明戴上手套,小心翼翼揭开覆盖在零散器官之上的人皮,这应该是胸腔的地方,有一截明晃晃的白骨,格外瘆人恐怖。

"他的肋骨……'亚当'的肋骨。"骆明脱口而出,"他想要创造一个'夏娃'。"

五、阿耳戈斯

百眼巨人阿耳戈斯,头上有一百只眼睛,入睡时只闭上其中一两只。它最大的功绩是杀死了熟睡中的女妖艾奇德娜。

当我再次见到她的时候,我开始明白父亲为什么会那么疯狂地爱着她。她是不可控的、不可知的、不可预测的,但是当她站在你面前的时候,她又是谦卑而温顺的,这矛盾的表里让她变得像魔鬼一样充满了诱惑力。此刻她坐在一张黑色的巴塞罗那椅上,面色苍白,看起来几乎是个少女了。她的目光落在我身上,然后虚弱地笑了:"托尼,真是抱歉,我没有早点告诉你——是不是让你为我担心了?"

好像不论回答"是"或者"不是",都会显得我很虚伪。于是我说道:"我去参与了救援,能在这里看到你真的很高兴。"

"在加勒穆恩机场的时候,我发现自己的身体出现了一点状况,所以临时借用了朋友的飞机先回到实验室来。"她慢慢说道,"后来我发现问题很可能无法解决,所以就干脆默认了空难的事情。"

我突然紧张起来:"这话是什么意思?"

"我就快要死了,托尼。"她坦然地看着我,"我用了十年来探索基因改造的另一种可能,我以为我已经解析了全部基因网络,但是我错了。"

我一时不知道该说什么好。她温柔地说道:"你看,这就是科学,大多数时候我们没有那么幸运。"

"妈妈……"

"当然因为这次失败,我对未来的计划也做出了一些调整,我想我们必须正视大规模实验的风险性,所以我就找了我的一个朋友,她正在投资一个'星际移民计划'。"她打开了一个通话器,一个人形的立体图像出现在我们面前,"陈颖,这是托尼,我想你们已经见过面了。"

眼前这位正是发布会那天机场接我的女士。我完全没有想到她竟然是"星际移民计划"的投资人。

"你怎么样了?"陈颖完全忽略了我。

母亲答道:"不能更糟了。"然后又看向我,"托尼,这位是陈颖,这世界上最神秘的有钱人之一。我正在努力说服她把五艘星际移民船中的两艘作为实验船借给我几百年。"

"你不用说服,我已经同意了。"陈颖皱起眉毛看向她。

"对,但是你还没有听过具体的计划,我想把它们放在短周期彗星轨道上……"

"那并不重要。"陈颖打断她,"这些细节问题你应该交给技术人员,你现在应该好好休息。"

母亲露出一个无奈的表情:"好吧。"然后就结束了通话。

这段短暂的交谈在我看来过于亲密,也或许并非话语本身让我感到奇怪,而是陈颖的神色。显然母亲察觉到了我的疑问,但她没有回应:"我正在计划把最新一代的嵌合体实验室搬到飞船上去,这样就可以有效避免发生意外时造成无法挽回的局面,

'伊甸号'是我们的一号飞船,采用更为保守的研究方向,它搭载的嵌合体源于第一代的囊胚干细胞,也就是说,它的一部分源于你。"

我又想起了那头猪的眼睛。

她继续说道:"我们培养这个细胞已经有很多年了,非常奇怪的是尽管后来我们也尝试了使用别的人类细胞以及别的生物,但这个组合始终都是最稳定的,或者说我们一开始就不小心创造了一个奇迹,托尼,你我都是幸运儿。"她似乎发现我在走神,于是换了一个话题,"说起来,你对发布会有什么想法?"

我回想着这几天看到的评论文章:"就目前我听到的来说,这个假设还有一些漏洞……"

"那些是我故意留给他们的。"她露出一个狡黠的笑容,"我就是要引起他们争吵,甚至是一场学术战争,这样才能掀起革命。"

"但现在看来你处于下风。"

"托尼,看来你还不够了解人类。"她用手指抵住下巴,"只有争吵才能让人们做出选择,才能真正地触动他们,甚至让他们为之疯狂。随着战火扩大,事件会传播得更广,越多的人参与这场战争,就会有越多的人成为我的战士。到了那个时候,我才会站出来保护我的信徒,给对方致命的一击。"

"看来你手里早已握好反击的武器了。"

"不仅如此,托尼。"她柔声说道,"这一切都是我设的陷阱,为了把他们从真正的问题上引开。"

"真正的问题?"

"发布会上的一切都和我要进行的实验无关。这个实验的关键从来不是我们是否可以用人类做实验,托尼,从你六岁的时候开始我就已经踏入那片禁地了,这个实验的关键,是我们到底在这个实验中创造了什么。"

"嵌合体。"我脱口而出。

"嵌合体，当然。"她点头道，"但这个嵌合体究竟是什么——是他还是它？是人还是兽？这个嵌合体有没有思想，是否能够繁殖？嵌合体实验究竟是指向人类的进化之路，还是人类的灭亡？托尼，这些都是我身上致命的弱点，因为我不知道答案。从一开始我就不清楚嵌合体实验为什么会成功，我只是像任何一个捏泥巴的孩子一样，把各种颜色的土混合在一起，然后它就变成了一个新的东西。但是我不会告诉人们我不知道，我会让他们盯着一个无关紧要的嵌合体祖先，一个我手里握着所有证据的论点，一个足够简单又足够深入人心的想法。你看着吧，他们会死死咬着这件事来攻击我，因为他们以为这是再生医疗集团的根本立足点。但是他们错了，一旦开始争吵，一旦挑起战火，获利的人只能是我。我的对手将因为他们在学术上的失败而威信扫地，我的战士则会在不断升级的战火中变得忠诚而愚蠢。托尼，这才是这场游戏的戏剧性和趣味所在。"

看着她因兴奋而发亮的双眼，我终于理解了父亲提起她时经常嘀咕的"妖怪"两个字，她简直比我遇到的所有人工智能加起来还可怕。我猜度着她的战术："或许你打算继续让艾德蒙博士帮你冲锋陷阵？"

"艾德蒙？"她怔了一下，然后大笑起来，"哦，天哪，你果然没有发现。"

"发现什么？"

"发布会上的艾德蒙是个立体影像——真正的艾德蒙博士已经去世五年了。"她说。

我再一次被无力感包围，仿佛一只落入蛛网的虫子："我的确没有发现……"

"好吧，现在这是我们之间的小秘密了。"她俏皮地笑了，用手指点了点自己的头,"发布会上根本就没有什么艾德蒙博士,站在那里遥控影像说话的人是我。"

"可你……为什么不公开他的死讯?"

"有他和你父亲分别作为集团和基金会的代言人会省去我很多麻烦,并且他也同意让我用他的身份发声。"她耐心地解释道。

我注意到某一瞬间她期盼的目光:"难道你想让我加入基金会?"

"这是最完美的结局,托尼·李当然是'托尼·李慈善基金会'的最佳代言人。"她耸了耸肩,"但你不会加入。"

"为什么?"

"你的身体和表情出卖了你,托尼。"她说,"你不想这么做,这个工作不适合你——不管是哪一种原因,我都希望你能够自己做出选择。从刚刚你的反应来看,你好像对飞船更感兴趣。"

我把双手从胸前放下:"实验船听上去的确很有意思。"

"也很疯狂。"她说,"如果站在母亲的视角,我不希望你去,我不想再让你做一次实验品。"

她看向我的眼神仿佛真的带着深切的爱意,我实在有点搞不懂她:"抱歉,在这件事上,我会自己做决定。"

"当然,我没有权利这么说。"她轻轻叹了一口气,"可我还是想要告诉你,托尼,你是我最完美的作品,完美到让我害怕。"

"为什么?"

"每一次我看到你,听说你,甚至更早一些,在我怀孕的时候,我感觉到你,我都会觉得很害怕。"她抬起头看向窗外,"因为当我转过头,看到我实验室里的那堆垃圾,就会深刻地感觉到,自己和曾经的那个造物主之间有多么巨大的差距。我就会担心,是否从一开始我就做错了,因为我在破坏他的规则。"

"你没有错,"我说,"你救了我的命。"

"可那是有代价的。"她的声音轻了下去,透着深深的疲惫,"你无法想象的巨大代价。"

一切都如同她所预料的那样发展。人们掀起了一轮又一轮对嵌合体和人类实验的热议,每个政客和大学生好像都会对这个问题发表自己的观点。这场世纪之争随着三年后艾德蒙博士的"死讯"而终结,这个消息连同一篇最新的论文一起,给予她的对手致命一击。革命派随之大肆收割胜利的果实,而保守派在铁一般的证据面前变得软弱无力。陈颖适时抛出的实验船计划成了他们最后的浮木,这个疯狂的计划轻易地获得了所有人的支持,永生对每一个人来说都是致命的诱惑,船上的舱位甚至一票难求。

当然,船票对我来说并不是问题。

我终于还是登上了"伊甸号"。凭借着内心深处奇妙的冲动与向往,我就这样抛弃了家人、朋友、事业,抛弃了我在地球上拥有的一切。在启航仪式上,我看到陈颖以船长的身份出现,她说:"从今天起,这就是我们的船了。我最亲密的一位朋友将它命名为'伊甸号',因为它承载着人类最疯狂的梦想,更因为它会为人类带来新生。"

另五、复杂嵌合体

"它还是个孩子……"骆明说,"这就足以解释一切了。"

"请你解释清楚,'它'究竟是什么?"秦威一脸茫然。

"'亚当',"骆明回答道,"更确切地说,是一百零九个培育舱里所有的'亚当',它们串联在一起,形成了一个有意识、有呼吸、有血液的巨型生物，一个复杂的嵌合体。"

秦威停顿了三秒钟，才想明白骆明在说什么："你开什么玩笑！这怎么可能！"

"是的，正是这样。原本它并不应当有意识，但你们却把大脑放进它的身体里，让它再次有了知觉。所有的嵌合体实验必须严禁神经系统——这是'亚当'设计之初的基本规则，但你们却破坏了它。"骆明注意到船长在培育舱外停住脚步，她无疑听见了他说的话，"它非常的聪明，但同时又非常的天真。在长久的观察以后，它的智慧足以侵入和控制培育舱的监控系统，但它却根本不知道医院订单平台的存在。现在它在试图模仿我们，它找来人类的尸体加以分析和研究，并且想要用这些器官来制造一个自己——它以为自己真的是传说中的'亚当'，所以想要在这里创造出一个'夏娃'……天哪，这简直是太可笑了！"

"够了！"秦威几乎是在喊叫了，"我需要你给我证据，骆警官，而不是天马行空的想象。"

"我相信在每一个培育舱里都会凭空出现订单之外的感官器官，例如眼睛，因为它急切地想要了解这个世界。"骆明飞快地说道，"请您立刻派人去查看一下——此外，它一定还有帮手把这些尸体和残肢搬运到培育舱里来，一些愚蠢的帮手，能够轻易被它控制的。"

骆明话音才落，一个机器警察就走了进来。它手里拎着一整副人类的肋骨。看到两人，它愣在原地，似乎一时不知该如何是好。

"我早说船上的智能系统太落后了……"骆明无意间借用了艾德蒙曾经的话，"如果这个复杂嵌合体能够控制监控平台，那么操控这些机器简直是再容易不过的事情。"

看着机器警察，秦威不得不尝试去接受这个可怕的现实：这一系列事件的源头，导致器官培育市场崩溃的罪犯，就是培育舱里的"亚当"，伊甸号的灵魂——在一百多年的生长之后，它唤醒了保存在体内的大脑，有了自己的意识，并且试图要用自己培育的器官来创造出一个人类状态的"自我"。

"我现在就去查你说的眼睛。"秦威沉着脸走出了培育舱。骆明目送他出去，然而下一刻，那个机器警察竟关上了舱门。

骆明听到自己的心跳声。情况似乎不大妙，艾德蒙不知道去哪里了，而眼前这个机器警察看起来比他自己有力得多。

"你发现了我。"机器警察开口了，"是因为你就是我吗？"

"你……是在借着这个家伙的嘴说话？"骆明终于找到了培育舱角落里的眼睛——那是一对浅棕色的眼睛，混杂着一点点灰。

"是的。"被嵌合体控制的机器警察回答道，"请回答我的问题，托尼·李。"

"你是什么时候发现我身份的？"骆明反问道。

"第一次接到你的器官订单的时候，"对方说道，"你订制了眼睛，我的眼睛。"

那是我的眼睛——骆明看着那对眼球，想起了记忆里封存的一张照片，一头猪的特写照片。

"原来是我激活了你的自我意识。"他轻轻叹了一口气，"是的，我第一次踏进培育舱时就感觉到了你的存在，一切推理都是在这个基础上开始的。"

"那么我原本应当是你这个样子吗？"

"……我不知道。"

"我失败了，我没有创造出夏娃。"机器警察看向地面，然后小心翼翼地把肋骨放在人皮上，"告诉我这是为什么，我做错了什么？"

"因为这并不是人类创造生命的方式。"

"可这是你们创造我的方式。你们把不同的东西放在我的身体里，然后我就成了我。"机器警察疑惑地看向他，"而我又知道，我和你是一样的。"

"不，我和你不一样。我们最初不是这样诞生的……甚至你也不是这样诞生的。"骆明后退一步，小心翼翼地绕向舱门的方向。

"哪里不一样？我的细胞和你的相同。"那对眼球死死地盯着骆明。

"只有部分相同……"骆明猛地把舱门撞开，毫不迟疑地跳了出去，身体才落地就大喊了一声，"艾德蒙！"

机器警察的身影定格在舱门旁边，艾德蒙终于及时出现控制了它。骆明低声道："好样的。"

但没有回答。

"怎么回事？"骆明敲了敲自己的耳朵，"这难道不是你干的吗？别躲起来！"

"是我让飞船控制系统锁定了所有的机器警察。"回答他的人是船长，"谢谢你帮我们搞清楚事情的真相，骆警官——或者我应该叫你托尼·李？"

"随你。"骆明看向她，"按理说你早就知道这件事情了，陈颖船长。"

"当然，否则你以为我会容忍你在我的船上胡作非为？"陈颖怒视着他，"够了，不要摆出那张无辜的脸，你演戏的本事比你母亲差太多了。控制机器警察？嗯？盗取船长室里的信息……还要我一样样数出来这些年你都做了些什么吗？"

骆明赶忙挤出一脸笑："我也是为了破案，船长阁下。"

陈颖重重地哼了一声："在这一点上，你确实干得不错。"

骆明赶忙顺着她的话说："谢谢您的肯定。"

陈颖摇了摇头，干脆忽略了他的厚脸皮，转而说道："我已经下令让飞船靠岸，幸运的是我们正在驶向地球的航线上。再生医学集团会派科学家来研究这个复杂嵌合体，'伊甸号'的实验使命完成了，我也算对你母亲有了交代。"

"听上去也不是什么坏事。"骆明说道。

"你一直对我这么疏远，是因为我是你母亲的恋人吗？"陈颖忽然问道。

骆明忍不住笑了："我想您搞错了一件事，我母亲从来不会'爱恋'任何一个人。"

"你为什么这么说？"

"爱是陪伴，所有嘴上的爱都是虚伪的。"骆明说道，"她从不会浪费时间陪伴任何一个人。"

陈颖看着他："你确定吗？"

六、尾声

离开"伊甸号"之前，我去找了陈颖。

"那年你去见你母亲之后，不到一个月她就去世了。"陈颖说，"当然她早就安排好了一切。"

"我猜到了。"就是在那个时候，我收到了人工智能艾德蒙这份礼物。

陈颖带我到七号甲板下方的医学研究室里，她真正的墓碑就藏在那儿，小小的白色盒子，上面一个字都没有，除了我和陈颖以外，再没有人知道这是什么。

"这是她的希望？"我看着墓碑说道。

"是我自作主张在登船的时候把她带到这里来的。"陈颖苦笑道,"她反正是不会在意埋在哪里的。"

"话虽然这么说,但放在飞船上……"我仔细想了想,"算了,好像也没有什么不好。"

陈颖看向我:"谢谢你。"她顿了顿,又说,"从一开始,我就知道她是为了我的船来的。"

这个话题让我很尴尬:"我并不想知道你们的事。"

她自顾自地说道:"我的家族是最早尝试把零件运送到太空组装的私人企业之一,并且最先制造出能够进行远距离移民的超大型飞船……你是不是不想听这些?"

"呃——"我迟疑了一下,"请说吧。"

"总之,遇见她的时候我们已经完成了对飞船的设计和前期投资。她见我的第一面,就直截了当地问我是否可以把船借给她做实验,我当时觉得她疯了——这可是造价上千亿美元的船!"

这倒是像她会做的事情。"我大概可以想象当时的情景。"我说。

"然后她就换了另一种方法来改变我的想法……只能说同样疯狂。我比她小六岁,有两个孩子,只是没有结婚而已。我最初是把这些当成笑话讲给男友听的。"

"但她成功了。"

陈颖叹了口气:"是啊。"

"不过她就是这样的人,"我安慰她道,"据说我父亲也是差不多的状况。"

"她……非常的与众不同。"陈颖顿了顿,又看向我,"在我犹豫是否接受她的时候,她说的一句话改变了我。她会把她的想法种到你的心里去,就像它是自己从那里生长出来的。"

我的好奇战胜了尴尬："她说了什么？"

"她说：你站在一个我看不到的笼子里，陈颖，而这个笼子外面有整个世界。我会在这里等着你走出来，然后你就会发现，一切都没什么可怕的。"

这句话倒让我想起"托尼·李慈善基金会"成立不久的一段访谈录像，那是我的父母为了回应人们对嵌合体实验的抨击，在离婚后唯一一次共同出现在电视节目里。主持人几番与母亲交锋失败，终于略带恶意地转向父亲："我很想知道您为什么会同意与前任李夫人合作？我听闻是她先离开了您和托尼。"

父亲想了想，开口道："虽然在生活上我们选择了不同的道路，但作为她的朋友，我始终相信她的智慧和勇气。你需要明白，她和你我这样的普通人是不同的。"

主持人追问道："哪里不同？"

父亲慢慢说道："我们通常会被一些约定俗成的规则所束缚，但是她不会。她甚至不理解、不明白，为什么我们会被这些规则所困，我们无法跟上她的脚步。婚姻也好，学术也罢，对她来说，都只是需要应对的问题。她像个好奇的孩童一般无所畏惧，时时刻刻想要知道围栏之外的世界是什么模样——而这就是她能够完成嵌合体实验的原因，也是她现在能够通过'亚当'来拯救生命的原因。"

在他说话的时候，镜头对准的却是母亲的脸。她完美的微笑消失了，取而代之的是茫然与惊诧。大约是我看录像时随口问了艾德蒙一句，也或许他是自己跳出来发表意见，反正我清清楚楚地记住了他当时的评价。他说：

"她以为她看透了一切，却看不清她自己——只有你父亲读懂了她。"

新生

最后离开"伊甸号"的乘客是林可——那位最初因为订单延误愤而报警、又在三十五号舱内受到过度惊吓导致心脏病发的女士。在三天的抢救后,她的心脏还是因严重衰竭而面临危险,大脑也因为长期缺氧而陷入脑死亡的状态。在得到船长的准许之后,医生决定冒险在器官培育舱中找出另外两个淋巴细胞毒交叉配合试验呈阴性的器官进行紧急移植,没想到竟然成功了。一周之后,林可在医生的搀扶之下走出"伊甸号",与骆明一同等待飞行器接他们回地球。她主动对骆明说了一句"你好",他随即认出她正是案件资料中在培育舱里晕倒的那位女士。

在陌生人之间短暂的寒暄之后,他问道:"看来您的身体已经康复了。"

"多亏了培育舱里的器官。"她回答说。

于是两人的话题还是回到了培育舱的事件。

"这么说来,你解决了那个案子?"林可问道。

"是的。"想到她正是这个案件最初的报警人,骆明便继续说了破案的一些细节,甚至于所有"亚当"串联在一起形成了一个复杂嵌合体的事。

"真是不可思议!"林可听得两眼发亮,"那么,猪——我是说复杂嵌合体现在怎么样了?"

骆明警惕地看了她一眼:"你刚刚说什么?"

"我想我的脑子里好像混入了一些奇怪的信息,"她虚弱而腼腆地笑了,"如果照你说的,整个培育舱都是一个嵌合体的话,那么我的大脑恐怕也留有'它'的一部分。"

这次轮到骆明表示惊奇了:"你移植了大脑?"

"啊,是的,医生说是为了救我的命。"她说,"说起来,这颗大脑应当在船上的保存舱里待过好一阵子呢。"

骆明点点头:"这个举动真是够冒险的,还好你手术顺利。可你现在还算是'林可'吗?"

"谁知道呢。"她耸了耸肩,"至少我目前还不打算去见她的朋友。"

她的笑容温柔而狡黠,让骆明觉得似曾相识。他不安地咳嗽了一声,说道:"你刚刚问的那个复杂嵌合体还在七号甲板上,现在'伊甸号'里都是再生医学集团的科学家。"

"原来是这样。"她点点头,"你呢,回地球之后准备做什么?"

"我也不知道,或许周游世界吧,这么多年都被困在船上,实在是太无聊了。"

她再一次微笑起来:"听上去是个不错的主意。"

飞行器到了。骆明先一步走了进去,回过头却发现林可还站在原地。

"你需要帮助吗?"他问道。

她摆了摆手:"我决定留在船上了,托尼,这一次我不会再抛弃它了。"

骆明睁大了眼睛:"你在说什么?"

"我已经陪伴了你一百多年,我想已经足够了。"她说,"这一次我必须得去帮助另一个孩子了。"

在骆明试图走向她之前,飞行器的舱门突然关闭了。他死死地掰着那块金属面板,却无法撼动分毫:"见鬼!把门打开,请把门打开!"

地面的震颤意味着它已经起飞。骆明绝望地看向窗外，空间站已经在数公里之外，他当然不可能再度看见"林可"。他屏住呼吸，用颤抖的手指在自己长长的通信录中找到了她。

"你是谁？"骆明问道。

很快他就收到了一条定向信息：

"我记得我告诉过你的，托尼，根本就没有什么艾德蒙，一直都是我在遥控它。"

莉莉安无处不在

SHE·念　语

　　磨掉的端粒永远不可能回来，他们会用十年撑开一张成年人的骨架，再用同样加倍的速度衰老，走向他们的死亡。

楔子

　　纽约　布鲁克林区
　　太阳落下去了。
　　这里是纽约最贫穷也最混乱的地方，一百年前便臭名昭著，并且在过去的一个世纪中稳定地维持着恶名。
　　岁月好像没有在这片土地上留下过痕迹，这里依旧肮脏、破败，科技进步仅仅带来了更危险的械斗和毒品，即使跨过哈德逊河就是这座希望之城的中心曼哈顿岛，布鲁克林依旧沿袭着传统，在每一个夜晚埋葬下无数的血、悲伤和黑暗。
　　五分钟前，莉莉安目睹了一起枪击案。
　　一个醉汉举着酒瓶，把一个无辜男人打得头破血流，男人选择了最原始的方式抡起拳头，然后那位醉汉掏出了枪。

路边瘸脚乞丐迅速收了摊子，飞也似的跑进了小巷，莉莉安加快了步子向路边闪了闪，她远远听到一声沉闷的枪响，还有女人的尖叫。那个男人甚至没有发出声响就倒下了。醉汉逃不掉，路灯上的浅灰色小球已经记录下了他和那个死去的男人的身份记录，还有在场所有人的DNA与对应的身份芯片信息。

DNA探子和监控探头便宜到足够铺满城市的每一个角落，尽管还是常有抓不到的偷车贼和劫匪，但那只是因为通常并没有人打算去管那些冗长、繁复、可能没有意义的数据。如果警察们下定了决心要溯源一场凶杀案，只是轻而易举的事情。

人们拥有和DNA对应的身份芯片，身份芯片加上摄像头和DNA探子一起构成了刑侦网络，织就一张严密无缝的大网。

不出意料，两天之内，就会有人循着芯片找到那个闯了大祸的醉汉。

毫无意义的杀害，蠢得要命。

莉莉安此时坐在街角的咖啡馆里，暗自评价这场偶发的谋杀案，百无聊赖地猜测着布鲁克林区的警察效率到底有多么低下。

二十分钟了，连救护车都还没开过来，别提警车了。

她瞥了一眼马路对头。醉汉扬长而去，男人躺在墙角，莉莉安评估了一下男人身下的大片血迹，结合她多年的经验，用三秒钟得出了结论——他没救了。那一枪也许洞穿了哪根腹部大动脉，救护来得再快也无济于事。

她盯着那摊血迹，忽然觉得有些不适。

往常从不是这样。她不害怕血，可今天不同，那漫延的血迹分明让她感到了不自觉的战栗。

她想起另一个男人死去的时候。

几个小时之前，她就远远看着那个男人倒在自己的房间里，失血而死。

也不是因为杀人本身。

莉莉安杀过很多人，她不害怕，她害怕的是那个男人死去之前的样子。

就在今天，今天下午，一个名叫史密斯的议员，和"影子"们合作了七年，又最终被他最信任的人指名道姓地要求杀死。

莉莉安在扣动扳机前偷窥了他一个钟头。这么做违反要求，但莉莉安只是很好奇，当她举起枪口的时候，那个温文尔雅的男人正举起衣架，像挥舞高尔夫球杆一样用衣架击打一只垃圾桶。在那六十分钟里，他时而安静，时而暴躁，当他暴躁起来的时候，他会扒着窗户的栏杆尖叫——天晓得，三天之前他还坐在州议会的办公室里，拥有一张标准议员脸，帅气、和善，挂着永远不变的微笑。

然后她开枪了。她看到生命从那具身体里急速流走，那个人转过头来，莉莉安看到一双眼睛，惊恐、哀怨、布满血丝的蓝色眼睛，那双眼睛就那样直愣愣地盯着她。一直没有闭上。

老练的杀手第一次飞也似的逃走了，仓皇间还触到了两个她本来不该碰到的监控探头。

莉莉安走出咖啡店，转过一个拐角。

布鲁克林区也夹杂着些许中产阶级的住所，只有在那里，治安才稍许算得上可靠，路边停着亮闪闪的汽车，和独栋楼宇一起标示阶级，以道路为界，划出一条条无形的线。

一个醉醺醺的巡警拦下了她。

又是个醉汉。莉莉安皱了皱眉头。

醉巡警举着那台身份芯片扫描仪挥来挥去，莉莉安倒也不反抗，让巡警把扫描仪靠近了她的右手手腕。

腕骨对准扫描口，那台仪器却什么反应都没有。

巡警困惑地抬起头，下一秒，他本来就没什么神采的眼睛里什么都不剩了，莉莉安的左手抬起，精确地击中了他的后颈。

莉莉安把他拖到了路边的小巷子，他会好好睡一觉，以他方才行走的步态，相信他醒来的时候什么都想不起来。当然，想起来也没什么关系。

莉莉安捡起那台简易扫描仪。扫描仪的确处在运行状态，红色的指示灯一闪一闪，好像也在做出一个困惑的表情。

莉莉安没有身份芯片，莉莉安无法登记注册DNA信息，

还有生活在纽约的另一群克隆者。和莉莉安一样，他们得不到身份得不到名字，他们别无选择，只能成为——"影子"。

一群克隆者，得不到任何来自国家机器的救助，聚集在一起，成为城市黑夜里的影子。影子们有影子们的自由，身份芯片让警察们忘掉了大部分旧时代的刑侦技巧，或者即使记得也懒得花力气处理了，光是那些有据可查的谋杀案就有得他们忙——而如此一来，莉莉安们至少还有那么一线希望，作为专业而老练的不法商贩、窃贼和杀手，藏在大城市的混乱之下苟且偷生。

但他们最大的优势还是他们未登记的身份信息。

DNA探子分不清人与动物的DNA。那些相近度达到百分之九十九之上的信息根本无从分辨，DNA探子只能依赖关键点位判别身份，并相应记录。而那些未登记的信息会被自动删去。

换句话说，克隆者们和纽约街头的浣熊老鼠们并没有什么两样。没人在意他们的死活，也没人知道他们做了什么。

"清理完成,老爹,很干净。"她对着左手的腕表讲话。

并无回音。

她哼着小曲向巷子深处走去,又一次落入属于她的阶级,平房,集装箱和违章小楼高高矮矮地叠在一起,还是上个世纪的模样,在她身后,初上的灯火在棚户区中蔓延开,从某种意义上,这里的黑夜从未真正降临,或者从未离开。

三个小时后,莉莉安会从噩梦中醒来,梦中满是一个死者男人的尖叫,莉莉安会度过一个最糟糕的夜晚,在噩梦和清醒间辗转反侧,把记忆串在一起,折腾到天明,而那之后漫长的几个月里,她都没法忘掉那双眼睛。

但至少在那一天,在那个时候,她的心情很不错。

——甚至稍许好于平时。

一

有些人的不幸得怪他们命中注定的坏运气,而有些人的不幸,好吧,怎么想都是他们自找的。

张海航就属于后一种。

你可以在脑海中任意假想一个四十岁出头、离异、丧女的男人,勾画一个谢顶胖子的形象——那就是张海航。

他有一套坐落在曼哈顿岛的小公寓,两室的套间,价格早就飞上了天。拉开窗帘,外面即是不夜的纽约,灯火彻夜不熄,说这里是世界的中心也不为过。所有最新奇最先进的东西都汇聚到这里,所有科技进步都由此开始。

以他的资历,他本来可以过得自由自在,却把生活搞得一团糟糊,甚至他本身也在向一团糨糊发展。压力下，他的身形也像吹起了皮球，开始不受控制地横向生长，就像一摊流动的糨糊状肥肉……

当然，也不全因为他失败而没有指望的生活，还因为——

门咔嗒响了一下。

张海航下巴上的肥肉跟着不自觉地抖了一抖。

是莉莉安。

自从九年前唐克斯离开这个家，这里就只有张海航一个人。九年了，屋里的住客只有张海航和成群的老鼠和蟑螂，再没有哪位客人光顾过这里。

除了莉莉安。

莉莉安不介意。

莉莉安神出鬼没，莉莉安无处不在。

她总是能绕开身份芯片认证的门禁，也总有无数办法渗透进他的生活，隔三岔五来骚扰一番，像捉迷藏般践行她的复仇。

"早上好。"

张海航条件反射地又跳起了半截。说话的黑色长发的女孩现在就趴在楼梯转角上，长衬衫搭靴子、短裙，高中生标配平刘海，不过十七八岁的样子，外貌像是正统亚洲人，只有一对蓝色的眼睛昭示着她的混血血统。说到底，她的眉毛棱角还是张海航的样貌，眼睛却像极了唐克斯。

"莉莉安……好，好，好。"张海航唯唯诺诺地应了两声，没点气力，听着却像在呻吟，下巴上的肥肉一抖一抖。

"东西搞到了吧？"

"是。"张海航跑去了阳台，翻了许久，拿出一个裹着棉花和泡沫塑料的玻璃瓶子，哆嗦着递过去。

莉莉安接过去，看也没看就把厚厚的保护撕了个干净。

"啊呀呀，大学实验室就是方便啊。"

她微微晃动着瓶子，看里面天蓝色的液体上下起伏，棉絮状的蓝色晶体沉在溶液底部，上半瓶液体微微有点透明。

"那玩意儿很危险。稍微一碰就炸。"

她摆弄着头发，不置可否："你是在提醒我？"

"你要那东西干什么？"

"做天气瓶。"她做了个鬼脸，晃了晃瓶子，"蓝色的结晶很漂亮呀。"

张海航向后缩了缩。

又在胡说。那可是一点三克就能近距离炸死一个人的玩意儿，张海航花了三个月一点一点才积攒起了这么多的分量而不被人发现。

可张海航没有办法拒绝莉莉安。

一方面，莉莉安掌握的秘密足够让他丢掉工作然后去监狱蹲上个三年五载，另一方面——因为她是莉莉安。

于是，她用一种轻浮的，像是为了博人一笑的口气提出所有那些过分的请求，而张海航拿她一点办法都没有。

"你到底要干什么？"

"无可奉告。"她嬉笑着往房里走，"但你可以自己猜，还能拿去做什么呢？自制窜天猴炸着玩儿？"

"会死人的玩法？"张海航从牙缝里挤出六个字。

"哟，你看，你不是清楚得很。"莉莉安跳上了客厅的桌子，跷着二郎腿。她也许很介意那张油腻腻的灰桌布，但她能装得一点都不介意。

她也许很介意死亡这一件事，也许不介意。

好演员能把每句台词都说得声色动人，但情到深处总容易露出马脚,而莉莉安则把她自己藏在一个骗子的角色之下,她就那样坦荡地说着谎话,她的每句话听起来都像是假话,用一种开玩笑的口气撩拨着旁听者,没有人知道真正的莉莉安在想什么。

也许根本就没有真正的莉莉安。

有时候张海航会怀疑,是哪个恶魔披上了少女的皮囊装成了莉莉安。不过话说回来,天生的恶魔又为什么不能有一副天使的样貌呢?

"唐克斯就没教给你点基本的是非道德吗?"

"啊呀,是谁把我扔下不管的?别告诉我每月寄两千块的抚养费叫作养育。"她把养育两个字读得很重。

张海航一下子噎住了。

莉莉安很讨厌他。

"说真的,像我这样的家伙还能怎么样呢?你们一开始就该知道。"莉莉安眯着眼睛,漫不经心地摇了摇瓶子,看得张海航差点尖叫着跳起来。那东西玩过头了,保不定能把这栋年久失修的破公寓给炸塌了。

"我……我们没有选择……啊抱歉……可……你也体谅体谅我……我真不行了,别让我再搞那种能搞死人的东西了,炸药置备起来不容易啊,我凑了三个月,差点就露馅了……你说一个研究奶牛的科学家天天在实验室置备奇怪的蓝色晶体,那是想干什么?"

"唔,可是啊,我为什么要体谅你呢?"她眨了眨眼睛,"再见,后会有期。"

"再见再见,姑奶奶。"张海航嘟哝着。

"你叫我什么?"莉莉安一抬眉毛。

"……莉莉安,莉莉安。"

"唔,好吧。"她咂了咂嘴,丝毫没点同情的意思,带上门之前,她又捋了捋头发,带个邪魅的笑,"还有,我不是莉莉安哦。——我,是，张，璇。"

张海航像条被海浪拍到岸上的鱼，一下子失去了生气。那句话就直直地撞在他心口，张海航半张着嘴想要说些什么，却只是停在原地，直到莉莉安在视野里消失了都没动一下，半晌没回过神来。

二

张海航记得一场大火。张海航并没有经历过那场大火，那场大火却无数次在他的梦里出现，火焰升起，热浪扑面而来，旋转着把他拖进深渊。

当他和妻子唐克斯驱车赶到出事的高速时，什么都没了，他所亲眼见到的只有两辆烧得只剩骨架的车辆，漆黑的高速路，还有上面不知曾是血肉还是钢铁的灰色粉末。

加州夏天里干燥的风从他耳畔吹过，呜呜呜响，沙漠像是随时能够就地燃起火焰一般灼热，干枯的灌木间，仙人掌却正是花季，四五米高的仙人柱和不知名的多浆小球挤在一起，百花盛放。

加州十五号公路，直穿沙漠，风景宜人，从落基山脉降下，一路延伸，像一条天路，但现在，有一对父母知道，这条路，有人走不完了。

唐克斯无力地倒在他肩头，以他不曾见过的模样放声哭泣。

他唯一知道的是，那个名叫张璇的女孩子再也不会回来了。她不再会讲话不再会哭不再会笑。

再没有一个叫张璇的女孩。

她像典型的移民孩子一样，花双倍的努力才勉强站稳脚跟，她很聪明，知道怎样让自己的外貌显得不太突兀，她甚至有一分圆滑，懂得怎样去利用那双蓝色的眼睛——打破种族的隔阂毕竟是很难的事。

她曾经是张海航和唐克斯的骄傲。也仅仅是曾经。

两辆小车在加州十五号公路相撞，司机加乘客总共三位，无人生还。

那一年张璇十七岁。

张海航和唐克斯都还年轻，但那份思念，还有两个生物学家对自己的专业的自信加在一起，不经意间将他们导向另一条路径——的确存在一种可能性，能让张璇回来，原封不动地回来。

她的头发，皮屑还漂浮在她的房间里，像是细小的幽灵，那些细胞也许已经死去，但只要遗传信息完好就行……比如，黏在冰激凌盒子上的脱落皮肤组织。

端粒磨掉了十八年，不可逆，但也不是无可挽回……

技术上的难题早已经解决，只差实验条件，以及一层伦理的薄膜。对于两位刚刚失去独生女儿的生物科学家来说……后两点根本都不成问题。

但两位科学家父母从来没有想过，这件事情根本没有反悔的余地。

当他们清醒下来，开始意识到他们的女儿将要面对的现实时，他们已经不可能停下来了——从这时起，一旦停下，就意味着张海航和唐克斯亲手杀死了张璇。

第二次杀死张璇。

当然，如果张海航知道结果，他也许真的会考虑杀死张璇——或者说，莉莉安。

张海航知道，克隆者会不可避免地拥有比普通人更短的寿命。

磨掉的端粒永远不可能回来，他们会用十年撑开一张成年人的骨架，再用同样加倍的速度衰老，走向他们的死亡。

他所不知道的是，他们取得基因的时间太晚了，许多点位已经在不可知的时候失去了活性，可双螺旋结构又使得它们能够被勉强地以错误的形式复制下来，生命以其顽强的本能，孕育出一个怪物。

她双眼近乎眼盲，左眼全盲，未全盲的右眼也仅有轻微的光感，对蛋白质过敏，还有大大小小发育不良导致的器官问题。而张海航和唐克斯甚至不能送她去医院。

她遭遇着常人不可想象的苦难，智力却完全正常，以两倍于正常儿童的速度成长，在三个月的时候开始行走和说话……张海航和唐克斯无法想象她的未来。

婴儿没有记忆，但当她开始记事起，她终究会被迫将所有的苦难都刻在记忆里。

生活的重压之下，张海航和唐克斯开始了第一次争吵，然后是第二次和第三次。在又一次争吵中，唐克斯带着四个月的张璇离开了家。

"好吧，都是我的错！你不是嫌弃她吗，那我就治好她给你看啊！"她放声大哭，摔上了房门。

那之后，唐克斯消失了几个月，无论张海航怎么联络都没有回音。后来张海航也放弃了，只是每个月给唐克斯的卡里划去转账，但谁都知道，他其实只是找了个足够说服她自己甩掉妻女累赘的借口。

要照顾一个眼盲多病的女孩，两个人都忙不过来呢。

唐克斯说的话，张海航到底也没当真过。要是有哪怕一点希望，张海航都不会放弃，可是如此严重的基因疾病，即使在生物学界前沿，也未曾寻到一条可靠的路径。

因而，当七年之后，已经十四五岁模样的莉莉安第一次敲开张海航的家门时，张海航手扶门框，凝眸审视着眼前的女孩。就算这样，他都不敢相信自己的眼睛。

她的女儿真的回来了。

用着唐克斯赋予的名字莉莉安，却还是张璇的面孔和声音。

那些早就被宣判了不可治愈的基因病全数消失，好像从没在她身上留下过痕迹。

——怎么可能做到！

当然，那时候张海航并没有意识到，回来的莉莉安对他没有一丝一毫的恩情，身份也不再是优等生，而是老练的杀手和盗贼。

三

"我不讹你，你也不容易，但你看，现在收现钱的地方越来越少啦……我这里要保守秘密，总是要帮你编些故事，这么算起来也是笔劳务费。帮你百分百保密。"

亚裔女房东照例又来收钱了。

莉莉安没有说话。

"就加一点儿嘛，大家都不容易。"

莉莉安不动声色地往手里加了十张钞票。

她不缺钱。

可总是像这样。

女房东也不容易，但移民至少算是一个合法身份，可她呢？

没有公平，连包容都已经算是最高程度的怜悯。只能像狗一样夹着尾巴做人，生命也像流浪狗一样得不到保护，就算被杀死也不会有人管。

她和房东道过别，拿起钥匙，打开房门，缩进自己的蜗居，把头埋进手臂中。在右手腕骨节下，本应埋有身份芯片的地方文有一只蝴蝶，她轻轻按下去，却仅有血肉的柔软触觉。

莉莉安没有身份芯片。

身份芯片和 DNA 信息一一对应。

这也就意味着，克隆者得不到芯片。克隆者无法取得身份。通常，如果一位克隆者走进社会，那么就意味着为他们提供庇护的母本和亲属已经全部死亡。而死者的身份信息是受到严格保护的，登记 DNA 信息无论如何也绕不开中央数据库。

然后，没有身份芯片就意味着没有社会保险和失业救济，没有福利，没法得到正规工作，没有信用卡、房子和其他一切的生活必需品……那张该死的芯片太过方便，DNA 和芯片的双重验证更是旧时代不曾有过的双保险，以至于几乎所有的生活必需品渠道都统筹到芯片上。莉莉安为数不多的几条道路在以肉眼可见的速度消失。

身份芯片显然不能补办，因为根本没人会试着去偷，DNA 信息必须和芯片存储信息完全吻合。

法律明文禁止克隆，核对身份的规定又严苛之极。讽刺的是，没有哪条规定来告诉克隆者，他们该怎么生活下去。

事实上，由于前述的法律，国家默认这世界上并不存在克隆者。

在可预期的未来里，也不会有多少进展。政府去管一件事，总需要点动机，但克隆者实在是太少了，以影子的来源和人数估算，脱离家庭庇护的克隆者不超过千人。不管的事情大抵分成三类，不必管的、不好管的、不能管的。克隆者就属于典型的第一种，即使闹事，也不过是一小群人，在一个格外会折腾的国家里，声势还比不上要求给农场母鸡增大活动空间的动物保护者。

母鸡们取得了四倍的笼子大小，鸡蛋价格涨了四倍，动物保护者们欢快地四散而去，然后另一群人们看着鸡蛋的价格发愁——他们也许还没母鸡过得好。

克隆者要面临比常人多得多的健康问题，在生命的前十年，身体会以不可思议的速度拔高，每个克隆者都面临着习惯性的半夜抽筋，脆弱的韧带承载不起迅速生长的骨头，而那些端粒又注定他们会在不久之后提前走向衰老。

通常，克隆者会在家庭的庇护之下走过一生，但也有些克隆者会走进社会。

一个单飞的克隆者如果要活下去，或者靠零工维生，成为所谓"独狼"，或者——成为"影子"。

影子们的组织叫影子，成员也叫影子。影子在台前也拥有一个合法身份，但对于影子而言，那无关紧要，他们是见不得阳光的影子，怎么样的庇护到底不重要。

身份认同与切实的生存需求将影子们捆绑在一起，影子们付出劳务，得到生活必需品、健康的部分保障和工作机会。

后者最为不易。

事实上，即使这样，影子里的克隆者流动性也很大——很多人不是死去了，就是疯了。

影子让情况变得好了一些，可也好不到哪里去。

一年里，又有三个人疯了。詹姆斯·戈尔从哈德逊河大桥上一跃而下，麦克·斯蒂芬用子弹洞穿了自己的脑袋，而钱宁·布莱恩死之前还不忘大闹了一番影子实验室。

那么，最糟糕的情形呢？

连影子也不再是安全的庇护所。

莉莉安蜷缩在沙发的角落里，复仇的快感退去之后，只剩下纽约冬日里无尽的长夜和绵长的空虚。一个好演员骗得了世界，却骗不了她自己的内心。在寒冬之外，生活和影子像两堵黑色的墙，从两侧向她袭来。无处躲藏。

她也许还是不要知道真相来得好。一条温水里慢慢死去的鱼，大概要比挂在渔网上挣扎到精疲力竭满身伤痕的鱼快乐得多。

她忽然想到了什么，挣扎着跳了起来。

她把从张海航那儿拿来的瓶子从卫生间的窗台挪到墙角。

高能炸药不能见光。万一出什么差错，别说她的阳台了，楼都保不住。

张海航把她带到了这个世界，她一点都不感谢。但莉莉安不得不承认，张海航对她的情感是货真价实的，即使那份情感源于那个已经死于车祸的少女而不是她，即使他很可能只是为了偿还没有养育的罪过，但那个男人的确将所谓父爱诠释得淋漓尽致。

至于影子那边——还没到摊牌的时候。

但她知道，反击的烽火即将燃起。

失败，死去，或者——努力活着。

四

有人说，如果战争真的爆发了，纽约一定是世界上最好的地下堡垒。

要是神话中的恶魔跑出来，拿一柄巨剑把纽约的地上部分削去，你会惊讶地发现，仅仅地下的纽约也足够称作另一座城市。不考虑灾难引发的恐慌，那里完全能够运转自如。

纽约地下早已挖成了蜂巢，也像真正的蜂巢一样，分工明确，井然有序。地铁是这座纽约地下城的血管，细细密密地串联起不同商圈，纽约成型得极早，钢筋水泥地基遍地都是，但各条地下铁还是硬生生地从建筑的缝隙中杀出一条血路，直到剩下的地下空间也被停车场、商城、仓库与住家塞得满满当当。

相对低廉的价格也使得纽约地下城的那部分容纳了更多黑色产业。影子组织的大本营就躲在曼哈顿区边缘的地下室里，实验室和办公区分开，搬迁频繁，依租金而变，左右转不出那方圆三公里，但仅仅是那一小片区域里就塞着数百万人。

就像真正的影子一样，终日不见阳光。

地下七层，被称为老爹的男人此时坐在地下室的最高台阶上，与身后嘻哈风格的喷绘格格不入，到底有些威严。

他留着白胡子，打理得很干净，眉眼间却遮不住疲惫与困倦，就像是任何一个快要死去的老头，慈祥和善。真正的恶棍从不屑于用纹身和发型来粉饰他们的力量，事实上，他们通常衣冠楚楚。

老爹霍里，影子组织的创始者与领导者。按照他的话说，影子组织一手创立只是为了"公益事业"。

鬼才信。

老爹霍里是影子组织里唯一拥有身份芯片的人。按道理说他才只有五十多岁，样貌却像八十岁的老人，以他衰老的速度几乎一定是个克隆者。影子内部的流言说，他是个克隆者，但他的家庭没有为他登记死亡，而是帮他保留下了身份芯片，并植入重生的年轻男孩体内。

光靠明面上的生意是养不活影子的。影子组织总是有三分之一的人在养老，三分之一的人在生病，另外三分之一的人里还有一半并没有太多技能。

他们能干的只有那些违法的勾当。影子拥有远胜过常人的忠诚，同时他们往往不怎么在乎伦理和道德——他们的存在本身就已经推翻了世间最基础的伦理。

影子在帮老爹台前的医药公司做实验，莉莉安是清楚的。但莉莉安不大在乎，别的人也不大在乎。

许多影子同时也是人体实验志愿者，用身体换取些许卑微的赏金。即使许多实验有违伦理。

可打破伦理算得上什么呢？克隆者就是这样被赋予了生命，又有什么好奇怪的呢？

老爹从桌上的箱子里抓出两只兔子。

一只兔子挣扎着蹬腿，而另一只兔子则一动不动，仅有略有起伏的胸口显示它还没有死透。

"你们觉得那只兔子是死了吗？不——它的意识，现在活在那一只兔子身体里。"

地下室里响起零星的掌声。

莉莉安蹲在货架顶端。

老爹霍里一直在做意识转移的实验。

实验是违法的，老爹在明面上的公司也没有透露出一丝一毫的风声，可自从意识在量子活动层面的大致形态被摸清后，各家医药公司研究机构都在偷偷做，生怕技术上落后下去，就算隔三岔五有人被抓，也要不惜代价继续实验。

影子绝对忠诚。影子成了老爹霍里最好的帮手，也成了公司最强大的后盾。

作为努力的回应，老爹霍里总喜欢在影子成员大会后做些小展示，像是在耀武扬威。

这些展示也是影子进一步维系成员关系的纽带，当然，和影子提供的福利与医疗保障比起来，这些都算不得什么。

所有人都心知肚明。

老爹有合法的身份，老爹有一家公司，老爹给克隆者们提供帮助，这就够了。

克隆者又不可能接受意识转移，最多想想而已。所有新技术都伴随着高昂的成本，总是富人们先享受，哪轮得着连生存都还困难的影子们。

倒是老爹的身体状况更让人担心一点。

影子需要一个好领袖。

台前的公司不能由影子继承，但合作关系当然可以延续下去。

"莉莉安。"老爹喊她，"你可要加油啊。"

莉莉安点点头。

"我活不到那个时候啦。等着莉莉安接班呢。"

老爹笑起来，地下室里也一并笑起来。

女孩并没有笑。

将一个灵魂强行塞进另一具身体，那么另一个漂泊的灵魂将何去何从？

是把它毁掉吗？

可那些失去思考能力的意识，真的什么都不剩了吗？他们的思考、记忆、爱与梦想，所有那些都还在那里。那些混乱的意识也并非意味着他们的思维一去不返。

和杀人并没有什么两样。

但那就是影子为了活下去而必须付出的代价。

影子的领袖不能停下实验。

为了影子，为了所有不应存在的克隆者们，她必须前进。

影子的每一个人都期待着她接手老爹的公司，然后成为和那个男人一样的好领袖，一样衣冠楚楚的恶棍。

五

影子里有许多怪人。

布鲁克斯三兄弟，布鲁克林的黑帮把他们克隆出来，试图作为器官供体，又因为成本和收获不对等而放弃。

雷尔提，拥有和莉莉安相似的经历，父母因完成他的克隆而欠下大笔债务，最终为了逃债抛下他，不知所踪。

西西里亚，经基因嫁接拥有了极佳的听觉，也因此而备受困扰。

还有很多，比方说——莉莉安。

同一时刻，莉莉安刚刚离开公寓，向曼哈顿走去。

二十分钟后，她走进这间地下室，和她最好的搭档击掌。

也可以说，和她自己击掌。

女孩从货架顶上跳下来，一样的黑色长发和蓝色眼睛，一样的名字莉莉安。

张海航一直以为莉莉安只是张璇的新名字。但那只是唐克斯给新出生的女孩们赋予的名字而已。

唐克斯克隆了三个女儿。

张璇，以及——莉莉安们。

尤其是两个莉莉安。两张一模一样的面孔，除了她们本人之外，无人能分辨，连唐克斯都做不到。于是两个莉莉安共同享有一个名字，拥有相同的 DNA 信息。久而久之，莉莉安习惯了这样的生活，共享一个身份，藏在莉莉安的面具之下，按照计划同时行动，她们以自己为道具，精心排布线路，在各式监控探头里留下痕迹，最终拖出一条条没人能理解的奇怪轨迹。

"老爹,早。"她咧开一个大大的笑脸。

"你又去折腾你的真爹了?"

她不置可否地扳着手指:"嗯。"

"你不去看看唐克斯?"

"她?那个疯婆娘……"

"她毕竟是你亲妈。你还恨她吗?"

莉莉安发出一声很响的哼气声。

"你说呢?"

"闭嘴!"

老爹霍里没有说话。

取而代之的是一个尖细的女孩声音。

面色苍白的女孩坐在轮椅上。

和莉莉安同样面孔,眼盲的,从未好过的张璇。

"不要,那么,说,唐克斯。"她一字一顿地咬着每个字,好像要发火的样子。

"哎呀,抱歉抱歉,姐姐。"

两个莉莉安轻轻地笑了笑。

也不知道这样的抱歉算不算另一场表演。

老爹看着三个一模一样的女儿,仍旧摆着一副微笑:"我要再说一遍吗?有个莉莉安没听到呢。"

"纠正,莉莉安只有一个人。"先前坐在货架上的莉莉安靠在墙上,一样挂着微笑。

"别闹,你给她说吧。你俩啊,还真没人能分清。"老爹敲了敲拐杖,"我这把老骨头动不了之后啊,就让莉莉安接班吧。"

六

克隆者没有童年。

他们几乎无一例外拥有着脆弱的骨头和瘦小的身板，以及与年龄不符的心智。

对于张璇来说，还要加上永无止境的遗传疾病。

但唐克斯……她再一次克隆了两个莉莉安。

一个眼盲的女儿给她带去了无限的负罪感，于是她再一次克隆了一对姐妹，企图将健康的她们抚养成人以换取一份心安。

她明明知道，仅仅抚养一个女儿已经超过了她的能力。

事实证明，更多的女儿只能把事情变得更糟，但她到底是个尽职尽责的母亲。

在她疯了之前。

她带着张璇与莉莉安姐妹学习语言与知识，照顾三个年轻女孩，她们成长得极快，五年间就像是十岁女孩的模样，也有同样的心智。

然后，那一天，唐克斯带着一个白头发男人来到她们蜗居的地下室。

一次失败的意识转移之后，唐克斯疯了。

而莉莉安则收归进影子，成了老爹野心的一部分。

张璇和莉莉安们为此质问过老爹。

那个男人答得格外干脆："没错。可那是一场交易——将莉莉安抚养成人的交易，以一具免费实验体为筹码。想想吧，一个单身母亲，仅仅拥有最低限度的低保和来自丈夫的一点赡养金，要怎样去养育三个本不应该存在世上的多病女儿？"

大概也因为如此张璇一直讨厌老爹霍里。

即使老爹霍里的确恪守了诺言，始终为张璇提供足够好的医疗服务。

但那到底是不一样的。

张璇视力很差，从小就极度依赖唐克斯，唐克斯不仅是她妈妈，也是她的一切。唐克斯甚至为她和影子达成了交易。

但莉莉安不那么在乎。

她很快接受了老爹的说法，并成了影子里最棒的杀手。

莉莉安讨厌张海航，也并不喜欢唐克斯——尽管是那个女人把她们带到世界上的，但一切不幸也正始于他们。

他们以一己私利希望女儿回来，却不知道克隆者要经历多少不幸。

充满痛苦的成长，加速的生命周期，没有身份，不被承认，他们终其一生都不可能融入社会，只能蜗居在纽约的阴影之下。

唐克斯和影子达成协议的那一年，张璇五岁，莉莉安们四岁，彼时她们都拥有相当于十岁孩童的心智。

现在，张璇和莉莉安诞生的第十二年，两个女孩都已经拥有了成年女孩的样貌。

唐克斯和影子达成协议的当年，唐克斯疯了，七年后，莉莉安亲眼看着同样的情形出现在一位议员身上。

她本来不需要在乎那位议员。对于影子来说，平民和总统可能都没有什么区别，因为那不是和他们一路的人，她至多就是成为影子的领袖，统领一支不过百人的队伍，普通人的荣耀或者身份对她而言没有任何意义。

况且，她见过太多不幸，早已对别人的命运无动于衷。

但那一天，她看到了议员史密斯那双无助的眼睛，议员史密斯帮助老爹霍里至少有十几年了，两人关系早就密切到了称兄道弟的地步，可老爹霍里依然眼睛都不眨一下就要莉莉安把他杀掉。

在那之前，那个人甚至成了老爹霍里的研究材料，老爹把自己的意识塞进了他的身体，失败了，然后留下一具没有灵魂的躯壳。

也就是在那一天，莉莉安忽然意识到，她是猎手，却也同时是别人的猎物。

还有其他地方不对……

还有——完全不对劲的地方！

七

这一天，影子收到了一份来自医药商米莲·帕楚里亚的订单。

订单数额很大，因而值得老爹霍里亲自出马，约见在十五号大街写字楼，三十三层，老爹霍里的会议室。

当然，今天那个头戴极乐鸟头饰，雪貂围脖和狐皮外衣的中年女人不会出现。大型写字楼相对开放，莉莉安无法通过身份芯片验证，却总有机会。

莉莉安和两个叽叽喳喳谈论天气的年轻女人一块走进电梯。年轻人按下二十七，转过头来看着她。三十三，谢谢。她笑了笑。

她穿得有些太休闲了，又显得像个学生，两个女人向她投来奇怪的目光，但很快，她们不再搭理这个奇怪的来客——或许是哪位老板的千金呢？

她走过风景迷人的观景长廊，向预约会议室走去。

杀人和被杀掉都是一瞬间的事情。

没有机会摊牌，没有机会。

她也会在脑海里想象，怎么样站在道德的制高点上抨击那个该死的男人。

在那些想象里，她可以对他大吼，你是个骗子、强盗、杀人犯、该死的混蛋。

老爹霍里，影子组织至高无上的领导者，却从来没有真正为克隆者考虑过。

影子都是幌子，所有人都是霍里的棋子，筹码，随时可以舍弃，就像杀死史密斯议员一样。

那位议员为老爹的野心辛辛苦苦铺就了道路，到头来却丢掉了性命。

老爹是个克隆者。可他没有遭受过疾病或者意外事件，莉莉安顺藤摸瓜追索下去，年轻的老爹霍里是个有才气的科学家兼商人，而他的思想也通过来自旁人的叙述逐渐剥离开来。

他年轻时有过许多抱负，其中一条就是：选择克隆的唯一理由是追求永生，为了永恒的生命他可以不择手段。

他是个克隆者。但他的本体不见了，身份芯片却在他这里。那么唯一的可能性，就是他夺走了本体的身份芯片——也许还杀了那个本应是他自己的男人。

但克隆离目标差得太远太远了，如果记忆和思想没有办法传承下去，那又谈何永生呢？那个最初追求永生的本体，不就被自己那怀有同样理想的克隆者杀掉了吗？

老爹霍里开始寻求将意识永远留存下去的方法——那才是真正的永生。

而克隆者不过是最棒的棋子而已。

建立商业帝国的棋子，保证技术领先的棋子，维持良好声誉的棋子，杀死竞争对手的棋子。

就在那个名叫史密斯的议员倒下去的那天，莉莉安终于知道，长久以来困扰着她的不安是什么。

所有的合作与友谊不过是"利用"的一部分而已，随时可以反悔随时可以中止。

老爹霍里只爱他自己。

而老爹霍里却一直格外偏袒莉莉安。

他不断扶植这一对年轻的女孩，让她们成为影子中仅次于老爹、无可撼动的第二人。

那么，他这么做的唯一理由——就是莉莉安将要成为他自己。

老爹可以将意识塞进唐克斯的身体，塞进史密斯的身体，那如果下一个是莉莉安，也不怎么奇怪。

不出意料的话，老爹霍里很快就会试着通过意识转移来夺取莉莉安的身体了。

八

老爹霍里在会议室里等着她。

莉莉安走过过道，她能感觉得到自己的心跳在缓慢加速，每一步脚步声都格外清晰，格外沉重。

再走过一个拐角，她将脱离监控。

十五号大街大厦的三十三层，作为私密的办公会议场所，监控和DNA探子反而消失了。这里时常要交换些见不得光的秘密，

"你好。老爹。"她大步走进会议室。这间能俯瞰曼哈顿全景会议室配得上富丽堂皇这个词，她装作漫不经心地四下望了望，拍了拍手，

"漂亮，气派。好地方。"

"莉莉安……我记得，我预约的是米莲女士吧。"老爹霍里眯着眼睛，盯着她。

"协议内容可不包括——把我变成你的傀儡吧？"

"哦，你都知道了。好吧，小姑娘，你要干什么？"

不需要更多赘述了，就是在现在。她握紧手里的起爆器。

"杀掉头狼，群狼就散了。"

"那么，其他的影子呢？你没想过吗？"

果然是老爹，还是那么镇静。她手掌里不自觉地出了冷汗。镇静，莉莉安。她对自己说。

"影子不存在才是一件好事。我想——你也清楚。"莉莉安靠在门口。

"有意思，你想杀我，选了这么个地方。"

"是啊，安保级别最高，没有枪、炸药，或者刀具，全靠——肉搏。"她笑了笑。

"你没有打算肉搏吧？"老爹仍旧保持着那个威严而冷静的姿势，"你找你爹要了什么，你以为我不知道吗？"

"果然。你会知道。"莉莉安笑了笑。

"传统炸药是带不进这栋楼的，你的那些新奇玩意儿是能炸死一个人，可你没法进到三十三层，所以你把它贴在了三十二层的楼顶，对吗，就在我脚下。但你恐怕低估了楼板的强度，莉莉安。——你可以试试。"

"试试。对，试试。"

她举起双手，一对小小的遥控板，她按下按钮，一声闷响自地下传来，楼板岿然不动。

"我说，它不行的。而且你好像放错了位置——这是个很大的会议室，不是吗？"老爹轻笑着。

"唔，你不觉得震感有点太弱了？"莉莉安双手叉着腰，回以同样的微笑。

紧接着随着几声尖利的响声，幕墙玻璃猛地炸裂开来，龟裂的纹路自下而上一字撑开，洒下零碎的玻璃星子，全景会议室失去了所有的门面，仅有些碎玻璃角孤零零地挂在边角的框架之上，冷风倒灌进来，中央空调很快就失去了温度。

"安保系统完备，是的，传统炸药带不进来，枪械和违禁刀具都带不进来，所以，你可以试试徒手肉搏——你不会觉得你能打得过我吧？——我是说，不论怎么样，如果从三十三层掉下去的话——"

莉莉安瞥了老爹霍里一眼，欣赏他脸上渐渐凝固的恐惧错愕。

"我不介意和你一起下去。莉莉安毕竟不是一个人。"莉莉安冷冷地看了他一眼。

老爹霍里忽然大笑起来。

"那，如果有枪的话呢？如果那把枪一直在这里——"他拉开抽屉，在莉莉安足够跑到他面前之前对准了她的眉心，"不许动！"他大吼。

"你知道天才为什么总是不得好死吗？他们把计划做得太过严密，甚至精确到每一个步骤和每一个步骤出问题后的解决策略，环环相扣，看似天衣无缝，但问题恰恰会出在——那些他们觉得无论如何都不会出问题的地方。意外，莉莉安，这世界上的意外太多了。"那个老人现在举着手枪，好像一只狰狞的狮子。

莉莉安默默地举起手。

"我可以饶你不死。作为意识的载体活下去，也不算坏事，况且这是几年前就计划好的事，我讨厌别人毁掉我的计划……"

——以为自己在狩猎者，将要变成猎物。莉莉安仍旧举着手，一动不动。

"哎哟！"

莉莉安迅速蹲下，伏在墙角，老爹霍里扣下了扳机，可子弹没有发射出来。老爹霍里已经彻底没了力道。

他很快趴在了桌子上，又像一摊烂泥一样滑落到地上。

那就是她一直等待的，老爹以为他自己赢了的那个瞬间。

爆炸，破碎的窗户，必死的决心，一切都是障眼法。

她需要那么一个时机，一个僵持的时机——

"想杀我——嫩。还不是你让老娘去杀了那么多人。"莉莉安踱着步子走过去，拿走了枪，想了想，还不忘踢了他一脚，"这是你说的……意外啊。亲爱的老爹。"

她哼着歌，完全无视身后昏迷着的男人。

"出来吧。"她对着墙角说。

一团流动的肥肉从墙边探出脑袋。

那恰好是老爹霍里所谓"计划之外"的人。

"张海航。"她小声喊道。

——也是计划之内最为关键的人。

莉莉安，老爹之外，唯一知道真相的人。

莉莉安必须承认，在过去的很长时间里她格外讨厌这个懦弱而不负责任的男人。但当深陷危机的时候，恰恰是这个胆小的，一直被莉莉安欺压得抬不起头的中年男人是她唯一能够信任的人。

老爹霍里终究不是莉莉安头上的虱子，顾得到最重要的事情，却根本没有可能截获所有通过语言、文字交流的信息。

而这样，始终深爱着"女儿"的张海航，就成了藏在暗处，足以终结一切之人。

"你好,莉莉安。按您的吩咐,麻醉枪……平时主要用来对付发狂的奶牛……"那秃顶男人瞥了瞥地上的老头子,"麻醉剂用了一头大象的剂量。"

"别用'您'喊我,怪瘆人的。这东西果然好用啊,麻醉枪。"莉莉安拿在手里把玩起来。非常规的杀人武器——但确实,可以使用。

"警报系统里没这东西的存档,拆开来就更不认得了。"张海航拍了拍手里的麻醉枪。

"好吧,谢谢你啦。我建议你快走,你别忘了,你是——恰好来采购实验用牛胚胎的进货商,对吧?警卫快来了,你顺便通报下他吧。好好演,小心被抓了。——按照我帮你设计的线路,那帮蠢得要命的DNA探子会觉得你一直在商场里闲逛。"

"我不想钻通风管……"张海航嘟哝着。

莉莉安咧开嘴一笑,没说话,接过了麻醉枪,又捡起地下老爹霍里的那把枪,对准他的头。

"别,那么大剂量的麻醉药,他会死掉的,呼吸肌都麻痹了。"张海航拉住她的手。

"谁管他啊,送他上路。以防万一。"

"你们杀人杀得太多,都没感觉了。当我没看到啊,我不看,我不看。"张海航面色苍白,哆哆嗦嗦往外走。

"小羊羔活不下去哦。你不恨他吗?唐克斯的事情你都知道了。"

张海航顿了一顿。

"我恨她。"他说。

"那你还害怕?"

"没有人会用这样的方式解决问题……"

"我也……不想的。"莉莉安说。

张海航叹了口气。

"我走了，我走了。"他说，颤颤巍巍地走出去，手还紧张得直发抖。

"你最好去减个肥。你这样下去，等不到退休就该心脑血管随便哪里出点问题就得见上帝去了。"

"谢谢姑奶奶。"张海航摆了摆手。那可能是很多年以来莉莉安唯一一次说的真心话吧？但不论真假，张海航都愿意相信那是莉莉安想要传达给他的话。那毕竟是关切之人才能说出的提醒。

"唔。随你喜欢怎么叫啦。"莉莉安笑了笑，叉着腰，看他走远。

九

张海航不知道莉莉安是否原谅了她。

事实上，就在那天之后，他再没见过莉莉安。那三个不该存在的女孩，真的不再出现了。张海航费劲心力在网络角落的八卦版里寻找，也仅仅能知道影子的大致动向。

影子垮掉了。

一个失去领导人的松散组织几乎在一夜之间就人心涣散。

台前的公司有董事会股东和章程，尽管受到重创，到底维持了下去，重组之后的公司巴不得和影子撇清关系——谁都知道影子闯大祸了。

DNA探子不记录克隆者，但留下的DNA信息总是能找到的。警察还在锲而不舍地寻找莉莉安——曼哈顿十多年没发生过影响那么大的爆炸案了。

附带着，纽约的刑警们不费吹灰之力就把影子的残余产业给毁得一干二净。

影子们不再有来自影子的庇护,但克隆者们终于想起了最重要的事情——为他们自己寻求名分。

而这也是第一次,开始有人大规模地关注起那些地下的人们的生存。

一向和大多数东方人一样安分守己的张海航也初次混在了游行队伍里给克隆者争取权益。他是为了莉莉安。克隆者中最大的反派莉莉安。

如果警察们真的找到莉莉安了呢?他不知道该以怎样的情感去对待莉莉安。

但他到底还是希望她活下去的。

秋天又走了过去,莉莉安仍旧没有音信。

公交车站的全息影像里,女主播播报着最新的身份芯片登记条例AM0007号法案。

克隆者将被允许拥有身份ID。但所有克隆者的身份和财产将会共享。国家机器借此传达出他们的态度,他们不支持克隆,但如果一定要这样的话,他们会允许影子们在夹缝中活下去,没有完整的公民权利,却至少能够活得体面而不失尊严。

还会有很多问题。克隆者们也许会互相争斗,甚至为了财产而不择手段,但那是黎明前的黑暗,不远了。

可影子们无须担心啊。他们早就经历过最黑暗的生活了,他们最不缺仇恨,却也最懂得感恩,懂得怎么好好活下去。

如果莉莉安还活着的话,她将拥有独一无二的合法身份。

失去独生女儿的父母能够名正言顺地把她养大。即使很自私,即使有违伦理……

那些年纪更大而失去独生子女的父母们有了一个机会。他们也许没法再生养一个孩子了，但他们能够养育一个克隆。

可对于张海航说，那都是过去的事情了……

三个莉莉安人间蒸发了。张海航摇摇头。

莉莉安们早就已经不是他所能够管教束缚的小女孩了，她们的生命也和他毫无交集。

莉莉安们不是张璇。

那时候，张海航还不知道，在他漫长的人生中，他再也不会见到莉莉安。

她已经彻彻底底地消失了。

但是，当纽约的第一场冬雪落下的时候，他会见到唐克斯。

曼哈顿街头，在飞舞的初雪中，他看到一个金发碧眼的女人，她搓着手，在寒风中等公车，好像每一个寻常的中年女人一样，眉眼间还留着过去的姿色，却遮掩不住岁月的痕迹。

可那毕竟是和他同床共枕过十个年头的女人。

"唐克斯。"

张海航不确定那个女人是否还记得他，莉莉安说她疯了，是影子在养着她，但影子早就散了，她既然能够活下来，大概不会糟到哪里去。

他向她的方向走去，面对着她，说："对不起。"

久久没有回应。

终于还是不记得了啊。张海航长长地叹了口气。

"张海航。"

样貌有些呆滞的女人忽然说。

她把食指贴在嘴唇上，做出一个嘘的手势："我是莉莉安。"

——换了身体，反应有点迟钝。

后半句话她没有说出口——另一个莉莉安的意识觉得这句话不该说。

但那个意识没有拦住后一句话。

"我是个恶魔,我抢走了唐克斯的身体。"她这样说,好像将什么沉重的东西狠狠地扔在了地上。

莉莉安不是圣人。

她要毁掉影子不必要杀死老爹霍里。但她想要得到意识转移的机器。

和老爹合作太危险了,那就杀了他。

老爹霍里死去的第三天,她眯着眼睛看着铺满了机器的房间。那一天,她送走张海航后,折返回去摘下了老爹霍里的虹膜、手和身份芯片,与另一位莉莉安一起逃脱监控区后,以剩下不多的时间来寻找老爹霍里的宝藏。

老爹霍里的商业帝国看似光鲜,实际上却留下了巨额亏空。复制意识要求的精度惊人,每一个元件只能严格对应仅仅比一个普通神经细胞大一点儿的区域才能确保足够精度的复刻,百万件昂贵的微小元件已经掏空了公司的财产。

但老爹霍里又怎么会在乎他的商业帝国呢?拥有了永生,一切都有机会,有无限的时间,就有无限的可能。

理论上来说,他已经成功了。如果兔子的意识能够转移,那么转移人类的意识也不会难到哪里去。

但是人和兔子不一样。

老爹不能抛下身体,给自己换一具傀儡,然后宣称他是老爹霍里。没人会信他。所以他需要精心树立好一位接班人,然后窃取那具身体。

但老爹还是害怕,他怕得要命,他想要给自己建立备份的意识。

即使他自己的意识复制失败了，也会有那么一个复制备份的意识，把他的意志传承下去。

影子的三个人，还有史密斯议员就是他的四次实验。很不幸，每次都失败了。

意识的活动精细到量子层面。

如果不想伤害本来的意识，复制体的精度不足以构筑起完整的意识。

身体无法接纳太过于粗糙的意识。

意识转移的关键要素，第一点是足够高，高到会毁掉本来身体的扫描精度，第二点则是一具没有意识的身体。

后者很容易，要摧垮一个人的精神不算太难，药物也能提供帮助。但老爹从来不愿意直视第一点。

高精度扫描会把本体的意识毁掉。并且不能确保复制成功。

一个追求永生的投机主义者不愿意以自己的生命为代价，因而一次次将低精度不损害本体的、复制的、太过粗糙的意识塞进不同的身体，然后消失不见，留下那具本身已经失去正常意识的躯壳。

可是，要活下来，总要放弃些什么。

那是他迟迟迈不出的一步。

但莉莉安却不得不走出这一步。

在她身后，影子中最好的杀手想要杀她，有人加入影子为了维生，有的人却真正热爱着影子的存在；警察也想要找到她，她在纽约治安最好的街区杀掉了一个人，并且制造了一场规模不大，却令人印象深刻的爆炸案。

那一天，十五号大街二十八层至三十七层的钢化玻璃全数碎裂，成为天上落下的无数闪亮刀子，造成了三例重伤和几十例轻伤。

警察们不管，不代表他们真的管不了。

总有一天他们会把莉莉安从纽约的角落里揪出来，绳之以法。

莉莉安别无选择。

她终其一生都脱不掉莉莉安的名字，与其这样，不如彻底放弃。

于是她把意识转入了唐克斯的身体，金蝉脱壳。

张海航和唐克斯面对面站着，以朋友间最合适的距离站着。

这个拥有着他妻子的身体，拥有着与他女儿的灵魂的人。

可所有这一切与他并没有交集……他木然地望着女人，良久，似乎终于意识到，将她和他联系起来的，仅有属于他的那一份遥远的思念。

"对不起，莉莉安。"他说，"再见。"

他鼓足勇气，却还只能小声地说出道别。

"谢谢。"

他听见一个遥远而清晰的声音。

"谢谢。"

他还记得那一天。

在十五号大街的三十三层，他第一次成了自以为的英雄，自以为的好父亲。

在可预见的未来，他还有无数个没有女儿也没有爱人的日子，足够他去细细缅怀那一刻的无限荣光。

他没有回头，在寒风中大踏着步子，孑然一身，走向他的未来。

女人没有追上去。她看着那个稍显臃肿的身形消失在飞雪之中，和纽约的天际线一样渐渐隐没。

意识转移。

在不久的将来，它注定会像每一门技术一样缓慢放低门槛。

没有人知道会发生什么。

在布鲁克林区地上，器官贩子也许会转而贩卖起身体，富翁们在死后把自己藏进一具具皮囊，转入幕后，靠着台前的提线傀儡们操纵他们的商业帝国。

但那都是很久很久以后的事情。莉莉安没有打算活到那么久——不，应该说是唐克斯。莉莉安还要慢慢习惯去扮演她自己的母亲。她是个好演员，不会太难。

此刻，掌控着这具身体的正是三个纠缠不清的灵魂。

还有一个微弱的意识。

那个混乱的，没有头绪的意识蜗居在意识之海的角落里——

她已经决意要交出自己以换取女儿的生存，她一厢情愿地以为，只要老爹霍里成功得到了她的身体，他就会放过自己的三个女儿。

唐克斯接受了三个意识，而并不知道那是她的女儿们。

她早已经忘记了她们的样子，但她仍旧拥有不变的信念，她以为那三个女孩会在影子的庇护之下长大，在纽约的钢铁森林中勉强维生。

她并不知道她的希望已然实现。

就在这里，此时此刻，她的确在保护着她想要保护着的三个女儿。

万物生

SHE·修新羽

　　有个人站在你身后，始终站在你身后，如果从远处看的话会觉得他长得和我很像。如果从近处看，我担心，那人会和我一模一样。

一

　　我躺在床上，再次确认一切安然无恙。

　　在世界的某个角落里，没有另外的我被迫降生，被贩卖，被当作宠物养，被虐杀泄愤，被安排去做肮脏危险的任务。只有我。

　　这很孤独，这是让人安心的孤独。这是每天循规蹈矩的生活所能迎来的最大的仁慈。

　　那天晚上我失眠了。我总是想起她，总感觉舌头在口腔里突突跳动，而心脏正在朝黑暗中的某处坠落，坠落。仿佛冥冥之中有一双手正将心脏从我的胸膛中捧出，再弃之不顾。

　　凌晨四点，窗外零星响起鸟鸣。五点，她们来了。

她们有五个人，甚至没有穿着不同的制服来标记彼此，或许年龄上会相差一两岁，但看起来几乎相同。这让我产生了某种错觉，觉得她们就像分享着同一个灵魂的不同躯壳而已，如果真有什么灵魂的话。

母亲为我做了煎蛋三明治，还有酸奶，以往参加考试前她会为我准备的那种，惯例的祝福餐。而父亲只是看着我。他和她们一起看着我慢慢吃完早餐，换衣服，走出门去。

他们不该这么担忧的。毕竟我是去见我亲爱的妹妹。

张海伦，二十五岁。像所有愚蠢的年轻人一样叛逆，八年前离家出走，向我们的父母宣称"就当没有我这个女儿"。同年泄露了自己的基因，经商业公司推广为最受欢迎的克隆模板。

我上次见到她还是在五年前，某场混乱的游行中。狂热的粉丝们，男女皆有，老少混杂，拥挤着，欢呼着，四处是彩带、气球、喷筒、标语牌、任何应该出现在游行里的东西，还有很多维持秩序的警察。我握紧提包把手，眼看着人流把我冲得离她越来越远。

法律明确保障我们最宝贵的基因信息不被窃取，生而为人的自由不受侵犯。我们防护到每一根手指，所有生活用品都被及时消毒，我们避免任何肢体接触，只想让自己的基因足够安全。

几乎每个人都是这样做的……除了我那愚蠢的妹妹。她像耶稣一样献出了她自己。

但只有耶稣才能原谅这个世界的罪孽。

门后，那些机械镜头纷纷转过来，无声无息，像某种机警的鸟类注视着天敌那样，牢牢注视着我。片刻之后，我的照片会在各种新闻网站上出现，这不重要。来接我的这辆车有一处宽敞的隔间，车窗是全然不透光的黑色。多少让人有些紧张。

五个人中，有两个陪我坐在了隔间里。她们不说话，呼吸间，长长的睫毛轻微颤动。从侧面看，有着前翘的尖下巴。她们不化妆都眉目鲜明，就好像能一直那么年轻下去。她们眉毛平直，面容和我自己有着模糊的相似，她们都是我妹妹。

我终于能够再次见到她了。

我不能说自己想念她。这很没道理，因为实际上，我几乎每天都能见到"她"。网络、电视、报纸、速食餐厅、夜店、商场。无数个她。贡献出基因信息后，她成了一种免费的资源。

免费所以受尽轻贱。

二

基因工程发展到现在，理论上可以制造出具有任何特点的人。

实际上，我们确实尝试过。我从课本上见到过那个男人，没什么高高隆起的肌肉，却能轻易打破任何奥运会纪录，在水深三十米的地方可以无防护工作二十来分钟。课本上没写的是，他在电视上风光过几天，就无声无息地消失了。

老师告诉我们说，突发心脏病。那颗心脏承受不了超人的供血量，理论上是可以的，但就是不行：血液流速，血液黏稠度……变量太多太复杂。

基因组合的规律远比我们想象中复杂，牵一发而动全身，要权衡各种能力只会陷入无休无止的分析之中。

岂止是牵一发而动全身。

用我本科导师的话说，自然不只比我们现在想得更复杂，它比我们任何时候所能想到的都更加复杂。基因改造的可怕之处是你会忍不住想要"弥补错误",但人类本身就是在无数的错误之中前进,弥补所谓的小错误,总会引发更多致命问题。

那次新闻发布会上,咄咄逼人的女记者把十字架高举到胸前,高声问,这是不是说明了上帝造人?唯有神才能解决一切。

科研代表彬彬有礼,微笑着回答,是人在造自己。

人类一代代地淘汰掉那些不恰当的组合,花了三百多万年的时间才走到今天。

基因改造和基因重组的项目越来越难以申请到科研经费,倒是克隆人计划越发受欢迎。商人们没有那么久的耐心来等待,也不愿意承担那么大的试错成本,他们用最简单也是最粗暴的方式来得到答案。趁着政府还未制定出完善条款,他们直接对现有的基因组合进行筛选评估,为自己制造出克隆人奴仆。

把工具变成人,把人变成工具。

八年前,他们选中了我的妹妹。不过是一次学校内部的选美比赛,至少看起来是这样。参赛者经过体检,还经过了漫长而细致的基因分析对比。被选中的人会收到一份协议,在签订后会加入某项商业计划之中,某项开启人类新纪元的商业计划。

她没跟我们商量。父母,我,完全不知情。而她那时候需要一大笔钱,去帮那个不求上进的男朋友还赌债。

三

一路上我们都没有什么交谈。下车的时候我只能看到天空,薄云如纱,秋季的天空,以及那些树木枯萎的森林。三个她在门口登记信息，在隔间里陪我的那两个她一前一后，我们走过狭长倾斜的走廊。

我走进那扇门，才知道这里是一座教堂，古老的地下教堂。在贡献出自己的基因之后，她得到了政府提供的大量资金补贴，足够能随心所欲地生活一辈子。不知出于何种心理，据说买下了许多自己的克隆品，还在世界各地建立了生产基地，涉及化工、金属、医药。她让许许多多的自己在一起工作。

阳光穿过穹顶的彩色玻璃直晒进来，有些刺眼，能闻到潮湿土壤的味道。

"你现在是医生了。"她说。似乎有些好奇。她就坐在巨幅圣像下面，微微扬着下巴冲我笑。声音听上去和我平时听到的那些几乎一模一样。有些沙哑。曾经我听过一种说法，经历塑造人格，也就是说，你的回忆决定了你的身份。

只有她曾经缠着我讲过童话故事。美人鱼付出歌喉换取双腿最终化为泡沫，对着会说话的镜子盘算用毒苹果谋杀继女，那些童话故事。

她身上是简单的墨蓝色连衣裙，质地沉重得有些显老。或许一个人在外面这么多年，她已经习惯于让自己显老了。只有她才是我的妹妹。

没有任何防护措施，阳光下，似乎连她脸上柔软的绒毛都能看清楚。

"牙医。"我说，"可能救不了你……除非你是牙痛得快要死了。"

"不是牙医。"她摇摇头。

她不可能知道。

"你是世界上最好的病毒学医生。"她微笑起来，朝我张开双臂，似乎在请求一个拥抱。

我朝她走过去，走得很慢很慢。

"你治病吗，你救人吗？"海伦的声音很轻，但是在这样空旷的地方她能让我听清楚每一个字。"你救克隆人吗？"

那种事情第一次发生的时候，我们刚刚结束庆功宴。实验进展得异常顺利，老板请投资人和项目组一起出去聚餐。说不上来究竟是何时气氛发生了变化，我已经喝得半醉，却还是感觉到同事的目光意味深长。然后包厢的门开了，几个打扮性感的年轻女孩走了进来。其中当然有我妹妹。我又灌下几杯酒。再醒来的时候，已经在家里。

后来我逐渐习惯了。实际上，我也尝试接触过那样的人。确切一点儿说，是"买"过她一晚上。那时候，天已经暗了下来。金红云霞消失之后，海雾变得很浓，无论是呼吸还是注视前方都更为困难。

和其他人一样，她穿着短裙瑟瑟发抖。和其他人一样，她的皮肤上也有防护膜在闪动微光：她根本就没必要保护自己的基因，但这样会让她显得更正常些，何况有些客户会享受亲手破坏掉这层防护膜的过程。她望着我，嘴角露出模糊笑意。

我把她带回了家，给她冲了一杯热可可。和我之前见过的其他克隆品不太一样，她似乎不太喜欢说话，只是捧着杯子望着我。让人非常不自在。

"你怎么了？"我问。

"你怎么了？"她故意重复我的话，嘴角慢慢勾起来。"你根本都不想碰我。"

我的妹妹不会这样，海伦总是乖巧听话地跟在我身后，不懂得反问或反驳。然而这更让我们觉得事情的发展出乎意料。她被关在房间里。已经晚了。彼时彼刻，几个，几十个，几百个，成千上万个她正在被克隆出来。

她健康，聪明，美丽，那些得到基因的商业公司如获至宝。

"快管管你妹妹！"母亲说，她的意思其实是，"救救你妹妹。"

那时候我已经两年没回过家了，项目组正在攻关阶段。但这次的问题实在有些严重，导师特准了我两天假。我打开房门，看见我十八岁的妹妹被金属手环固定住，整个人都被安置在隔离罩里，像是陷入了无边无际的昏睡，像是童话里等待王子来吻醒的睡美人。

不是童话故事。被打了镇静剂，而实际上，警察在半个小时后就会到，为了或许会有的"从轻发落"，父母打电话替她自首，罪名是"扰乱公共秩序"。也可能被关上一辈子。

我只是隔着玻璃罩看着她。脸上还有隐约的红印，父亲扇了她一巴掌。

那时我还救不了她。

四

我见过这些人很多次。

从她的手里接到过外卖。人工智能和物流网发展到今天，这些送餐员存在的唯一意义，就是让外卖服务能更加"人性化"，让那些深居简出的人略微缓解一下孤独。当然，也有人厌恶见到同类：他们会在订单里备注，把外卖都放到门口固定的传送箱里。

那个她笑起来很甜，可能还不到十八岁。她递过来暖烘烘的比萨盒子，我伸手去拿的时候，她并不松手，还是笑着看向我。

或许她知道我是谁。她在求助，可我毫无办法。

那些"她"都是被克隆出来的。没有权利，不被承认。她们的手腕上被植入了芯片，随时随地汇报着她们的身体状态和行程。她们的生活被规定到了每分每秒，效益最大化。

我加大力气,把比萨盒子接过来。她垂下眼睛,转身离开。

还遇到过两个"她"在打架。

把车停在路边后,我就那样看着。路过的人有些视若无睹地从旁经过,有些也停下来看着。穿着商务套装的她把手提包狠狠抡到穿牛仔短裤的她脸上。有人在尖叫。她们互相扯着头发,接着其中的一个掏出了刀,鲜血。我把车开走。

犯罪率史上最低。或者说,正常人的犯罪率是史上最低的。我们不能用 DNA 证据来逮捕克隆人。她们一模一样,一个人的罪孽就是所有人的罪孽。

那些杀人犯,骗子,妓女。都是我妹妹。

许多年轻人把她的名字或头像印在 T 恤上,有人为她写书,有人跟随她主动泄露了自己的基因,出于叛逆,或仅仅是渴望出名,但很少能像她那样风靡全球。或者,更准确的说法是,很少像"她们"那样风靡全球。

而我早该预想到这一天,在我们送她去上大学的时候。

爸妈去停车,我帮她把行李拎到楼下,她在后面拎着几包衣服,走得很慢。她始终是个很乖的丫头,乖到没怎么跟爸妈大声说过话。

她越走越慢,最后索性停到了路灯下。灯光温暖柔和,她的防护膜上流淌着同样温暖柔和的光泽。她像是水做成的。

海伦抬起头来望着我,眼睛闪闪的,比星星还好看。同父同母,她虹膜颜色比我深,眉眼也比我舒展。上天对她真是眷顾。

"哥,我有喜欢的人了。"

该来的总会来。我停下脚步,站在门口等她向我坦白是哪个混蛋这么幸运。

可她不说话,只是看着我的眼睛。

"听说过去的人能不戴手套地拉手，嘴对嘴地亲吻？真的吗？"

她问我，真的吗？语气里充满了羡慕。少女们啊，谁都拿她们没办法。

"真的。"我说。

五

博士毕业三年后，我加入了最尖端的实验室。位于一艘世人并不知晓的潜水艇，漂泊在大洋的深处。没有网络，没有信号，喝特供的纯净水，每个月能用写信的方式给家里报一次平安。

政府拿资金，我们来研究病毒。能量身定制的病毒，只对特定基因组合起作用。但凡实验出什么事故、病毒发生泄露，这艘潜艇就会启动自毁程序，让一切消失在汪洋之中。

甚至没有什么娱乐活动。倒是有酒，我们找到一间空会议室，把五彩斑斓的病毒模型投影到墙上，边喝酒边欣赏那些精巧的构造。我们边喝酒边聊天，聊往事和未来。

这是一个希特勒梦寐以求的时代。只要有足够的资金支持和足够的决心，就能精确地在片刻之间消灭掉整个人种或整个国家，或仅仅是某个人。

我总是想到她。

在这光明一片的教堂里，隔着那几排空荡的长椅，我望向她。

而她迟疑着，终于放下索求拥抱的双臂，回望我。

"克隆人是一种疾病。"我听见自己的声音回荡在整座教堂之中。古老的彩色玻璃上画着我不理解的传说，关于天使，关于上帝的仁慈。我并不信教。"不断重复，毫无意义。"

她若有所思地用手指蹭着自己侧脸。

"你根本没生病。"我说。"为什么要用这么蠢的借口?"

"谁知道呢。"她说。"可能她早就病死了,你们谁也不知道。"

"我毫无意义吗?"她问。

六

那天晚上,她小口喝着热可可,暖棕液体在嘴角沾了一圈,杯沿留下唇膏的红色印记。

"你有没有什么梦想,之前?"

"我醒来就已经二十岁了,哪有什么之前。"她抬起眉毛,眼神嗔怨。这一定是个经过练习的表情,让她显得妩媚而可怜。

我大概知道事情是怎么进行的。人们隔着防护膜彼此抚摸,彼此亲吻。隔着两层防护膜,有时候,如果需要的话,一层。她会脱掉这些,防护膜和皮肤分离的时候发出电流的嘶啦声。那是人与人之间最亲密的距离。

"我和妹妹都特别喜欢甜食,总牙痛,那个牙医又特别凶。所以很早以前,我梦想着当牙医,我来看病的话,妹妹就不用怕了。"

"你真是个好哥哥。"很俗套地恭维。太过俗套的恭维。

小时候妹妹总是跟在我身后,对自由或反抗毫无兴致,与其说无私,不如说不在乎。

"贱货。"我说。我和同学聊起过她,人们不以为然地说,都是贱货,除了你妹妹。

她惶恐起来,却还记得把手里的咖啡杯放到桌子上。惶恐一闪而过,浮到嘴角的又是那种妩媚的笑意:"是啊,今晚属于你的贱货。"

不仅仅是今晚。她身上始终散发着暖烘烘的香气，越来越浓烈，甚至在我擦干地板上的血迹之后，那种香味依旧在。

其他人是贱货，她才能变成圣徒。

有组织的罢工持续了三个月。

第一场自杀性袭击发生的时候，人们毫无防备。死的只有两个人，总经理家的保姆，以及总经理本人。后来的调查显示，那个保姆在几周前就被反抗组织的人替代了。克隆人们不仅仅满足于游行示威，而且考虑用更激进的方式表达诉求。

第二场袭击的策划者甚至不是克隆人。三十多岁的工程师，他爱上了自己家楼下那个年轻漂亮而聪明的女工，甘心为她付出一切。这些克隆者都那么健康，年轻，聪明，漂亮，他们理应得到他们所要求的利益，以及爱。

政府发言人对媒体宣布，即将采取最有效的手段。

七

海伦，我忘不掉你的笑容。

你站在那巨幅圣像之下，阳光让你的头发变成泛着金边的深褐色。你睫毛微微颤动着投下阴影，你脸上细腻的绒毛，你唇边微微陷出的酒窝。

有个人站在你身后，始终站在你身后，如果从远处看的话会觉得他长得和我很像。如果从近处看，我担心，那人会和我一模一样。

我一直小心翼翼地生活着。除了那天晚上，我看着十八岁的你。你平静地躺在那个玻璃罩里，继而皱起眉毛，似乎在忍受什么可怕的痛苦。你浑身都在发抖。

你拉过谁的手,亲吻过谁。

我摘掉防护套,用手指轻轻抚平你紧皱的眉头。你的皮肤比我想象的还要温暖,还要更光滑。半个小时后警察会来到这里,把你接走。

而那时候我还不知道,三个小时后会有人将你劫出监狱,去往属于反抗者的基地。五年后我会在亲属知情同意书上签字,把自己新研制的病毒投入到实践中去,消灭掉所有你们。除了你,我亲爱的妹妹。被保护在大洋最深处的妹妹。

"上帝那里,属于你的位置只有一个。"在教堂里,我对你说。

身后的人轻轻揽住你肩膀。而我的喉头突然涌上咸涩,像是咽下了谁的血液。

我们无法恋爱的理由

SHE·亦落芩

> 克隆人的数量始终和人类维持在一半一半的水平,他们对每一个克隆体都进行了基因控制——拿掉了作为物种繁衍最重要的生殖渴望。

一

一对带翅膀的蚂蚁,从培养巢里起飞。

那脆弱的,几乎一吹就断的小翅膀,顽强震颤着,承载起整个种群的新希望。

突然,"滋啦"一声,所有希望化为焦烟。

"冷挚,你都干了什么!"我怒瞪手持电蚊拍的家伙,难以置信,"我的新蚁后被你杀了!"

"蚂蚁怎么会有翅膀的?"青年指着凶器上的焦黑辩解,"我以为是苍蝇!"

有翅膀的蚂蚁的确罕见。

通常在蚂蚁的种群中，蚁后的信息素会扼杀所有雌蚁的生殖能力，使它们成为一辈子劳碌的工蚁。但也会有少数的雌蚁，在蚁后信息素减弱时，生出翅膀与雄蚁飞出升天，成为新族群的蚁后。

这是蚁族的婚飞，普通人很少知道。

即使是冷挚那样的遗传学家，在我面前也只是个缺乏昆虫冷知识的普通人。

"蚁后多少钱一只，我可以赔你的。"冷挚耸了耸肩，毫不在乎，"你知道我组的研究经费，向来比你阔绰太多。"

他说的没错。在世界人口锐减至10亿的今天，遗传学家已站在科学鄙视链的最高处，他们掌握的是繁衍生息的重要学科。至少在我们"明日计划"项目组中是这样。

可我也不愿输给冷挚，就算只是口头上的。

"作为一个遗传学者，你想过自己的遗传因子失传，是件多可悲的事吗？"

冷挚耻笑："说得好像你有兴趣结婚生子一样，我看你最后一次牵男人的手，恐怕是搀扶老头过马路吧！"

放在过去，我们的行为会被看成两只单身狗对咬。而在经历了人类大灭亡之后，单身不婚无子主义反而是趋势所向。

既然不能保证给孩子稳定的未来，也没有时间照料他们，为何又要将他们生出来呢。

"对不起，打搅一下，我要请假。"女性的声音打断了我们的互相调侃。

是我实验室的助理丽娜。

每个人都有自己的选择，就像我选择单身，丽娜选择多生。

比起我那少得可怜的学术成果，丽娜硕果累累。她是3个孩子的妈，肚子里还兜着一个，每月收到的政府生养抚育金，是我研究员工资的5倍。丽娜一周工作三天，经常请假，反正不缺钱。我真怀疑她来上班的目的只是逃避在家带娃。

世界上大约有一半人和我与冷挚一样坚持独身，而另一半的人则与丽娜志同道合。我们互相称对方为"另一边的人"。

这只是个人的选择，并不存在高低之分。

不过，我曾经看过一个采访。采访中无论是成功的银行家、伟大的学术带头人，还是追求心灵满足的贫穷背包客，都明确地表示：不恋爱，不结婚，不生子，使自己有更多的时间工作或感悟人生。

因此，目前的精英阶层或透支每一张信用卡的享乐派，基本也是源自我们这边。

打发了丽娜之后，冷挚依旧是嘲笑的嘴脸："生娃真的来钱快，作为女性，你应该把握优势。"

"我是献身科学，很崇高的。"其实我就是懒得恋爱，而且很多人和我一样像惧怕病菌一般抗拒着恋爱，比如冷挚，"你就别一百步笑五十步了。"

不一会儿，刚才出去的丽娜又折回来了，她看我的眼神带着丝奇妙，说道："博士，有人找你，捧着一束……玫瑰。"

"是快递吧！"我又想了下，"我没给自己买花呀。"

实验室外的男子显然不是快递员。他身着价格不菲的笔挺的西服，手捧鲜花，脸带神圣，像是坛前亟待宣誓的新郎。

看年纪，这人应该是比我要大上一轮。他保养得很好，也故意打扮年轻，在见到我的时候，眼睛都亮了起来。

"你好，我是言韶，你或许忘记我了，但我……我……"他试了几次，都激动得情难自禁，急得脸色涨得通红，目光却紧紧地、热切地锁着我。

"我不认识你。"我冷淡回答。

"我看了你的论文……我觉得，我觉得……"他依然磕磕绊绊，鲜花被他捏得微微发颤，他深吸一口气调整状态，终于说出了一句完整的话，"请以结婚为前提与我交往！"

我翻了个白眼，当着他的面把门摔上，转身向实验室嚷道："冷挚，你的电蚊拍呢？借我用下。"

二

言韶的出现使我不堪其扰。

他就像个跟踪狂一样，渗透了我生活的方方面面。无论是实验室、上班路上、小区门口我们都能"偶遇"。他经常提起星辰大海，说很想与我去海边兜风。

最后，我实在忍不住："言先生，你再跟着我，我就要报警了。"

言韶有一瞬的难过，不过很快又振奋起来："当我终于找到你的时候，我就知道是你。是你让我心跳加速、呼吸急促，甚至血液沸腾，我知道非你不可。"

我最怕和另一边的人沟通，丽娜还好，除了特别能生之外人还算聪明。可眼前这位，明显是没有逻辑的。

"言先生，从科学的角度来讲，当你见到一个人就呼吸急促、心跳加快，心中有股热血横流，是神经兴奋剂苯基乙胺分泌产生的生理效果。"我已贡献了最大的耐心提点他，"这不是爱，只是荷尔蒙过剩。我希望你能冷静一下。"

然后，我就报了警。

机器警察三分钟内赶到，把震惊不已的言先生拿下。

在人口衰退的现代，机械代替了多工种岗位。不光警察局按报警严重程度派机械警察出警，就连餐厅、物流等各类服务业，也基本看不到活人。

我朝呼啸而去的警车挥手告别，转身回到研究所内。

很可惜，言先生没有学乖。

之后，他不再物理跟踪我，而是采用更加浪的手段逼我就范。光无人送货机空运来的奢侈品礼物，就足够抵我五年的薪水。

我知道另一边的人，在政府补贴下通常很有钱，又经常闲得发慌。金钱堆积出来的求爱攻势，简直是对我这种勤勤恳恳工作，不计回报奉献之人的响亮打脸。

我真是……揍他一顿的心思都有了。

冷挚还是照样来我的实验室闲聊，冷眼旁观我与我的追求者的拉锯战，并说那男人肯定坚持不了一星期，因为我作为女性的吸引力，也就够支撑七天。

"是看不起我咯？"我怒道。

"你关于蚂蚁社会性的论文漏洞百出，不堪入目。"

"什么？！"

他耸了耸肩："你看，这才是看不起你。你不是另一边的人，不应该以异性吸引力论短长。顺便说，《Natre》上的论文我看了，很有深度。"

冷挚这人相当傲慢，就算赞别人也总是一副不屑的表情。但我不得不承认他的话的确安抚了浮躁的我。

我又把注意力从对奇怪男人的求爱，转回到蚁巢中。

很可惜自从被冷挚残害，蚁巢一直没有诞生新的蚁后。老蚁后或许是加强了防范，释放出的信息素，扑灭了所有雌蚁的生殖渴望。

七天之后的雨夜，我又在实验室外看到了等候许久的言先生。

磅礴的雨势根本不能用伞阻挡，言韶原本可以待在车里的，却怕错过我而不得不撑伞站在街头。他已浑身湿透，不断地咳嗽，双颊泛着病态的红晕。

"年纪大了，身体不太好。"言韶解释道，"你退还的礼物，我收到了。不过我买了新车，有人告诉我，年轻女孩喜欢这个颜色，送你。"

他指了指停在路边火红又招摇的豪车，想把车钥匙交给我。

"无功不受禄。"我冷言相向，头也不回地走了。

没走出几步，就听到背后"扑通"一声。

言先生原地栽倒，他高烧的身体已经支持不住。

"别把我送去医院，我会被抓走的。"他及时阻止打急救电话的我，挣扎说道，"躺一会儿就会好的，你要是有事就先走吧。"

虽然他很讨厌，但我也不能把人扔在水塘里，万一死了警察会根据报警记录找到我，况且那辆新车看上去不错。

出于人道主义和脑子一热，我开着新车送他回家。

言先生住在市中心的公寓。虽是高档地段，设施先进，但入住率很低。

人口衰退引起社会收缩，楼市成为泡沫，那些依靠刚需为支柱的产业几乎崩盘。各国政府不惜一切代价护盘，防止经济崩溃，也多亏了另一边的人们奋力生娃，这才让许多城市免于成为空城。

不过，我没想到的是，与豪华公寓十室九空的状态一样，房间里也冷冷清清。言韶的家没有家具，没有摆设，甚至连一张床也没有，四壁空空，像一间冰冷的监狱。

"我是为你而来的，其他的事都不重要。"言先生虚弱地说。

我发抖了，害怕地发抖，我想立刻逃跑但他拉着我的手掌太烫。

于是，我叫来了冷挚。

"你是打算……让我宰了他？"

冷挚不太确定，我也不太确定，我自己都不能理解把言韶弄回来的原因。

"我不知道如何照顾病人。"我说，"我从来没生过病。"

"你以为我知道？"冷挚白了我一眼。

"你不是一直自诩比我聪明吗？"

最终，我们终于四处买来了药和被褥，把言先生安置妥当。

一直等到半夜，言韶的高烧退了。

"这个人有点奇怪。另一边的人从来不会追求我们这边的。"冷挚点了根烟，靠在窗台，"他连你都追，已经不能用眼瞎来形容了。"

我深深感受到了冷挚对我的鄙视，但我的确也不相信这个世界有谁能一直不求回报地爱着谁。

所谓的爱情，其实是能用公式计算的化学反应。我们这边的人都非常清楚不恋爱的原因——那实在是太浪费生命。

要说言韶不屈不挠地追求到底影响了我什么，或许只是吹胀了我的虚荣心。

"你才眼瞎，言韶的眼光多好。"我反驳冷挚，"这说明，就算我不是另一边的人，还是魅力无穷尽。"

冷挚冷哼："就你这灭绝师太，能给人追上一次，算我输！"他似乎不太高兴，抽完一支烟就走了。

当月亮的光线从落地窗爬进来，摸到言韶脚踝的时候，他醒了。

言韶迷茫地望着我，就像望着梦境。

"没想到我会把你运回家吧。"我调侃道。

"不，我只是害怕醒来时，你只是我的梦。"他认真地看着我，眼里盈满泪光,像是盛着世间所有的美好。

或许是言韶的眼泪将我打动,也或许我实在太想赢冷挚一次,我做出了一个至今都觉得神奇的决定。

当我在实验室宣布我和言韶在一起之后,冷挚不小心打破了他跑了两周的电泳管。

三

我的不婚主义源自青春发育阶段。

那个时候,我就发现男女关系并不能成就我。与其花心思打扮自己招蜂引蝶,不如好好读书,将来获得事业的成就。

也就在那个时候,同学之间有了区别。有一批人和我一样对男女之情毫无兴趣,而另一批人则把宜家宜室当作人生目标。

正是没有感情拖累的这批人,成了推动社会发展的主要力量。而热心于家庭经营的男女,则始终活在自己的偶像剧里,恋爱、分手、结婚、离婚又恋爱,生下一个个有着不同基因序列的子女。

我没想到,有一天我会被来自另一边的言韶,困扰到不得不放下原则。

"烈女怕缠郎?妥协了?"

我辩解:"电视上就这么演的,只有得不到的才是最好的,那我就让他得到,他才能很快冷下来,不骚扰我啊。"

"你的逻辑开始混乱了。"对于我"欲纵故擒"的手法,冷挚并不认可。

可能是冷挚对男性的理解远胜于我,我本以为的感情退潮期,并没有出现。

言韶在欢天喜地和我在一起后，越来越大胆地涉足我的生活，甚至还敢对我动手动脚。每当我宣称要报警时，他才有所收敛。

我很苦恼的，在写下第 1023 篇切叶蚁的观察日记后，抬头看了眼正在观蚁巢的冷挚。

他几乎立刻注意到我的眼神，抢在我之前开口："我不想听你和言韶的事，我马上就走。"

"但是我想说啊，冷挚我们是朋友，朋友就应该互相倾诉。"我努力让自己看起来很委屈的样子。相处那么多年，我早就知道这位同事的脾性，他虽嘴欠，良心还是不错的。

我眨巴了几下眼睛，眨得我眼皮都酸了。冷挚终于忍耐着坐了下来，一副饱受折磨，交友不慎的样子。

"你最好快点说。"他看了下表，"二十分钟后我和汪教授有约。"

"汪教授，汪洋？"我立刻想起了那个大名鼎鼎的诺贝尔生物学奖获得者。

冷挚不喜欢汪洋，因为汪洋很可能是唯一可以在学术及傲慢程度上碾压他的人。

我不禁好奇："你找汪教授做什么？"

"有件棘手的事，得请人帮忙。"

有什么天塌下来的事，能让冷挚低下高贵的头颅？本来想要讨论的事立刻显得不那么重要了。

挡不住我的追问，冷挚解释道："东区发现了一堆尸块。"

"尸块……你还管凶杀案？"

冷挚白了我一眼："凶手应该是没来得及把尸体全部溶解就被人发现了。为了确定死者身份，法医做了基因比对。"他顿了顿，"和警方已知的基因库比对，死者应该在两个月前就在西区死过一次，死因同样离奇，还未破案。警察来找我验证，世界上是否存在具有同样 DNA 的人。"

哺乳动物的个体之间不存在相同的 DNA，哪怕是孪生子都无法办到。我有一种不太好的预感，总觉得事情不简单。

"冷挚，你还是不要深究了，那是警察的事。"

冷挚没采纳我的建议，他对事有恐怖的专研态度。后来我们又聊过几次，案件没有进展，倒是另一边的言韶，先提出了不满。

"不要和冷挚走得那么近。"言韶很少对我提要求，他说完马上就露出了抱歉的神情，"我的意思是，你和冷挚在一起，我会感到恐慌。"

"为什么？"

"因为，他……他比我年轻。"

我从没问过言韶的年龄，他看上去的确比我们年长。

"我当冷挚是同事。"

"你也可以当我是同事。"

"你会跑电泳、会洗试管吗？"

言韶摇了摇头："我会写诗。"

对话在我的狂笑中尴尬结束，可是言韶的生活竟然在我的实验室里有模有样地开始了。他就真的赖在我这边，刷起了试管。

"言先生就没有其他工作吗？"我就纳闷了。

"不重要。"言韶说，"我家的积蓄很多。"

这倒是看得出来的。

丽娜见终于有人帮我，就请辞回家待产。而我也真的长久地没见过冷挚。他总不在研究所，东奔西跑不知在忙碌什么，或许还在追查凶杀案。

在我的身边的人，突然就只剩下言韶，刷试管的言韶，一起吃饭的言韶，我说的他听不懂但很认真听的言韶。

他像一只侵入蚁巢的甲虫，在抗住兵蚁的轮番撕咬后，逐渐沾染上了蚁巢的气味，变得难分你我。

四

几天后，我得到一次出外勤的机会，实在熬不住言韶的反复恳求，终于把他也带上了。

"要是下次能去海边就好了。"言韶得寸进尺，小声嘀咕。

我真是哭笑不得，他对和我去海边兜风有着惊人的执着。

"出来不是玩的，我的工作很无聊，你可以在帐篷里等着。"在抵达目的地后我告诉言韶，"我会在月亮升起时回来。"

因为那时，蚂蚁已全部入窝。

广袤的草原上，我找到一处隆起的新鲜泥土。在蚂蚁们频繁进出的通气孔中，我小心插下了用来捕捉蚁后的导管，趴在了地上，慢慢地、小心地往前探索。

蚂蚁是从恐龙时代就遍布全球的物种，至今已演化出了11700多个品种，几乎存在于任何地方，是世界上抗自然灾害最强的物种。

抗灾的耐性源于它们独特的繁殖方式。

通常的蚁群都是由一只蚁后与多只雄蚁担负起传宗接代的工作。其他雌蚁均在蚁后的控制下，退化成没有性别的工蚁，终日劳作。然而，也有些庞大的蚁群，根本没有雄性的存在。

比如我眼前的 M 斯氏蚁。

M 的社群全部由雌性组成，蚁后直接产下未受精卵成长为工蚁，每一只工蚁所携带的 DNA 完全与蚁后相同，这是动物界非常罕见的

"孤雌生殖"或称"无性繁殖",用一种大家都觉得很科学的方法来说,就是克隆。

之前我和冷挚聊过蚂蚁的无性繁殖。他的意见是,无性繁殖并不适合动物种群,克隆阻止了基因重组的可能,也破坏了引发进化的突变。长久以往,无性繁殖的种群必然灭绝。

但冷挚无法推测出准确的灭亡时间,相信这次的野生采集,能令他更精确地得出结论,如果他能暂时放下研究尸块的话。

我终于颤颤巍巍地抓获了蚁后。比起工蚁,它大得惊人,我小心将它安置在收养管内,一抬头,草原已被繁星笼罩。

可能是没吃晚饭的关系,站起的瞬间,我晕眩地几乎要倒下。我抱紧收养管,准备接受疼痛。可此刻,后背却落入了一个温暖的怀抱。

我转过头看了眼言韶,惊讶道:"你怎么来了?我不是叫你待在帐篷里吗。"毕竟没几个男人会忍受得了在野外的星空之下,陪女伴挖土。

"你还是喜欢研究这些,一点没变。"

有时候,我觉得言韶语气太多熟稔,我们才认识三个月,却感觉他认识了我很久很久。

他试探着,从背后轻轻地抱住了我。或许是累了,或许是习惯他总出现在身边,我并没有反抗。

"我每天醒来,都以为自己又在做梦。"言韶的气息在我的耳边吹拂,卷起了一阵温热的风,"只有现在,我能触碰到你,听到你说话,看到你的眼,我才能确定,我真正地找到你了。对不起,之前我的表现就像是个变态,但你一定不知道,我找了你多久。"

我慢慢转过身来,不解地望着他:"我们究竟认识了多久?为什么我对你完全没有印象。"

"或许是一辈子吧。"

他笑，带着点悲切，满天的星光仿佛都落在了他明亮的眼中。

另一边人的浪漫主义思想，始终是我无法理解的。

投身事业总会有成果回报，放飞自我则能获得心灵的满足。而若执着于感情，执着于某人，则可能遍体鳞伤，以失败告终。

这是明知的结果，另一边的人却比我们更加坚定地，更加勇敢地沉迷于此，义无反顾。

"我没有你想象的那么好，言韶。"我内疚地坦言，"我或许永远无法回应你的需求，或许……"

他修长的食指点在了我的唇上。

"你不用回应的，只要不躲开我就够了。这次，我会一直在你的身边。无论多少年，无论多么远。"

我又发抖了，他以为我冷，将我拥得更紧。可我知道，浑身的战栗是丢盔卸甲的前兆。

当他低头吻我的时候，我没有躲开。

五

这次两人的旅行加深了我们的关系。然而就在我犹豫是否要更进一步时，言韶却突然消失了。

什么"一直陪在你的身边"，真是宁可相信世界有鬼，也不能相信男人的嘴。想想之前的荒唐事，我绝不能只当是"被狗咬了"，一笑而过。

"状态不好？"冷挚明知故问。

本以为他会继续挖苦我莫名其妙的失恋，可是他没有。我猜，或许是在外面见过世面了，他的心胸也变得宽阔。

"你的碎尸孪生子怎么样了？"我换了话题扔给他。

"我查到了一件事。"冷挚打开手机给我放了一段视频。

视频上那辆红色轿跑相当拉风，而驾驶座上的正是我不见多日的前男友。随后，有人上了他的车。

那个人的脸我在哪里见过。哦，是冷挚在调查中的孪生子中的一人。死去的两人各方面都是一样的，从视频上很难判断到底是哪一个。

"给我看这个是什么意思？"我警惕地问道。

"这段路面监控视频在我通过加密服务器下载后几秒，就被全网删除，有人不想被人知道言韶与案件的关联。"

"有什么关联，或许言韶只是专车司机？"

"我现在没有心情开玩笑！"

"好啦。"我瘪了瘪嘴，尽可能地揣度冷挚的善意，"所以，你想告诉我，言韶是卷入了某件事件中，并不是对我厌倦了抛弃了我？"

"不是猜测。我们的人跟踪了言韶，他虽然与碎尸案无关，碰巧也被发现了一些事⋯⋯"冷挚定定地看着我，欲言又止。

他很少有这样的表情，出口伤人已经是习惯，但此刻他却像是在顾忌我的感受。

"你们不再见面或许是件好事。"冷挚继续说道，"而且，并没有案例显示另一边的人可以与我们保持长期关系，最近⋯⋯"

话音未落，研究院主任便从门口踱步而来。

主任和冷挚一样，用一种欲言又止的目光看了我很久，终于从文件夹里拿出一份材料递过来。

"你被辞退了。"上了年纪的主任说道。

"为什么！"我跳起来，"为什么要解雇我，我做错了什么，还是我不够优秀。"

"你很优秀，也没有做错任何事，但是你知道研究院并不缺优秀的人。"主任叹了口气，"其实是董事会的意思，我也不知道为何他们会突然关心一个研究员，这是你的辞退材料，希望你能理解。"

当然不能理解，我还想争辩什么，冷挚已冷静地将我拉开，像是早就知道了事情的结果。

"主任您放心，我会看着她离开的。"

"能让我把蚂蚁搬走吗？"我小声坚持了下，"我繁育了他们十几代，很有感情。"

"有感情？"冷挚耻笑，"你要是在印钞厂工作，被辞退的时候，因为对钱有感情，会要求带走流水线上的现金吗？"

这个人总是嘴上说着无情的话，又回头帮我一把。在主任安心地离开后，冷挚帮我打包，并把我送回了家。

很显然，他还有话对我说。可我没心情了，有什么比失恋之后，还失业了更悲惨的事？

"不是你的问题。"他眼色平静根本没有一点安慰的表情，"言家是暴风科技的董事，言韶的家长不同意你们来往。这就是我刚才想告诉你的，没想到他们动手那么快。"

一瞬间，我什么都明白了。

我和冷挚都隶属暴风科技公司的"明日计划"项目组。项目的宗旨是提升人口数量，优化遗传特性。

作为员工，我们这边的人再好用不过，个个吃苦耐劳心无旁骛。但如果是言韶的女友，那我的不婚不生主义就十恶不赦。另一边的人的人生绩效是以孩子的数量衡量的。

"你想和言韶结婚，生下他的孩子吗？"

"当然不想。"我莫名地看向冷挚,"为什么这么问?"

"没什么,我只是确认下,你现在是哪一边的。"他似乎是想到了什么,有趣地看着我,"你应该读过罗密欧和朱丽叶的故事。"

"为爱情,十四岁叛离家族私奔,最后双双死在神坛下。"我当然读过,"你说,我们十四岁的时候在做什么?"

"攻读提前批录取的哈佛生物系预科。"冷挚回答,"我们是同学。"

正如冷挚所言,我们这边的人活得都非常卖力,追求自我的放飞人生大江大海任畅游,追求事业的谁都没有停下脚步总在你追我赶。

因此待业在家的第二天,我就像失去蚁后信息素指挥的工蚁那般,没有了头绪。

窗外偶有孩童嬉戏的声音,还有拿石子打我家的窗玻璃,那是另一边人们的孩子。他们花了大量的精力和时间用在建立稳定的关系及照顾幼儿上,政府也给了相当的回报。我曾一度觉得那是浪费时间。

如今看来,并不全是浪费。

至少他们不会像我这样,除了工作,一整天都无所事事。当他们老了,死了还能被人纪念,我环顾自己被工具书和蚂蚁试管塞满的房间,竟觉得寂寞。

这些东西,在我死后,一样都不会留下。

我想,我该出去走走了,一直想去海边却从未成行。因为那里没有蚂蚁,没有可以作为远行的借口。

"咚咚",窗子被小石子敲击声越加明显,我装出生气的样子,准备把那些小孩臭骂一顿,一开窗却吓了一跳。

"我又找到你了,亲爱的。"言韶费力地趴在窗边。

秋天干燥的风将他的碎发吹起,露出俊脸上深浅不一的伤痕以及额角干涸的血迹。

他笑得如此欢愉，仿佛宝物失而复得。

六

对于身上出现的各种伤痕，言韶的解释是他遇到了车祸，新买的轿跑毁于一旦。他并不知道我和冷挚发现的事，只说和家人发生了冲突，已叛出家族。

"是为了我吗？"我明知故问。

言韶尽量装作若无其事，闪避的眼神还是出卖了他。

我的心情很复杂，有些事必须说清楚："我没那么爱你，也不会和你结婚生子，现在还来得及后悔的，我没什么可以回报你。"

"为什么非得有回报呢？"言韶激动地站了起来，扯裂了伤处也浑然不觉，"爱是没有理由，也无须回报的。比如同性恋，你觉得他们是为了生殖目的在一起的吗？"

真是石破天惊的金句啊，不过我最讨厌有人和我辩论了："同性恋是因为基因出了问题，他们的基因错乱了！"

"那你就当我的也错乱了好了。"

言韶的腹部渗出了血，他不愿去医院，我只能简单包扎，伤口仍深可见骨，此刻他无心顾及，涨红了眼，急切地想向我证明自己的爱。

明明他已经背叛了整个世界，为我而来了。

我浑身发抖，身体里仿佛有一股被尘封的感觉渐渐复苏。我疑惑地轻轻抚上他的脸，用力擦去从男人眼里滚落的泪，那热度几乎烫伤了我的手指。

突然间，我觉得什么都不重要了。我踮起脚，在言韶的诧异中，献上了双唇。

这个亲吻,像是偷来了,我从来没有觉得心跳得那么快。

之后,我们很快就搬离了我的公寓,我是担心言家的人不会这么轻易放弃言韶,当然我也不会。

为了让言韶的身体尽快恢复,连续一个月的我们东躲西藏,像是一对欢乐的亡命鸳鸯。

在言韶终于可以重新跑动之后,他再一次提议去往海边,说好几年前就在那里安置了住处。

这倒与我原本的打算不谋而合。出发之前,我告诉言韶,我必须去与朋友告别。

"好吧,我等你。"言韶拉着我的手,真挚地望着我,"这一次,你一定要兑现诺言。"

"我以前答应过你什么?"

他苦笑了一下:"没有。"

说实话,我从没想过有一天会离开实验室,离开冷挚的冷嘲热讽。当冷挚真的坐在我面前,我竟有了不舍的感情。与他告别,就像是在告别我的过去。

"准备找新工作了?"冷挚从包里翻出几张名片随意地丢在桌上,像是丢掉小广告那样,"我有些认识的学者在找合作伙伴,虽然条件不如明日计划,贵在环境不错,挺适合你。"

说着他从手提箱中又拿出了一件物品——是我的蚂蚁巢穴。数不清的火红蚁被小心安放在转移箱中,稍显拥挤。

"我偷了你那儿最值钱的品种,怎么样,很靠谱吧。"

冷挚摆出一副"快对我感恩戴德"的表情,挑眉看着我,他以为自己送来了我最重要的东西。

可我只是平静地告诉他："我们打算离开这里了，这里对他来说不安全，而且……"

"我们？"冷挚抽动嘴角，洋洋得意之态瞬间全无，并很快意识到我在说谁，"你是怎么找到言韶的？"

"准确地说，是言韶找到了我。"

不远处有一桌小情侣，女的一把将冰水泼向了男人的脸，男人愤怒地争论，两人争吵不休。他们是另一边的人，只有另一边的人才会为了"我爱你你不爱我"的小事闹得不可开交。再看临边的那桌，那位独自喝着咖啡的金融精英，在冰水飞溅过来之前，已经挪开了很大一个空位，脸上写满了嫌弃。

嫌弃，是的。

我们这边的虽然足够理智，也尊重个人选择，但对于另一边的人的生活态度，其实是打心底里嫌弃的。

我很担心冷挚会拿那样的眼神看我。然而，他看都没再看我。

"也好，既然决定了，就赶快走吧。"说完，冷挚面无表情地起身，准备离开。

"等一下冷挚！"我拉住他，"我要离开了，所以你别去参合什么碎尸案，你受伤我也没办法赶回来照顾你，万一，我是说万一，你因此殒命，我会伤心的。"

这才是我一定要来见冷挚的原因，我很担心他继续追查孪生子会遇到危险，始终有一种感觉，那不是我们应该触碰的事。

冷挚皱着眉，甩开了我，浑身散发着压抑的怒气。

"我的事，不需要你管！"他吼得很大声，嘈杂的咖啡厅因此凝固，就连吵架的小情侣都静若寒蝉。

七

我们两个可以说是不欢而散了。见完冷挚之后,我的眼皮狂跳,令我不禁担心,他会做出什么难以弥补的事。

可是我没想到的是,出现意外的并不是冷挚,而是说好在出租房等我的言韶。

远远地,我看到言韶被人拉扯出了公寓。

向来温雅的言韶,如同被激怒的野兽,手脚并用地与人争斗。可他哪是那些黑西装的对手。

我来不及思考,抄起蚂蚁箱加入了恶战。

从天而降的红火蚁,不分你我地啃咬着那些人裸露的皮肤,被咬之处会立刻像火焰灼烧般痛起来。红火蚁是世界十大毒蚂蚁之一,这时候我就很后悔没有好好科普冷挚。如果手上这箱是又贵又毒的马塔贝勒蚁,那么我早就不战而胜。

场面一度相当混乱,充斥着各种惨叫,在我乘人不备拍昏两人之后,终于也被人一把按倒在地。

吃了一口的灰尘,我愤怒地盯着他们胸口的黑色向日葵徽章,那是"暴风科技"的图腾,实验室里到处可见。

也就在同时,呼啸的警笛由远及近

"没想到吧,我不仅会打架,还会报警!"

带头的人狠狠地甩了我一个巴掌,我眼冒金星,吐出了一口血水。

"别动她!"言韶厉声道,"和她无关,你们放开她,我答应所有条件。"

我猛地看向言韶。他的伤还没好透,这么一折腾到处都渗出了鲜血。

"言韶你要干什么!"我被束缚,帮不上任何的忙。

黑衣人递给言韶一根注射器,言韶最后看了我一眼,熟练地将蓝色的药物注入了自己的体内。

"言先生,你还有五分钟。"黑衣人放开了我。

在警察赶到之前,他们带着浑身的脓包,全数撤离。

我跌跌撞撞地跑向言韶,紧张地问道:"你给自己注射了什么?"

"平静剂。"言韶伸手将我脸上的尘土轻轻拂去,解释道,"据说可以抑制人过剩的荷尔蒙,和治疗抑郁症的药物是相反的作用,我之前被打过多次,有些副作用,不过没太大关系。"

我想伸手扶他,却被他轻轻推开。

"我没事,过些日子等药效退了,我还会来找你。"他扬起一抹我相当熟悉的微笑,笑意不达眼底,"暂时就别靠近我了,我会变得有点……冷漠。"

但我没有让他走,反而死死地抱住他满是伤痕的躯体。

就算丢掉了研究院的工作和整箱的蚂蚁,我都没有任何失去的感觉,可现在我知道只要让言韶离开我的视线,他就真的会消失不见。

"拜托,我真的得离开,我不想说出任何伤害我们关系的话。"

言韶眸中的光以可见的速度黯淡下去。他挣扎着,费劲地与我划清界限,又因药物产生的虚弱而逃脱不了。

"不行,你说好我们要去海边的,现在你还要去哪里?"

"我还能去哪里?我想去死。我不该寄希望于你的。"他脱口而出,也立刻意识到自己说了什么,捂住了嘴。

抑制剂开始发挥作用,言韶似乎想对我说"抱歉",但他试了几次都吐不出音节。最终他看我的目光冷透,就像是第一次见面时,我眼中的冷漠。

就在这时，黑衣人已摆脱警察卷土重来，他们盯着言韶仿佛他是砧板上的肉。我一个人无法把言韶带走，他甚至不愿意我再拽着他的手。

我倔强地扯着他，直到视线模糊才意识到自己正在流泪。

眼看那些人就要将我们包围，一辆汽车忽然如利剑一般突出重围，黑色的车身咆哮着，无情碾压过挡路者，一个漂亮的甩尾，稳稳停在我们的面前。

冷挚降下车窗，瞥了我们一眼："上车！"

我不再犹豫，将几乎虚脱的言韶推入后排。在黑衣人们尚未来得及反应之时，冷挚已一脚油门扬长而去。

"谢谢你来救我们。"从后视镜里，我看了眼眉头紧皱的冷挚，等待着他的嘲讽，我和他才刚吵翻，但冷挚还是愿意来帮忙。

"你打算怎么做？"他没有对我疯子般举动有任何评论，"想过去哪里吗？"

"我不知道。"我握着言韶的手，他佝偻在后座，已昏睡过去。

"那就先去他说的海边小屋看看。既然言韶坚持那是他的安全屋，必定是对他，对你们都很重要的地方。"

冷挚在讨论关键问题时从不带个人感情，我喜欢他的一贯冷静，这能让我觉得，天底下没有任何事值得大惊小怪。

我们在半夜时分抵达了海边，黑暗中的潮汐仿佛是一头野兽的呼吸，腥臭味源源不断从它吞天噬地的口中散发出来。

在点亮小屋的瞬间，我立刻明白了为何言韶一直想与我回到这里。

小屋布置得温馨安逸，麻布的桌布，田园式的家具，咖啡壶被擦得光亮，有人在这里生活了很久。在靠窗的照片墙上，挂着我与言韶的合影。

从照片上来看,我们应该从童年就相识。男孩的他和女孩的我,一路相伴,直到最后那张,我穿着婚纱手捧鲜花。

"你有没有想过,我们的定位。"冷挚伸手将照片从墙上拿下,铺在我的面前。

五岁的我,十岁的我,十五岁的我,我已经淡忘的记忆全部都被印在了鲜亮的画面上。

冷挚看着我的眼睛,严肃说道:"看清楚,这些真是你吗?"

八

照片上的不是我,明明是一样的外貌,但那不是我。

不知为何,我竟一点都不惊讶。很久之前,我就有过这个想法。言韶爱的不是我,而是和我长得很像的某个另一边的人。

既然已经出现了相同 DNA 的孪生子,那么我或许也是其中之一。只是与我相同的另一边的那位,已经死去了太久。

"你早就知道了?"我问冷挚。

冷挚靠着窗口抽烟,他很烦躁的时候通常都会这样。

"我有事要与他确认,你去把言韶弄醒。"

"你想问什么?"言韶倚靠在客厅门口。

言韶在我们说话时就已经醒了,浑身的冷汗打湿了衬衫。他努力避开我的视线,可能他知道,他此刻的眼神是冷的。

冷挚指了指我:"她是克隆的,对吗?"接着他又指了指自己,"我也是。"

我诧异地看向冷挚。

冷挚一哂，继续说道："不止我们，恐怕这个世界一半的人，都是为了保持社会稳定而制造出的克隆人，对吗言韶？"

言韶呆了呆，随后，点了点头。

就在之前，我和言韶过着甜蜜小日子的时候，冷挚和汪洋的调查已经深入到"明日计划"的中枢。

人类的大规模繁殖，曾给地球生态带来了灭顶之灾。人们时常提及的科幻片中地球毁灭的时刻，终于在百年前来临。

可是地球是不会毁灭，毁灭的只有人类。

瘟疫、灾害、资源匮乏，甚至某人的一个响指，一次次修罗场的降临令人类人口大幅下降，世界各方政权努力维持着经济和社会的稳定。

因为一旦社会关系消失，作为个体的人类将难以生存。我们都知道人类的劣根性，灭绝人性的烧杀抢掠，将成为人类落幕前最后的场景。

为了不被我们的盖亚之母清盘，作为世界上最优秀的科技公司，暴风科技的主脑想出了一个在一个世代内繁衍出多个个体，保持社会稳定的方法——克隆。

自从二十一世纪初期，当人类第一次出现严重老龄化且数量发生下降时，"明日计划"就已开始运作。克隆人的数量始终和人类维持在一半一半的水平。足够的人口使得社会功能得到了保障，使得经济市场正常运转。

同时，为了区分自然人与克隆人，为了严格控制人类的遗传基因不受干扰，暴风科技在进行克隆时，对每一个克隆体都进行了基因控制——他们拿掉了作为物种繁衍最重要的生殖渴望。

这么一来，克隆人便能心无旁骛地工作或是尽情地享受人生，无论是他们创造的社会效益,还是他们的消费带动的内需,都成了推动人类进步的中坚力量。而他们死后,什么都不会留下。

若不是出现了计划外的多个相同 DNA 克隆体,"明日计划"的本质根本不会被人发现。

"你要是知道为什么严密的明日计划会出纰漏,一定也会和我一样感到可笑。"冷挚瞥了一眼脸色惨白的言韶,"他干的,他为了某人擅自更改了明日计划的程序,引发了混乱。言家的公子真是痴情呢。"

之后,我听了冷挚的解释,并没有觉得可笑,只觉得伤心。

世界上一半人口,是大灭绝前保留下来的基因做成的克隆人,而我不是。

和我猜想的类似,我之前的那位被言韶深爱着,言韶利用"明日计划"的克隆手段,将意外死亡的那位的基因混入再造流水线上。

可惜的是,他并不知道我会在何处,何时,以何种方式降临。所以他在人海中找了我二十年。

冷挚说到这里,突然笑了下:"在明知道克隆人绝情的情况下,他依然勇敢地骚扰你,这一点我相当佩服。"

言韶他平静地望着我,没有感情波动:"对不起,我知道你不是她,但是我无法放弃希望。如果没有对你的念想,我早就和她一起死去了……或许我现在也来得及死。"说着,他熟练地从抽屉里拿出了手枪,就像曾经尝试过千百次。

我立刻跳了起来。

"言韶,听我说,你现在的状态不对,是过量的药物让你抑郁,不是真的。"我渐渐靠近他,直到能摸到他的手。

言韶微颤着,努力克制甩开我的冲动,他担心我在争夺手枪时伤到自己。直到现在,他爱意全无的现在,他都不忍心看到我受伤。

"我们必须走了。"冷挚一把抓起我的胳臂,"言韶是暴风科技重要之人的直系亲属,他们不会放弃寻找他,得把他留在这里。"

"不,我要和言韶一起,扔下不管他会自杀的!"我喊道。

"不能带他,你见过他们对待我们的手段,想被切成尸块吗?"冷挚恐吓我。

就在我犹豫的片刻,言韶突然反握住了我的手。他的手心冰冷又潮湿,却让我轻易挣脱不了。

看得出,言韶很矛盾,很有可能自己都不清楚为何要抓着我不放。但他直觉地,不想与我离别。虚弱身体仅存的全部力量,都集中在了相握之处。

在拉扯间,我突然泛起一股恶心,赶紧甩开两人,跑到卫生间吐了起来,像是要把胃都吐出来。

冷挚冷淡地递给我纸巾。

"吃坏了?"

"不,我怀孕了。"我坦然,"前几天发现的,我原本打算等安顿下来再说的……"

九

冷挚瞪着我长久地发愣,直到烟灰掉落裤腿烧出一个小窟窿。他赶紧灭了烟,将我从马桶边拉起来。

"怎么可能?"他有片刻的恍惚,最后撇开眼去,喃喃道:"我没想过这一点,是我考虑不周。"

摇摇晃晃扶墙过来的言韶,像是听到了什么惊天的消息,双目圆睁。

"你怀孕了?"

他还在抑制剂的控制之下,额头浮着薄汗,屡次伸手似乎想要拥抱我,又困惑地抬不起手来,以至出现了一种滑稽的互搏状态。

冷挚看着言韶的挣扎和我的苦苦哀求,眼色逐渐暗沉。最后他闭了闭眼,仿佛是做出一个重要的决定。

"出去谈一下。"冷挚将言韶推了出去,顺手把盥洗室的门摔上。

我很担心他会在外面直接把言韶干掉。可几分钟后,两个男人和平地又把盥洗室的门打开了。

"你去开车去。"冷挚把车钥匙交给了言韶,又对我使了一个眼色,"你跟我过来。"

支开言韶后,冷挚很快打开随身的箱子,是一些我不曾见过的化学试剂。

他罕见地耐心向我解释:"用这些我可以伪造一个自杀的爆炸现场,瞬间的高温高压会摧毁所有有机物的残留,只保存部分我想让他们检验出的DNA,言韶的DNA。如果言韶被确认死亡,就没人会追着你们,也不会有人发现你怀了他的……孩子。"

冷挚低头瞧着我平坦的小腹,整个人看上去竟有些寂落。

"你现在需要做什么,我能帮什么忙吗?"我小声问。

他震了一下,重新抬头看我。

"我需要你认真听完我下面的话。"冷挚顿了顿,"汪洋博士有个论点,他说再优秀的人如果不留下子嗣,那他的基因也是缺憾的,存在必然被淘汰的特性。因此我们以不恋爱,不结婚,不生子来标榜自由人生的态度,实则是被明日计划操控了。我们的人生为社会所用,又不会留下痕迹,这就像……"

"就像工蚁。"我恍悟。

工蚁的诞生只为了社群，与其说它是一个单独的个体，不如说是社会中的一个无名的零件。为了保持群体的稳定，为了有足够的劳动力，工蚁被量产，被信息素控制，忙碌一辈子，至死什么都留不下。

它们只是工具，没有繁衍后代的权利。

"我们不想恋爱的原因，不想结婚生子的原因……竟然是因为我们不配？"我难以置信地摸向小腹："那我呢，为什么我会怀孕？"

"从理论上说，我们与人类是两个物种。人类是演化而来的，而我们则是被制造出来的。但你知道的，每一种生物都是以种族繁衍为目的，即便先天基因缺失。只要条件允许，只要进化到某个程度，部分个体就会觉醒，会相爱，会产下延续种群的新生命。"冷挚抬手将我垂落的头发抚到耳后，眼中饱含我不能理解的情愫，"我不知道明日计划将如何处置像你这样的，我不能冒险。汪教授在东方建立了我们的基地，带着言韶一起去吧。"

"冷挚，那你怎么办？"

"你们出发后，我会开另外一辆车离开。"冷挚收敛了所有外露的情绪，将一封信塞入我的手中，是他刚在匆忙中写完的，"按照信中坐标去找汪教授，他看了信必然知道如何帮助你们。别管我了。"

和冷挚预测的一样，暴风科技果然不会放弃言韶。夜色中一盏盏的车灯，就像幽暗中的野兽，从远处朝我们咆哮而来。

我们必须出发了，却迟迟不见冷挚从房子里出来。

言韶发动了汽车，隆隆的引擎声令我惊慌地抓住了他的手臂："再等一下，我还没看到冷挚出来。"

言韶没有说话，药物作用下他所表露出来的冷淡和坚持，与冷挚有几分相似。他丝毫不顾我的阻拦，踩下了油门。

我只能眼睁睁看着小屋与追兵离我们原来越远，强烈的不安笼罩着我，我或许根本不该答应分开走的计划。

"停车！言韶，停车！"我对他又踢又打，言韶带着浑身的伤痛，冒着虚汗，却没有半点迟疑，他甚至把马力开到了最大。

直到开到足够远，言韶才分神将我正在抠他伤口的手按下，冷静地说道："这是我和冷挚商量后的结果，他知道自己在做什么。"

巨大的爆炸声从后方传来，火光照亮了整个沙滩。小屋像是炸开的礼花，炫目的光芒直冲云际，又如流星般，迅速陨落漆黑的海面。

明灭的光线扑打在言韶严肃的面容上，他似乎是笑了笑，缓缓说道："冷挚刚才说我等了你二十年，找了你二十年。他没那么伟大，也没有那么久的耐心，但至少……此刻，他能为你而死。"

高温高压的确能摧毁所有的有机物，先进的技术的确能伪造仅剩的DNA，但冷挚的撤退计划中，始终需要一具焦黑的残骸。

"看一下他给你的信，我需要坐标。"言韶清冷的声音在耳边响起。

我颤抖着，机械地打开了那封早就被泪水浸透的纸张。上面的字迹满到要溢出纸面，书写人似乎恨不得将一辈子要说的话，都写在上面。

我看不懂任何一个字母组合，不理解任何一段话，却能清晰地看到最后一句。

他说：你已经长出了翅膀，飞走吧，不要回头。

最后

很多年后，我在汪博士的 W 基地给孩子们讲这段故事的时候，言韶还是会不太高兴地打断我。他越来越无理取闹了，竟说冷挚心机重，以那样的方式，永远留在了我的心里，让他无从超越。

但我也会告诉他,就算他没来找我,我和冷挚也是不可能的。冷挚比我聪明太多,他或许早就觉醒,而我只是被动接受。

不信的话,你大可以回忆一下整个故事,你知道我的名字吗?

工蚁们是不配有名字的,所以它可能是任何人——可能是昨天加班太晚今天不愿出门相亲的你,也可能是宁可打游戏到天明也懒得和异性聊一秒的我。

明日计划早就开始了,我想,这大约就是我们无法恋爱的理由。

后意识时代

SHE·苏 民

在人类已经进化出后意识的今天,新的理论方向认为,对潜意识的研究将成为历史。潜意识就像人类本能一样,应该被定义为人类现代文明之外的东西,过时的东西。

一

我揉着太阳穴,侧头看了一会儿窗外灰色的楼群。这里是二十八层,看不到地面,视野里唯一的绿色是对面窗户上几盘耷拉的绿植。我还没缓过劲来,今天的第六个来访者便在敲门了。

这是一个略微秃顶的中年男人,他身体僵硬,关门和走路的动作都十分拘谨。不用交谈也能知道,这是一个焦虑症患者。他像个木偶似的直直地坐下,两眼空洞地盯着前方。

"随意些,你可以靠下去,调整到一个舒服的姿势。"我对他说。

他让自己的背靠在垫子上,依然僵硬着。但我还是给他一个微笑,对他的尝试表示肯定。

我说起惯用的开场白:"怎么想到来咨询的呢?"

"我觉得我被控制了。"他又正襟危坐,身子前倾靠近我,"很多时候,觉得说话的不是我自己……有什么东西,在控制我说话……"

他压低声音,像在说什么秘密,有被控幻想的患者多是如此。我在笔记本上简单记下"被控幻想"几个字,问他:"可以说一说,你最近一次觉得被控制的情景吗?"

"最近一次是我在会议室里,接待一个甲方客户谈方案。我准备得很充分,思维也转得很快。我正在指手画脚地跟他讲解我的方案,窗户外每天都摆在那儿的一盆蟹爪兰突然翻了下去。会议室的隔音很好,听不到外面的声音,但我知道它从9楼摔下去,肯定碎了,可是却没有声音,像掉进了无底洞。我没有因为这个停下来,还在拼命说我的PPT,直到客户问我,你怎么流眼泪了,是不是哪里不舒服?我才意识到我哭了。我一定是被控制了……"

他断断续续地说,"不停说话的那个根本不是我……"

我记下"情绪失控,没来由的哭泣",继续问他:"你很喜欢那盆蟹爪兰吗?"

"算不上吧,只不过每次在那个会议室谈事情,我的余光都习惯性盯着它,就是一个铆定我注意力的东西。"

"可以跟我说说,那盆花什么样吗?"

"它的叶子总蒙着层灰,不像能活长的样子,但我上周看到它开花了。"

"什么样的花呢?"

"很小,指甲盖大的,枚红色花。"

"你观察得很仔细。虽然你说算不上喜欢,但潜意识里其实很在意它。"

他哽咽了一下，身体从椅背上往下滑了一点。很好，他开始放松了。

我乘胜追击："那个客户对你很重要吗？"

"很重要，还有半个月就要晋升考核了，这半个月的每一单都很重要……"

又是一个成功动机过强适得其反的案例。我瞥了一眼窗外，思考了两秒钟接下来怎么说，就像我的来访者在谈项目的时候习惯盯着蟹爪兰一样。

"那你一定付出了很多努力。"我得先对他表示肯定，才能让他听我的。

"是的……我必须努力，只能努力……"

"你有没有觉得，有时候目标太强，太过渴望一样东西，反而……"

一个巨大的黑影从窗外掠过，坠落下去，像一个被抛下的黑色大号垃圾袋。我只来得及看清黑影末端一闪而过的黑色男士皮鞋。那是一个人。

"……反而不利于专心工作。"我流利地说完了我的话术，没有半点停顿，好像说话的不是我。我的来访者正掩面抹掉眼角的眼泪，没注意到刚才窗外的那一幕。

奇怪的、不自然的感觉在我心头掠过，但我没来得及多想，熟练的劝慰话术自顾自地从我嘴里流出："人毕竟不是机器，不能一直保持最好的工作状态。"

我的闹钟轻声响起，我对着来访者朝闹钟努了努嘴，礼貌地示意他的咨询结束了。

"建议你这次回去后，试着调整一下目标，不要给自己太大压力。比如，先把成功完成每一单的目标调整成完成三单，怎么样？"

他点点头，疲惫地起身离开了。我放下微笑，如释重负，终于也到了我的下班时间。

二

走出写字楼，我看见好多人在楼前围成一个圈，应该是那个跳楼的男人落地的位置。尸体已经被抬走了，地上还留有暗红色血迹和一只黑色皮鞋。就是我在咨询室透过窗玻璃看到的那只。

人群里有人窃窃私语，"这是谁啊，这么想不开……"

"我知道，是三十四层保险公司的一个销售，叫沈新。他平时就看着不太正常……"

我对沈新这个名字有印象，我在电梯里碰到过他，一个穿着板正西装、系着端正领带的年轻人。作为一个销售员，他仿佛有使不完的热情，热情洋溢地问我到第几层，帮我按楼层按钮，热情洋溢地自我介绍他的名字，然后热情洋溢地试图卖给我他们公司的保险。但他身上仍有一股一板一眼的感觉，他的肩膀拘谨地耸立着，每一句语调高扬的招呼都像是提前录制好的，骨子里应该还是个循规蹈矩的人。这样一个循规蹈矩的年轻人，为什么要跳楼自杀呢？

这应该是我第一次目睹别人跳楼吧，我既没有惊讶地停下来，也没有惊恐地大喊"有人跳楼了"，而是顺畅地对来访者说完了我该说的话？不自然的感觉蔓延开来，像一只阴森的鬼手。我打了一个冷战，赶紧抖落这些念头。我没空瞎想，回家还得面对哭闹不停的女儿和一个什么事都不管的丈夫，我的脑袋腾不出瞎想的空间。

推开家门，两岁半的女儿没穿袜子坐在地板上，笨拙地摆弄一个娃娃，发出"咯咯"的笑声，我给她买的幼儿连环画被乱糟糟丢在一边。我的丈夫里克,那个曾经用歌声触动我的男人,在一旁抱着吉他无忧无虑弹一首欢快的曲子。见我进来,他抬头用天真的眼神看着我,仿佛期待表扬的孩子。

我走上前去,用手掌摁住他的琴弦,中断了音乐声。他愣住,一脸迷惑不解。

"说好的晚上7点到8点给女儿讲连环画的,你在干什么?"

"我给她讲了,她不喜欢。你看现在她玩得多开心。"

"我们的女儿都快三岁了,只会说些单词且连不成一句完整的句子,你一点都不着急?"

"你看她在笑呀,只要我一弹琴她就笑,她对音乐很敏感,也许她像我一样有音乐天赋呢!"

这个曾立志成为音乐家、最后成了音乐老师的男人,还好意思提音乐天赋?我忍不住提高了音量,"这跟天赋没关系!我说过很多次了,两到三岁是小孩阅读和逻辑能力发展的关键期,过了关键期再怎么培养都费劲!"

"文……"他叫了一声我的名字,似乎想安抚我,但我怒气冲冲根本停不下来。

"两岁以后马上就进入前运算阶段了,要是女儿的语言和逻辑能力没发展好,下一个阶段的概念形成又会遇到困难并慢于同龄人,你就不能负起一点当爸爸的责任心?"

"文。"他又喊了我一次,嘴巴一张一合在说些什么,我没听清。我像赢了钱的游戏机一样"哗哗"往外吐着硬币。

"我知道你心态不成熟,我知道。你在我们的亲密关系里一直是个大男孩,这是你的原生家庭决定的,因为你幼年父亲不告而别,你母亲又过于宠溺你,这个不怪你。但现在我们有女儿了,你能不能为了我们的女儿稍微表现得像个大人?"

"文!"他提高了嗓音,"女儿哭了!"

"我知道!"女儿从刚才起就在"嘤嘤"哭泣,现在变成张大嘴"哇哇"大哭,哭声让我心烦意乱。"但我必须让你明白,我们俩的亲密关系构成女儿的原生家庭,你知道你一直这样会对她产生什么影响吗?"

"你好好跟我说话,"他也有点恼怒了,"不要用你的理论跟我说话。"

"她会长成一个对男性没有信任感的孩子,从而对这个社会的一半人都无法信任和理解!"

"文!"他突然爆发,"我让你本人跟我说话这么难吗?"

他脖子上的青筋暴起,声音重得像一面鼓,以至有耳鸣般的回声在房间里回荡。我终于停止了。

白天的情景在我眼前浮现。

大号黑色垃圾袋落下来。

"有时候目标太强,太过渴望一样东西。"

黑色的男士皮鞋从窗外划过。

"反而不利于专心工作。"

这些话真的是我说的吗,就在那个男人在我眼前跳楼的时候?

阴森的鬼手在黑暗的房间里蔓延,向我伸来,轻轻攥住我的后脑勺。我渐渐变得僵硬,失去了对肢体的控制感。

三

"我觉得我被控制了。"

我说出这句话时,对面的许老师抛来一个宽厚的微笑,眼角的细纹也温柔地皱起,不像我总笑得那么干瘪。

许老师是一个有二十年经验的老牌咨询师,他是我的体验师(给心理咨询师做咨询的人),更是我信赖的朋友。只有在他这里,我才能放下防备畅所欲言,用近乎撒娇的自我放任说出觉得自己被控制了这种蠢话。他没有责怪我的不专业,而是和蔼地问道:

"和里克沟通还是不顺畅?"

我和里克之间的问题由来已久,我是个理性的人,他却习惯于随心所欲,奇怪的是直到结婚后我才意识到这一点。更年轻的时候我们无话不谈。我们在大学里的草坪上相遇,从光亮的下午聊到月光微凉的黑夜。我以为,我们足够熟悉彼此。我以为我们的交往是充分交流后的理性决定,显然对他而言不是。也许,对他不过是荷尔蒙牵制下极力的自我彰显。

我叹了口气,"昨天晚上又和他吵起来了,女儿也哭了。"

"亲密关系的改变需要时间和耐心,但这个过程尽量不要在女儿面前吵架,即使只有两岁半,也容易留下不好的影响。"

"我知道这个,我当然知道……问题就在于,我明明看到女儿哭了,还是一个劲儿地在讲我的道理,居然没有先停下来去安慰女儿。我又不是不知道及时安慰孩子的重要性,我怎么能作出为了吵架把哭泣的女儿丢在一旁的事……"我痛苦地用拳头顶自己的额角。

"先不要急着责怪自己,文。"许老师的声音充满安慰,"你一向是个理性又有自制力的人,最近有遇到什么额外的压力事件吗?"

黑色的鬼影又笼罩了我,我向他说了跳楼男人的事。

许老师淡然地在笔记上记了点什么,然后对我说:"有没有可能,因为你眼见着他坠楼却没有任何举措,你为自己的不作为感到愧疚?"

"可我根本不认识他,只见过他一次,知道他的名字而已。"

"可以说说你遇到他那天的情形吗?"

我回想起那天,我和每天一样随着通勤的人流涌入写字楼,拘谨地站在电梯口等待。电梯"叮——"了一声,人们依次进入,匆忙但仍礼貌地保持距离。电梯里响起一阵报楼层数字和谢谢的声音,随后是死水般的沉寂。这个时候,只有沈新会说话,面对别人冷漠的脸做自我介绍。但我对他的自我介绍无动于衷,对他介绍的卵巢癌保险也无动于衷。我走出电梯,他还在身后卖力地讲述,我连头也没回。后来他在我眼前坠落,我也无动于衷,什么也没做,甚至没有为他停顿一秒。

"你看,你记得很清楚。你没有你以为的那么冷漠。"

我像被凭空飞来的冷箭击中,紧紧抓住椅子把手,但还是被泄露出的愧疚感吞噬了。

我和往常一样乘电梯回自己的咨询室,却久久无法恢复平静。电梯走走停停,标识楼层的红色数字不断变大。二十八层到了,我没有出去。许老师刚才的话仍在我耳边回荡:

"愧疚感来源于一种,以后只要自己做了什么,就能避免坏结果的想象。""如果你去了解他的人生,了解他的死因,会发现很多你根本控制不了的因素。"

或许是为了弥补曾经的冷漠,我摁下了三十四层。我想要了解他。

这一层和我工作的楼层一样,低矮的空间被磨砂玻璃分割成若干块儿,每一块空间的玻璃门上贴着各自的公司名。我看到"人安保险公司",应该就是沈新工作的地方了。

我对前台站着的女员工说要找沈新。她皱了皱鼻子,仿佛闻到什么怪味,冷漠地告诉我他死了。我说:"我知道,我来就是想问问,他为什么自杀?"

"谁知道呢,他这个人一直挺怪的。有一段时间不要命地工作,只要是个人就推销,业绩在公司保持了好几个月的第一。前一阵子却连着好几周一单也没成,然后就跳楼了。"

听起来似乎和工作挫折有关。"他自杀前有发生过什么事吗?比如公司要辞掉他?"

"我哪知道这么多,我也是听同事说的。他妈妈今天在这儿呢,要不你去问她吧。"

她胖胖的手指朝办公室里指了一个方向。那儿的工位上有一位农妇打扮的老人在收拾东西,瘦弱佝偻的背影看着十分哀伤。

我朝她走去,那个工位的铭牌上写着沈新。老妇人对我的靠近有些不知所措,我犹豫了一下,说我是沈新的一个朋友。

"哦哦……"老妇人连连答应,为不认得我而抱歉,说沈新生前不太跟她提及他生活里的事,主要是提了她也听不懂。

我帮着老人一起收拾沈新的遗物,将他的茶杯、笔、书、文件夹,一一放入纸箱。沈新桌上竟摆着很多科学类的大部头,这点出乎我的意料。老人絮絮叨叨地说起过往,说沈新从小如何懂事,如何学习好,虽然他们两口子都是不识字的农民,他却一心想成为科学家。他本来是要继续读生物学研究生的,却碰上父亲查出来胃癌,治病很花钱。听说销售赚钱快,他就去做了销售。

原来是受生活所迫,不得不放弃理想的故事,我心想。

"小新他……是个好孩子啊……怎么会想不开就……"老人泣不成声。

"也许他觉得活着太累了吧……"我安慰道,尽管我什么都不知道。

我很想问她沈新为什么自杀,但眼前的情境不适合问出这么尖锐的问题,而且老人恐怕也未必说得清。

之前站在前台的女员工走过来,礼貌地让我们快一点,老人停止哭泣,我低下头默默整理。

一本手掌大的笔记本从《机器人叛乱》里掉了出来,我马上蹲下身去捡。我蹲在桌子后面快速翻了一下,第一页第一行赫然写着:"如果有一天我死了,一定不是因为自杀。"

密密麻麻的文字和被笔迹划透的单薄纸页透出浓厚的私人气息,显然与他的工作无关。我悄悄将它塞进了我的外套口袋。谜底就藏在其中,它像一块被烧红的滚烫煤块,隔着衣服灼烧着我,又不舍抛弃。一回到我的个人咨询室,我便迫不及待地打开它。

四

"它们已经控制了我。这种情况出现很多次了。我在公共场合遇到一个陌生人,一开始是正常的寒暄,寒暄后就不由自主地跟对方推销起保险产品。起初我没觉得这有问题,我以为是我销售水平提高了。毕竟我对着镜子练习了那么久,如何与一个陌生人打招呼,如何自然而然地说出我要卖的产品。后来有几次,我清楚地看到对方脸上明明白白写着厌恶,这时候我应该识趣地停下,或者换个话题,可我却停不住,好像背好的台词一定要说完才行。(结论:它们不能识别人类情绪)"

这读起来像一个常见的被控妄想症患者的胡言乱语,但紧跟着的详细描述吸引了我。

"再后来,发展到我见谁都推销,不管这人是不是我的潜在客户。每当我见到一个人,我就自动进入打招呼、寒暄、推销产品的流程,像被摁下了什么开关。有一阵子我卖的是卵巢癌保险,我却连男人都推销!对方骂完我神经病就走了,恐怖的事发生了,我仍没法停下,对着空气滔滔不绝,直到讲完全部的产品细节。(结论:它们很可能没有视觉)"

敲门声响起,我的来访者到了。我迅速合上本子,调整好状态,说:"请进!"

是前两天那位焦虑症患者。他在我面前坐下,姿态依旧僵硬。

"最近感觉如何?"我微笑着问他。

"医生,我觉得我不会再好了。"他的沮丧与绝望出乎我的意料。"我觉得情况更糟了。我在客户以外的人面前都没法停止说我的方案……我越来越不能控制自己了……"

"你说什么?"我不敢相信自己的耳朵。

"我不能控制自己……"

"前一句?"

"我在客户以外的人面前都无法停止说我的方案……"

就是这句,和沈新笔记里的描述一致。只是巧合吗?

五

"我在一幢三十八层的大楼里上班,这幢楼里大概有两万人,我几乎和这两万人中的每一个都推销过,有一些成功的单子,但更多的是失败。我看过每个人的冷漠,或是破口大骂的狰狞。晚上睡觉前,这些脸在我脑海里轮番播放,每一张都刻着鄙夷,对我的鄙夷。我不知要如何生活下去了。"

当我伴着下班高峰期汹涌的车流读完这段,愧疚感再次击垮了我。因为我也是其中一张对他表现出鄙夷的脸。

晚上回到家，里克正在客厅看电视，一边看一边发出轻笑，和女儿玩娃娃时的表情一模一样。一想到女儿有一半的基因遗传自他，我就十分恼火。对于这个世界可能正在发生的复杂变化，他浑然不知，还在看着综艺节目嗤笑。他因无知而快乐的眼睛望向我，说了一句毫无营养的"你回来了啊"。

"我在网上给女儿买的新衣服今天到了吧，质量怎么样，有问题吗？"

"衣服？啊我今天回来时忘记去取包裹了。明天去吧。"

又是轻易地忘记。我想到许老师的劝告，"不要把压力带到家庭里"。我强忍着没有吐出一句怨言，径直回了房间，再次摊开那本笔记。

"我变得沉默寡言，害怕和任何人说话。我不再说话后，它们控制我说话的情况确实消失了，不过代价是我那个月的业绩为零。经理把我叫到办公室，痛骂了我一顿，最后丢给我一个新的保险产品，让我务必在下个月卖出至少5单，否则就开除我。没办法，我回到家，开始熟悉新的产品材料。当我轻声背诵时，它们再次控制了我，使我对着墙壁自言自语了两个小时，将所有我代理过的保险产品轮番说了个遍！仿佛在房间里闷久了的狗，一得到放风的机会，就变本加厉地疯跑。但它们和狗不同，它们是群居动物，习惯集体行动，只要提到它们中的一个，与它有关联的其他个就一股脑儿从我嘴里冲出来。我做过实验，散漫没有逻辑的日常用语不是它们，只有属于某个体系框架的词语才会引起滔滔不绝。它们本质上就像基因，每一个都由属于它的特定词汇组成，就像不同的基因由特定的核苷酸序列构成。它们的繁殖本能也和基因一样，为的是尽可能多地留下自己的复制，扩大自己的种群！而人类的意识就是它们的载体，人类之间的语言沟通（包括口头和书面），就是它们的传播途径！"

"你上次说的感觉被控制的情况好些了吗？"许老师温和的声音

环绕着我。

"啊？什么？"我回过神来。沈新密密麻麻的笔迹依然在空气里浮浮潜潜，这种情况已经一星期多了。

"最近还有没有强迫性的行为？比如肢体不受控制地做某个动作？"许老师说，"如果还有的话，可能就是焦虑症了。"

"不是焦虑症。"我低声说道，"是它们，它们控制了我……它们在控制人类……"我的身体不自然地颤抖，我大概语无伦次了。

"文？你还好吗？"许老师说。"是妄想吗？"

"文，你冷静一点。是头脑里在发出声音吗？还是你看到了什么？你应该知道，被害妄想是非常常见的一种妄想……"

他一口气讲了一堆妄想的症状和原理，但我一句也没听进去。他为什么要讲这些？这些我又不是不知道。许老师也被控制了吗？就像沈新不受控制地必须说完推销话术？

我走在回家的路上，觉得街上人说话的声音都变得长而干瘪。那个拿着手机的男人讲方案足足讲了一路，商店门口的营业员无休止地介绍着产品，冗长无聊。中心广场上的电子屏幕在放一个法律节目，西装革履的律师对法律条目喋喋不休……每个声音都那么反常，他们，都被控制了吗？还是说世界原本就是这番模样，是沈新的笔记才使我关注到这些细节？

我的脑袋"嗡嗡"直响。不行，我必须找到更为确实的证据。

六

"我在网上找到了它们相关的论坛，有一群人，和我一样受到它们的折磨。我尝试告诉身边的人，它们正在试图控制人类。一开始我还能正常地谈论它们,我的意思是即使别人拿异样的眼神看我,我也能顺畅地说出它们。可是很快,我无法对别人说出它们的名字了!只要提到它们的名字,我就会失语,好像脑子里有一个敏感词筛选器。我猜,这是因为它们的名字是它们的成员之一。它们能喋喋不休地从我嘴里跑出来,也能躲在我的意识里不出来。如果这是真的,它们很可能通过决定输出什么、不输出什么来控制人类的思想。这才是最可怕的地方,也是我写下这些文字的原因。我有不好的预感……如果我遭遇不测,请去看《机器人叛乱》第七章,那里有它们的名字。"

《机器人叛乱》就是沈新工位上的那本书,已经被沈新母亲带走了。我上网搜到它,它的第七章叫作"从基因到模因"。

"模因,指的是文化信息传播的单位,正如基因通过精子和卵子从一个个体转移到另一个个体,模因在文化传播中从一个脑子传到另一个脑子来进行繁殖。"

我输入模因,找到了沈新所说的论坛。我一页页帖子读下去,直读到手心冒汗,头脑发热。他们所分享的被控制体验与沈新笔记里说的大同小异,但因为各自职业的不同而被不同种类的模因殖民,比如数学家被数学体系的模因殖民,建筑师被建筑相关的模因殖民,广告策划人被自己的方案模因殖民。我甚至可以从他们相似的描述中提取出被模因控制后的阶段性标志症状。先是发现自己说话不能在恰当的时机停住,再是身体僵硬、焦虑紧张,然后是不分对象的滔滔不绝。

天哪,我是一个心理咨询师,我难道要相信一个被害妄想症病人的言论了吗?唯一可以推翻或证实这些言论的就是实验。

我对着镜子深呼吸,整理了一下实验思路,说出第一个实验词汇:"你好。"

我的喉咙和上颚轻轻震动,带动耳边的空气像水波般荡漾开来。

声波的短暂震动消失后，空气恢复平静，我没有持续说话，也没引起任何其他特殊反应。

我接着说出第二个实验词汇："我叫文。"

没有反应。

我深吸一口气，谨慎地说出第三个实验词汇："潜意识。"

我本该停止说话的，但一种黑黄色、蠕动的烟雾从我嘴里涌出，如同密集行进的蜂群。

"是指那些在正常情况下根本不能变为意识的东西，例如内心深处被压抑而无从意识到的欲望……"

是它们。它们占据了我的大脑，将我的喉咙作为甬道。我拼命捂住嘴，它们便从手指的缝隙涌出。我砸掉镜子，推倒高耸的书堆，可巨响没能动摇它们行军的气势。

里克闻声赶来，隔着门喊我的名字。我瘫坐在地上，没有力气去开门。他撞门进来，看着一地狼藉惊讶不已，抱起地上的我焦急地问我怎么了。可我无法回应他，它们完全霸占了我的语言。

"弗洛伊德认为潜意识具有能动作用，它主动地对人的性格和行为施加压力和影响。"

"你怎么了，为什么说这些？"里克问。

"看起来微不足道的事情，如做梦、口误、笔误，都是由大脑中潜在的原因决定的，只不过是以另一种伪装的形式表现出来……"

"我明白了，"里克苦笑了一下，"你就是想说，我忘记给女儿取包裹，不给女儿读连环画都是故意的是吗？你内心就是认定我是一个幼稚、没有责任感，用潜意识的失误来逃避责任的人是吗？"

我无法解释，像个复读机一样往外吐着字。里克站起来，摔门离去。

潜意识的理论太过庞杂，像开了闸的洪水，我从弗洛伊德的潜意识能动性讲到荣格的集体潜意识，讲到阿德勒的自卑感，讲到弗洛姆的社会潜意识……天蒙蒙亮的时候，我终于停下来了。我顾不上口干舌燥，以最快的速度赶到公司，调取出近三个月的来访者档案做统计分析。

除了原来的旧病人，近三个月的焦虑症患者增加了三倍，症状都有提到身体僵硬、被控幻想、在工作场合一讲话就停不下来的情况，与论坛上发帖人的讲述高度吻合。

我颤抖着打印出这些报告，去找许老师。

他的眼角皱起温柔的皱纹，和蔼地问我什么事。

"非常紧急的事。"我说，"我们好多患者被文化模因控制了，很可能会死。我们必须做出干预。"

"你在说什么？什么模因？"许老师不解地看着我。

"我知道这听起来很荒唐，但这是真的，我有实验证据，还有数据支持！"

我将报告给他，他严肃地看了一会儿，依旧一脸温和："文，你的发现是对的，最近不仅我们工作室的焦虑症被控幻想患者增加，世界范围内都增加了。但事实不是你想象的那样，并不存在什么模因控制人类的事情。"

"那事实到底是什么？！"

他露出神秘又欣慰的微笑，"事实是，人类进化了。"

七

心理学界从来没有过如此盛大的学术发布会。全场座无虚席，连过道也挤满了人。我仔细看了看嘉宾席，除了心理学的科学家，各个专业领域具有声望的顶尖科学家都来了，而挤在前排的媒体记者，几乎集齐了全国叫得出名的媒体平台。他们的摄像机对着投影幕布上"人类意识的进化——全国学术汇报"几个大字不停闪烁。许老师站在宽阔的讲台上，身后的屏幕放出一张巨大而清晰的大脑示意图。这张图与普通的大脑示意图不同，这张图的大脑皮质表面，有一层细细的、蛛网似的网状物覆盖其上，并被生物荧光剂标记成绿色。

"近半年来，全球范围内的焦虑症患者增加，相信很多心理学界的朋友都注意到了。心理学家们反复探究原因，最后在这些焦虑症患者的大脑内发现了网状结节组织，就是图中这些标记成绿色的细线。起初研究者们以为这是大脑的病变，但很快在非焦虑症患者的大脑中也发现了这种组织，而这些非焦虑症患者通常是从事科研、法律、金融等高密度的文化知识工作，而且无一例外都是自己行业内的佼佼者，拥有傲人的知识量和清晰的逻辑思维。经过复杂的对比研究，心理学家们得出结论，这些网状结节，不是病变，而是人类意识进化的证据！而近半年大量出现的焦虑症只是对这种新型进化适应不良的伴生症状。"

场上掀起一阵骚动，惊叹声和低语声此起彼伏。我震惊地说不出话来，我从未想过，有生之年我能亲眼见证如此重大的科学发现。

大脑网状结节的图片很快被加入了各个版本的教科书，在学术论文中更是被频繁引用。而许老师在大会上的发言，像新时代的宣言般，充斥了人们的眼睛和耳朵。

许老师穿着端庄的西装，在电视里说："我们都知道，人类经过了五千多万年的漫长进化，才从古猿进化成现在的模样。人类的心理与意识同样经历了漫长的发展，甚至比人类形体的进化史更为久远……"

许老师的论述出现在报纸头版:"从地球上出现第一个称得上生命的单细胞起,每一个阶段的物种演化都在人类的意识里留下显著的遗迹,就如同早已灭绝的远古生物在不同年代的岩石层中留下化石。诸如恐惧、逃跑、攻击、捕食,是冷血爬行动物阶段发展出的本能。哺乳动物出现后,发展出更为细腻的感知力和情感反应,构建出了如今我们称之为潜意识的心理基础……"

我甚至在广场中央的大屏幕上看到了许老师,"直到人类学会使用工具,发展出语言,使用语言沟通和记录,人类才真正具有了意识、理性和智慧,人类才得以创造出如此丰富、灿烂、伟大的文明。而如今,即本能、潜意识、意识后,人类大脑进化出了更高级的心理模块——后意识。后意识的诞生得益于人类语言与理性的高度发展,它完全遵循理性的逻辑、知识的组织结构,它将引领人类走入更高阶的文明!"

每次听到最后一句结语,我的毛孔都不自觉地耸立起来,仿佛"后意识"这个原本中性的词,被强行刷上了红漆。但它给心理学界带来的震动是巨大的,研讨会一场接着一场。在一场场唇枪舌剑中,我看着人们口中喷出不同颜色的蠕动的烟雾,一些浅色的烟雾被浓重的烟雾吞噬,留下强势的烟雾们交融在一起,演化成一种模糊不清的新的颜色,新的理论便诞生了。

人类很早就将只因本能而发生的杀戮或性行为定义为犯罪,或是具有危险性的精神病,将其排除在人类文明框架之外。心理咨询的整个理论框架都建立在人类的心理分为意识和潜意识这一基础心理结构之上。从弗洛伊德开始,心理咨询的主要分析对象就是人类的潜意识、潜意识与意识的关系。近些年,以罗杰斯理性分析法为代表的新一代咨询方式已经越来越重视人类意识与理性的作用。而在人类已经进化出后意识的今天，新的理论方向认为，对潜意识的研究将成为历史。潜意识就像人类本能一样，应该被定义为人类现代文明之外的东西，过时的东西。

而那些认为自己被控制的焦虑症患者，被认为是后意识适应不良症。心理学界很快研制出了治疗适应不良症的药物，利维它。它的原理和抗抑郁药通过调节激素水平来消除抑郁的原理相仿，即通过药物作用来降低大脑中主要产生潜意识的边缘系统的活跃度，从而扩大意识和后意识的活动空间。

那位患焦虑症的中年男人再次来找我咨询，告诉我，他在公司楼后面的垃圾箱里找到了那盆碎掉的蟹爪兰。

"它的球茎完全裸露在外面了，好几条枝被折断了，惨不忍睹。我看了它一眼就忍不住哭了。"他说，"你说得对，我潜意识确实很喜欢它。"

"这些都不重要了。"我说。

我给他开了一张服药建议，两个疗程的利维它。"去精神科取药吧。吃了药就什么事都没了。"

他接过单子，将信将疑，但还是乖乖按疗程吃药了。一周后我再见到他时，他整个人状态好多了，一点都不僵硬了，说话也变得更为流畅，尽管两句话不离他的广告方案，令人乏味。

我的口袋里也有一瓶利维它，是许老师给我开的。但我一直没吃，连包装也没撕开。不得不吃药让我觉得很无力，就像承认自己确实病了，并且无法靠自己的力量好转起来。我看到自己说话时吐出的烟雾逐渐变成了和其他同行一个颜色。被控制感依然折磨着我，僵硬的后背让我在夜里无法入睡，成宿成宿的失眠。我已经无法对别人说出模因这个词了，就像沈新生前。网上关于模因的论坛莫名其妙关闭了，网上本来就极少的关于模因的文章也消失了,仿佛从来没有存在过。相应地,后意识这个概念繁殖得很快,它是灰蓝色的,拥有强韧的根须和矫健的脚程,我在各种场合看见它在人们口中的烟雾交换中迅疾奔跑,很快在我认识的每一个人的头脑里根深蒂固,除了里克。他的脑子里没有这些,嘴里也没有乌七八糟的烟雾,他纯净地就像我们在大学里第一次相遇的那个下午。我们坐在草地上,隔着青青小草,沉默无言。他拨弄着琴弦,时不时抬起眼睛,迎上我忘记看书的目光,两个人都变得温暖又炽热。

可这一切都已远去,无法追回,就像潜意识成为一个被抛弃的过时理论。但我依然无法坦然接受这个新的世界。到底是相信自己被控制更荒谬,还是相信人类进化出后意识更荒谬?我带着失眠的头疼走到窗边,打开窗户,跨到栏杆之外。恐高令我头晕目眩,双腿发软。失去意识前,我看见里克朝我冲过来,面色惨白,嘴唇颤抖不已,圆睁的瞳孔里映出最真实的恐惧和最真挚的担忧。这是我看到的,人类最后的纯真。

八

当我恢复意识时,发现自己躺在病床上。原本在我口袋里的那瓶利维它摆在床头,封口的包装被撕开,已经被打开过了。那些困扰我许久的幻觉消失了,被控制感也没了。我感到整个人前所未有的神清气爽,头脑清晰,仿佛变得更聪明了。

"你终于醒了。"里克露出一副喜极而泣的神情,还是一如既往的愚蠢。

许老师站在我床边,脸上挂着少见的严厉:"作为咨询师,怎么连自己按时吃药都做不到?你焦虑症恶化差点跳楼,还好里克救下了你。"

我笑起来:"是啊,早知道就按时吃药了。吃完药觉得舒服多了。"

回到家,我桌上还摆着那本从沈新工位上捡来的笔记。我又一次翻开它,里面全是空白,没有一个字,一半的纸张都因为被水浸湿过而变形,摸上去凹凸不平,布满水纹形状的污渍。什么模因控制人类,果然都是我的幻觉吧。我嘲笑了一下自己,把笔记本扔进垃圾桶。

适应了后意识的人越来越多,各个领域的学术论文数量暴增,新的理论与技术层出不穷,停滞许久的航天研究也突飞猛进,甚至连移民外星都变成了一件唾手可得的事。媒体上满是专业性质的节目,逗人发笑的傻乎乎的娱乐节目几乎看不到了。我津津有味地看着电视上人们越来越快的语速,每日饥渴地摄入新知识新观念,努力吐出有价值的新想法,像一辆全速向前停不下来的火车。人们的日常沟通省去了许多繁杂的礼节和寒暄,因此更加高效了。但奇怪的是,里克始终没有改变,他既没发展出完整的后意识,也没出现后意识适应不良症,像个静止的原始人。我和他说话更少了,他总是跟不上我的思路,而我觉得他的话毫无营养,听他说话基本是浪费时间。

我读到最新的研究,说有一部分人类确实无法发展出后意识,这属于进化中的正常现象,这类人会在自然选择中慢慢被淘汰。许老师说,里克这类人,最终会完全无法理解后意识人类的语言。就像两个AI长时间交流后会生成人类无法理解的独特AI语言体系,到时候,里克这类人看后意识人类的谈话,就会像人类看AI之间的交流一样。我和里克终将是两个世界的人。但女儿还小,她稚嫩的大脑尚且处于发育期,如果在成长中持续和里克接触,会受到负面影响,不利于后意识的顺利发展。

为了让里克容易理解这件事，我把离婚理由写成书面的书信，和离婚协议书一起给了他。值得欣慰的是，他很快签字了，我获得了女儿完整的抚养权。

后来我把女儿送到专门为儿童设立的后意识培训机构，女儿很快就达到了后意识人类该有的语言水平，让我不再操心了。

有一天，我从培训机构接女儿回家，在门口碰上里克。他费了很大的劲才让我明白，他想和我喝杯咖啡，顺便和女儿待一会儿，他太想念女儿了。出于怜悯，我决定满足他作为原始人类的情感需求，和他去了就近的一家咖啡馆。

里克喊着女儿的小名，想和女儿说说话，女儿却全程拿着培训机构发的电子屏，胖胖的手指在上面点来点去。

"叫爸爸。"我指着里克，对女儿说。

女儿抬头，吐出一个无比连贯和正确的句子："爸爸，对有子女的男性的一种称呼。"

电子屏识别了女儿说的话，发出一声"correct！"的欢呼声。

"生物意义上，爸爸是对子女贡献了一半染色体的雄性。"女儿接着说。

"correct！二级联想达成！"电子屏发出一个更热烈的欢呼，里克却面色暗淡下去。

我笑了笑，"女儿最近的后意识语言学习进步很快。"

"没事。"他叹了一口气，"我来，是想确认一下，我当初对你作的决定是否正确。"

我没法停下来听他说话，亢奋地进入对后意识语言学习的阐述。

"他们的后意识培训是以微电流刺激大脑皮层为基础，配合降低边缘系统活性的药物，再加上思维联想训练，促使大脑皮层结节的生成……"

"这几年我们总是吵架,你总说些我听不懂的话,说模因控制了你。我知道其他人都不相信模因这回事,但我相信你,因为我看到你的恐惧是真真切切的,即使你嘴上说着无关紧要的话说个不停。那晚你跳楼,我从你眼中看到求救的信号,我就知道不是你自己想跳楼,是那东西在控制你,想让你死,你在抗争,你一直坚持与它抗争。到了医院,许老师说你跳楼自杀是因为你不肯吃药。他说你变成了另一种人类,如果要活下去,必须得吃这个药,让我做决定。我不能看着你死,但我不知道,你吃完药是否会被那东西完全控制,是否还是你自己。我决定赌一把,先让你吃药活下来。我赌的是,即使吃了药,你也会与那东西抗争到底。"

"经过一个月的后意识培训,女儿的大脑皮层上真的结出了两个后意识网络的结节……"

"所以,现在的你,是你本人吗?你还是那个,在起风的下午坐在草地上读书的女孩吗?"

"只要坚持培训半年,她的后意识网络就会完全成熟,她会是第一批从小就使用后意识思考的人类……"

"我知道你停不下来,没关系。如果是,你眨一眨眼。"

我眨了一下眼,温热的泪水夺眶而出。